AF200832

Zur Hölle mit der Kohle
Stefan Mühlfried

Weitere Titel des Autors:

Der steinerne Zeuge (2014), Sieben Verlag

Über den Autor:

 Stefan Mühlfried wäre gerne in New York geboren worden und arbeitete – außer als Autor – als Rettungsassistent, Zauberer, Programmierer, Chorsänger, Filmstatist, Skilehrer, Unternehmensberater und Jongleur.
Am liebsten schreibt er in Cafés, tut es aber viel zu selten.
In seiner knappen Freizeit betreibt er Kampfsport und zieht dort meist den Kürzeren. Zum Ausgleich malträtiert er gerne klassische Synthesizer.
Er lebt mit Frau, Töchtern und reichlich Katzen in Hamburg.

Stefan Mühlfried

Zur Hölle mit der Kohle

Roman

Bibliografische Information der Deutschen Nationalbibliothek:
Die Deutsche Nationalbibliothek verzeichnet diese Publikation in der
Deutschen Nationalbibliografie; detaillierte bibliografische Daten sind im
Internet über http://dnb.dnb.de abrufbar.

Impressum

Zur Hölle mit der Kohle
© 2017 by Stefan Mühlfried
Jeanette-Wolff-Ring 13
21035 Hamburg

Korrektorat: Korrektorat / Lektorat Christine Bendik
Covergestaltung: © NaWillArt-CoverDesign, Motive: depositphotos.com
© vectomart depositphotos.com © ne2pi

Herstellung und Verlag: BoD – Books on Demand, Norderstedt

ISBN: 978-3-7448-6987-4

Ich sagte zu dem Bootlicker: „Hör zu! Ich stehe jeden Abend in einer Wand aus Lärm. Ich weiß, was die Leute brauchen. Du weißt es nicht. Ich bin ein Rock'n'Roller. Und du bist ein Arschloch.“

Lemmy Kilmister, Motörhead

1

„Sicher, dass Sie da reinwollen?", fragte der bullige Kerl im schwarzen Anzug. „Ist nichts für schwache Nerven."

„Sehe ich aus, als hätte ich schwache Nerven?" Sie strich das dunkelblaue Kostüm glatt, straffte das Zopfgummi, das ihren blonden Pferdeschwanz in Form hielt und nickte dem Mann zu. „Kann losgehen."

Ein spöttisches Lächeln spielte um seine Mundwinkel. Er öffnete die graue Stahltür, auf der ein DIN A4-Zettel mit der Aufschrift „BTL" klebte.

Ein Schwall von Lärm und Zigarettenrauch ergoss sich auf den neonhellen Flur.

Sie straffte die Schultern und trat ein. Zum Qualm gesellte sich der saure Geruch von verschüttetem Bier, beides offenbar in Mengen produziert von einem Haufen schwarz gekleideter Zombies, der den Raum bevölkerte.

Hinter ihr fiel die Tür mit einem dumpfen Schlag ins Schloss.

Für einen Moment ebbte der Geräuschpegel ab, als die finsteren Gestalten sie bemerkten, dann schwoll er umso mehr an. Die Männer johlten, ein oder zwei klatschten in die Hände.

„Hey, Baby", rief einer der Kerle und rülpste laut und langgezogen. Er saß mit einem Bier in der Hand vor einem grell beleuchteten Schminktisch, die Füße in den schweren Stiefeln daraufgelegt, und grinste sie frech im Spiegel an. Genau die Sorte anzügliches Grinsen, bei der sich ganz von selbst ihre Hände zu Fäusten ballten. Herrgott, du bist ein Profi, schalt sie sich im Stillen, also benimm dich auch so!

Der Zombie schwang die Füße vom Schminktisch und drehte sich zu ihr. „Du siehst nicht aus wie'n Groupie", sagte er. „Wer hat dich denn reingelassen in dem Aufzug?"

Sie musterte ihn. Schwarze Klamotten, schwarze Stiefel, schwarz lackierte Fingernägel, schwarze Igelfrisur. Dazu ein schwarzes Stachelhalsband, schwarze Lippen und ein breiter schwarzer Streifen

7

quer über das Gesicht, wie eine Maske, aus dem zwei wache Augen sie aufmerksam musterten. Der Streifen machte es schwer, das Alter zu schätzen, aber Ende Dreißig war er sicher.

Unverkennbar: Das war Jam, der legendäre Sänger der legendären Rockband BiggerThanLife, kurz BTL. Enfant terrible der Musikbranche, Mädchenschwarm und – wenn man Plattenfirma und Fans glaubte – der genialste Komponist, Sänger und Gitarrist des aufblühenden einundzwanzigsten Jahrhunderts. Garant ausverkaufter Konzertsäle voll kreischender Fans. Berühmt für die Fernsehauftritte, berüchtigt für die Interviews. Von den Kritikern anfangs als belanglos verrissen, hatte sich seine Musik wie ein Lauffeuer verbreitet, zuerst in Deutschland, und nun schickte er sich mit seiner Band an, die Welt zu erobern. Den Softies war er zu hart, den Hardrockern zu soft, den Künstlern zu kommerziell und den Plattenfirmen zu kompliziert, aber damit konnten sie leben angesichts des Geldes, das sie mit ihm scheffelten. Und Eltern fanden ihn sowieso furchtbar, aber das musste wohl so sein, damit Kids einen Star liebten.

Die Musik machte ihn zum Star, doch der schwarze Streifen machte ihn zur Legende: Niemand ahnte, wer sich dahinter verbarg. Keine kannte seinen Namen, wusste, wo er wohnte oder wie er ungeschminkt aussah. Ein Phantom.

Und dieses Phantom saß jetzt vor ihr und grinste sie an.

„Sie haben mich herbestellt", sagte sie. „Da bin ich."

Er runzelte die Stirn. „Hab ich?"

„Haben Sie. Carolin Christensen."

Er runzelte weiter die Stirn und legte den Kopf schräg.

„Personenschützerin", ergänzte sie.

Sein Gesicht hellte sich auf, soweit Caro das bei dem schwarzen Streifen erkennen konnte. „Ah, die Bodygardine!"

„Personenschützerin."

Einer der anderen Zombies lachte. „Was soll denn der Scheiß? Wir haben mehr Security als Groupies um uns, und du willst dir noch eine ans Bein nageln?"

Jam hob die Arme. „Alter, dir fehlt der Blick fürs Ganze. Das macht man jetzt so. Der Mann von Welt hat sein persönliches Bond-Girl und keinen Kleiderschrank mit Sonnenbrille."

Persönliches Bond-Girl. Caro wusste nicht, ob sie sich geschmeichelt fühlen sollte.

Der Zombie winkte ab. „Du bist der Boss."

„Genau. Und du", er zeigte auf Caro, „entspannst dich erstmal." Er griff in eine Bierkiste unter seinem Schminktisch, zog eine Flasche heraus und warf sie Caro zu, die sie mit einer Hand aus der Luft pflückte. „Oder kriegst du die Pulle nicht auf?" Sie drehte sich um, legte den Rand des Kronkorkens auf die Türklinke und hieb mit dem Handballen darauf. Klackernd tanzte der Verschluss über den Boden. Dann warf sie Jam die Flasche zurück. „Ich trinke nicht bei der Arbeit." Jam fing sie auf. Bierschaum spritzte über Haare und Lederjacke. Er grinste immer noch. „Noch bist du nicht eingestellt."

„Na gut, was muss ich tun?", fragte sie und bereute es im selben Moment. Großes Gejohle brach aus, aus dem verschiedene Variationen von „Ich wüsste da schon was", gepaart mit anzüglichen Gesten, herauszuhören waren.

Sie hob die Hand. „Lassen Sie es mich anders formulieren", sagte sie laut genug, um die anderen zu übertönen. „Was wollen Sie wissen?"

„Zuerst will ich wissen, ob du das Siezen nicht bleiben lassen kannst. ‚Herr Jam' klingt irgendwie nicht, oder?"

„Lässt sich machen. Noch was?"

Jam lehnte sich vor und stützte die Unterarme auf den Knien ab. „Du bist ausgebildete Personenschützerin, du hast Zusatzausbildungen noch und nöcher, Waffenscheine für alles von der Zwille bis zur Bazooka und deine Kundenkarte liest sich wie das Who is Who des internationalen Showbiz. Und du sollst es tatsächlich geschafft haben, mit Brad und Angelina im Wagen die Paparazzi abzuhängen. Alle!" Hoppla, der Mann hatte seine Hausaufgaben gemacht.

Sie zuckte die Schultern. „Alles Übung."

„Sagte der Fahrer von Lady Di auch. Also, was zum Teufel willst du hier? Und sag jetzt nicht, unsere Musik gefällt dir besser als die von deinem letzten Kunden – wie heißt er noch …"

Caro sah zu Boden. „Ich … Er hat in nächster Zeit keinen Bedarf."

Jam runzelte die Stirn. „Konzertpause?"

„Sozusagen."

Jam wartete. „Und?", fragte er schließlich.

„Nichts. Er ist für eine Weile … indisponiert."

„Herrgott, lass dir doch nicht alles aus der Nase ziehen! Was hast du ausgefressen?"

„Wieso ich?"

„Ich bin Musiker, aber nicht blöd. Und nicht halb so blond wie du. Also?"

Caro straffte sich. „Er war auch der Meinung, dass ich etwas für ihn tun könnte."

„Er … was? Du hast deinen Kunden vermöbelt? Weil er dich angebaggert hat?"

„Er hat mich nicht angebaggert, es war … ich will nicht darüber reden. Und außerdem war es nur ein Tritt."

Jam blieb der Mund offen stehen. „Du hast *dem* Pop-Mogul Deutschlands einen Freistoß in die Nüsse verpasst?"

Sie zuckte mit den Schultern. „Ich … Ja. Habe ich."

Er grinste, breit und breiter. „Und, hat's Spaß gemacht?"

Caro biss die Zähne zusammen, dass die Kiefermuskeln hervortraten. Ihre Lippen wurden zu einem schmalen Strich, in dem die Andeutung eines gehässigen kleinen Lächelns lag.

Jam lachte. Er lachte so sehr, dass ihm die Tränen über das Gesicht liefen. Er wischte sie mit dem Handrücken ab, verteilte dabei die schwarze Schminke in seinem Gesicht und auf seiner Hand und hörte nicht auf zu lachen. Nach und nach fing auch die Band an, bis der Raum vor Lachen dröhnte.

Caro stand etwas verloren inmitten der grölenden Zombies und hatte keine Ahnung, was sie tun sollte. Sie entschied sich für professionelle Neutralität, verschränkte die Hände hinter dem Rücken und wartete, verhalten auf den Zehen wippend, bis der Tumult sich legte. Die Sache war gelaufen. Wer wollte schon eine Personenschützerin, die ihr Zielobjekt von den Socken holte.

„Okay", keuchte Jam, seufzte und wischte sich noch einmal die Augen trocken. „Okay, ich kann nicht mehr!"

Das Lachen verebbte. Jam atmete tief durch. „Alles klar", sagte er mit belegter Stimme. „Du hast den Job."

Caro durchfuhr es heiß und kalt. „Oh", sagte sie, „wirklich?", und hätte sich im selben Moment ohrfeigen können.

„Klar. Oder hast du was Besseres vor?"

„Nein. Nein, alles bestens."

„Gut. Dann mach den Schreibkram mit meinem Manager aus."

Jam blickte auf seine schwarz verschmierten Finger. „Oh. Scheiße." Er wedelte mit der Hand. „Das war's. Komm am besten morgen früh zur Probe. Und jetzt raus hier, ich muss den Lidstrich nachziehen, bevor ich auf die Bühne gehe. Alles klar?"

Sie nickte.

„Und zieh um Gottes willen was anderes an, du siehst aus wie 'ne Sekretärin.“

‚Morgen früh‘ hieß in diesem Fall dreizehn Uhr am nächsten Tag. Das hieß, sie hatte vormittags noch reichlich Zeit, gemeinsam mit Jams Manager den Vertrag fertig zu machen.

Wieder stand sie in ihrem Kostüm vor einer Zimmertür und strich sich den Rock glatt. Diesmal war kein Kollege dort postiert, sie musste selbst klopfen.

Die Tür ging auf. Caro blickte in das freundliche Gesicht eines Mittfünfzigers mit grauen Strubbelhaaren und blauen Augen. „Du musst Carolin sein“, sagte er und ließ sie ein.

Schwerer Teppichboden, gediegene Möbel, dicke Vorhänge. Eine typische Suite in einem Hotel der Oberklasse. Fast alle von Caros Klienten bevorzugten diese Art der Unterbringung auf Reisen.

Er schloss die Tür und wies sie zur lederbezogenen Sitzgruppe. Sie nahm auf dem Sofa Platz, er auf einem der Sessel.

„Ich bin Alex Binder“, sagte er und streckte ihr die Hand entgegen. „Du kannst mich Al nennen, das tun alle.“

Sie schüttelte die Hand. „Caro.“

Er lehnte sich zurück und ließ einen Arm über die Rückenlehne baumeln. Im Vergleich zu Jam war er ordentlich gekleidet, für einen Manager eher untypisch: Jeans und T-Shirt mit Aufdruck. Guns N' Roses.

Er lächelte sie an. „Du bist also Jams neues Spielzeug.“ Bevor sie protestieren konnte, hob er die Hände. „Nein, nicht falsch verstehen. Es ist nur so, dass Jam viele seltsame Ideen hat. Viele hat er nach einer halben Stunde vergessen, und vom Rest rede ich ihm die meisten wieder aus, aber bei manchen … Letzte Saison ist er mit einem Panther aufgetreten. An der Leine, wie ein Hund. Ich habe Blut und Wasser geschwitzt. Anfang des Jahres wollte er unbedingt in einem ‚Tatort‘ mitspielen, und für die nächste Welttournee hat er sich in den Kopf gesetzt, das Charterflugzeug für Band und Crew selbst zu fliegen. Und nun will er seinen persönlichen weiblichen Bodyguard. Wie hat er das noch gesagt? Ein eigenes Bond-Girl.“

Na toll. Und sie hatte sich Hoffnungen auf ein längeres Engagement gemacht. „Willst du ihm das mit mir auch ausreden?“

Al lachte. „Nein, das will ich nicht. Ich habe der Form halber ein bisschen protestiert, aber ich halte das für keine schlechte Idee."

Caro fiel ein Stein vom Herzen.

„Was seine Sicherheit angeht – ich glaube, die haben wir im Griff", fuhr Al fort. „Wir haben ja den riesigen Vorteil, dass niemand weiß, wie Jam ohne den Streifen im Gesicht aussieht. Sein Privatleben ist also ziemlich … privat."

„Und wofür bin ich dann da?"

Al lehnte sich vor. „Wie soll ich's sagen … Die Stimme der Vernunft? Ich würde die Rolle selbst übernehmen, aber ich bin mit seinem Management komplett ausgelastet. Außerdem würde er auf mich nicht hören. Ich habe schon oft versucht, mich in sein Verhalten einzumischen oder in seine Musik, aber er lässt mich nicht. Im Grunde ist er ein großer Junge."

„Ich soll also den Babysitter spielen."

Al sog die Luft durch die Zähne ein. „Das klingt irgendwie negativ."

„Keine Angst, das gehört bei meinem Job dazu. Wenn du wüsstest, wie viele Promis ich schon zugedröhnt nach Hause geschleppt habe, du würdest dich wundern."

Er lachte. „Nach zwei Jahren mit Jam wundert mich nichts mehr." Übergangslos verschwand das Lachen wieder. „Was hältst du eigentlich von seiner Musik?"

Caro zuckte die Schultern. „Ich kenne nur das, was in den Charts rauf und runter gespielt wird. Ist ganz ordentlich, schätze ich. Ich habe nicht viel Ahnung von Musik."

Al nickte nachdenklich.

„Hätte ich jetzt …? Ach, verdammt, ich glaube, das war die falsche Antwort." Caro lachte nervös.

Al winkte ab. „Schon in Ordnung. Zu Jams Musik gibt es viele verschiedene Meinungen, und die meisten davon haben gute Gründe."

Die Titelmelodie von Indiana Jones erklang aus Caros Tasche. „Sorry", sagte sie und holte ihr Mobiltelefon heraus. ‚Magnus' stand auf dem Display. Es tat ihr im Herzen weh, ihn wegzudrücken.

Al lachte. „Cooler Klingelton. Bin gespannt, wie Jam ihn findet." Er klatschte in die Hände. „Und jetzt lass uns an den Papierkram gehen. Das heißt, wenn du den Job noch willst."

Ob sie wollte oder nicht, war egal. Sie musste.

Als Caro die Suite verließ, lief sie in eine rundliche junge Frau mit lila Haaren, die schon die Hand zum Klopfen gehoben hatte und sie verwirrt ansah. „Oh, Entschuldigung", sagte sie. „Ist das nicht das Zimmer von Herrn Binder?"

„Wer ist da?", rief Al.

„Zora", rief die junge Frau. „Aus der Buchhaltung."

Al kam an die Tür. „Weiß ich doch", sagte er und legte ihr die Hand auf die Schulter. „Komm rein. Was kann ich für dich tun?" Zora warf einen kurzen Blick auf Caro. „Können wir das unter vier Augen besprechen?"

Wenige Stunden später betrat Caro – jetzt in T-Shirt und Cargohose – die Konzerthalle. BTL machte hier zwei Tage Station auf der Deutschlandtournee, ein ungewöhnlicher Luxus für die Roadies, die Techniker und den restlichen Tross, denn normalerweise wurde die Bühne abgebaut, sobald der Applaus verklungen war und noch in der Nacht an den nächsten Spielort transportiert. Um diese Uhrzeit waren die Roadies schon längst wieder beim Aufbauen.

Eigentlich nutzte auch die Band solche Tage – das wusste Caro aus Erfahrung – fürs Faulenzen oder vielleicht für Sightseeing. Dass Musiker an ihren freien Tagen probten, hatte sie noch nie gesehen. Warum auch? Bereits vor der Tour wurden Stücke und Bühnenshow monatelang einstudiert.

Caro hängte sich den *All-Access*-Backstagepass um, den Al ihr ausgehändigt hatte, und spazierte an den Sicherheitskräften vorbei in die Halle. Noch musste keiner wissen, dass sie vom Fach war. Wahrscheinlich hielt man sie für das Guten-Morgen-Groupie. Schon okay.

In der Halle war die Arbeitsbeleuchtung eingeschaltet. Das Gitarrensolo, das ihr entgegenfetzte, war von moderater Lautstärke. Für eine Rockband.

Sie nickte dem Tontechniker zu, der hinter seinem Mischpult saß und in einer Zeitung blätterte, und schlenderte Richtung Bühne.

Das Solo kam nicht von Jam, sondern vom zweiten Gitarristen der Band, Spitzname ‚Honk'. Er spielte es mit der Präzision eines Chirurgen – eines abartig schnellen Chirurgen. Ein Luftsprung, ein letztes Riff, und es wurde still in der Halle. Caro war versucht zu klatschen.

„Schon besser", rief Jam, der statt der Schminke jetzt eine verspiegelte Sonnenbrille trug, deren Gläser wie der schwarze Streifen bis an die Ohren gezogen waren. „Viel besser! Technisch supergeil, jetzt muss nur noch mehr Leben rein. Gleich nochmal, nur ein bisschen rotziger. Weißt schon, so ungefähr." Er griff zu seiner Gitarre und spielte einige Takte. Caro hatte keine Ahnung, was er anders machte, aber es klang tatsächlich lebendiger. Rotziger. „Jetzt ist es Rock'n'Roll. Klar?", fragte er, und Honk nickte. Bevor er wieder zu seiner Gitarre greifen konnte, entdeckte Jam Caro. „Hey, wer zum … Ach, du bist das. Komm mal rauf hier."

Caro schwang sich über die Absperrgitter und stieg die Treppe zur Bühne hinauf.

„Na, jetzt siehst du wenigstens wie ein Mensch aus. Pass auf, ich stell dir mal die Band vor." Er wies nacheinander auf die Musiker. „Honk an der Gitarre, Herr von Humbold am Bass, Amok an den Keyboards und Das Ding am Schlagzeug." Die Vorgestellten grüßten kurz, und Caro grüßte zurück.

„Tja, also … Du weißt, was zu tun ist? Al hat dir alles erklärt und so, oder?"

Caro nickte. „Bei jedem öffentlichen Ereignis bin ich dabei. Sobald du unter Leuten bist, stehe ich hinter dir. Bei Tourneen bin ich rund um die Uhr in der Nähe, außer an meinen freien Tagen. Für die Sicherheit in den Hallen bin ich nicht verantwortlich, aber ich schaue den Kollegen auf die Finger und segne die Sicherheitskonzepte ab."

„Cool. Wann geht's los?"

„Heute."

„Super, dann sehen wir uns nachher." Er wandte sich wieder der Band zu. „Okay, Jungs. Gestern hat einer bei ‚Rise to the Moon' den Tempowechsel zur Bridge hin versemmelt. Ich sag nicht wer, aber wenn das heute wieder passiert, kriegt Amok meine Gitarre an den Betonschädel. Also, fünf Takte davor, f-Moll. Eins, zwei, drei, vier …" Die Band legte los und Caro machte, dass sie von der Bühne kam.

Bis zum Konzert sah sie sich in der Halle um, sprach mit den Kollegen von der Security und überprüfte deren Sicherheitskonzept. Alles soweit in Ordnung.

Als Nächstes suchte und fand sie den Tour-Manager, der sich um alle organisatorischen Belange der Konzertreise kümmerte. Er stellte sie den wichtigsten Leuten der Road Crew vor und versprach, sich um Hotelzimmer für sie zu kümmern. Die Band zog sich von der Bühne zurück, die Eingänge wurden geöffnet. Zwei Stunden vor Konzertbeginn fluteten tausende von Fans den Saal. Sie drängten durch die Eingänge und rannten so weit nach vorne, wie sie konnten, um ihrem Idol so nahe wie möglich zu sein. Die Zeit bis zum Konzert nutzten sie, um sich gegenseitig hochzuschaukeln und – gerne auch mit Hilfe größerer Mengen Biers – in Stimmung zu bringen. Caro musterte sie vom Bühnenrand aus: Männliche und weibliche Gäste hielten sich ungefähr die Waage. Viele Teens, viele Twens, und wenn ältere Besucher, dann meist Väter, die dreinschauten, als wären sie von Aliens überrannt worden.

Noch bevor die Vorband auftrat, hatten die Sanitäter einiges zu tun: Kreislaufzusammenbrüche, hyperventilierende Mädchen, eine gebrochene Rippe vom Gedränge an den Absperrungen. Alles im Normbereich.

Die Vorband kam, die Vorband ging, und dann brach die Hölle los – auf beiden Seiten der Absperrgitter. Den Anfang machte Jam, der ihrem letzten Hit ‚Distant Screams' ein bombastisches Synthesizer-Intro verpasst hatte und inmitten eines Pyrotechnik-Gewitters auf die Bühne trat. Eine Sekunde später folgte der Jubel der Fans, der den Saal vollends in ein tobendes Inferno verwandelte.

Caro schob sich durch den Graben zwischen Bühne und Publikum. Alles in Ordnung: Die Absperrungen hielten, die Fans waren hysterisch, aber friedfertig. Die Securitys hatten alles im Blick, zogen die Notfälle aus der Menge und übergaben sie an die Sanis. Hier war nichts für Caro zu tun.

Auch hinter der Bühne war alles im Lot, also beschloss sie, sich die Show anzusehen. Durch einen Versorgungsgang gelangte sie in den hinteren Teil des Publikumsbereichs. Sie gesellte sich zu den hunderten entnervten Vätern, die das Treiben dort vorne an der Bühne kopfschüttelnd betrachteten und die Sorge um ihre Töchter in Bier ertränkten.

Caro hatte schon dutzende solcher Konzerte gesehen; die wenigsten als zahlende Zuschauerin, die meisten dienstlich. Viele waren gut gewesen, manche sehr gut, aber dieses war eine Klasse für sich. Es stimmte alles: die Bühne, das Licht, die Effekte. Der Sound war perfekt, die Show bombastisch. Aber es war mehr als das: BTL und allen voran Jam spielten mit einer Begeisterung und Hingabe, die Caro so noch nie gesehen hatte. Klar, Spaß machte es den meisten Bands, aber hier war es deutlich zu spüren: Jam liebte seine Musik, Jam lebte seine Musik. Caro hatte nicht viel Ahnung davon, aber auch sie wurde einfach mitgerissen.

Jam sog den Jubel auf wie die Luft zum Atmen, ließ sich anfeuern und aufstacheln, gab alles, und wenn Caro dachte, mehr ginge nicht, dann schaltete er noch einen Gang hoch. Und als die unvermeidliche Stelle kam, die in jedem Konzert kam; die Stelle, an der Jam mitten im Refrain aufhörte zu singen und sich die Hand ans Ohr hielt, da fand Caro sich selbst singend, auf und ab hüpfend wie zwanzigtausend Fans vor ihr, die Hand in die Luft gereckt. Und neben ihr einige hundert kaum noch entnervte Väter, die es ihr gleichtaten und dabei ihr Bier verschütteten.

Mit Zugaben dauerte es fast drei Stunden. Zum Ende sah Caro zu, dass sie wieder hinter die Bühne kam – sie war schließlich nicht zu ihrem Vergnügen hier. Eigentlich.

Sie stand an der Bühnentreppe bereit, als Jam herunterkam. Womit sie nicht gerechnet hatte, war sein Wutausbruch – noch vor zwei Minuten hatte er auf der Bühne mit den Scheinwerfern um die Wette gestrahlt. „Wo ist der verdammte Roadie, der die Scheißgitarren gestimmt hat?", brüllte er. „Ich reiß dem Arsch den Arsch auf!"

„Alter, was ist los?", fragte Herr von Humbold. „Komm mal wieder auf den Teppich."

„Was los ist? Das Ding klang wie Arsch und Friedrich! Die ersten zehn Minuten war ich nur am Nachstimmen. Ich will, dass der Idiot nie wieder einen Finger an meine Babys kriegt, klar?"

Wie ein wütender Stier pflügte Jam in Richtung Bühnenausgang. Caro versuchte, vor ihm zu bleiben, um für freie Bahn zu sorgen, aber im Moment hätte sich ohnehin niemand in seinen Weg getraut.

Vor dem Tourbus blieb sie stehen und ließ die Band passieren. „War da wirklich was verstimmt?", hörte sie Amok im Vorbeigehen fragen. Honk schnaubte. „Alter, er wollte letzte Woche eine Amsel erschießen, weil sie angeblich unsauber gesungen hat."

„BTL has just left the building", murmelte Caro und stieg als Letzte ein.

Nächster Tag, selbe Show, andere Stadt. Offenbar hatte der Roadie dieses Mal mehr Sorgfalt walten lassen, denn Jam kam in bester Laune von der Bühne. Dafür gab es einen kleinen Tumult am anderen Ende des Backstage-Bereichs: Ein Teenie hatte wohl seinen Ohnmachtsanfall schneller überwunden, als den Sanis lieb war, und versuchte nun laut „Jaaaaam! Ich liiiiiiebe dich!" kreischend der Umklammerung eines schmächtigen Sanitäters zu entkommen. Mit einer Kraft, die nur die wahre Liebe einer pummeligen Sechzehnjährigen zu verleihen vermag, schüttelte sie ihren rotweißen Bremsklotz ab und machte einen Katapultstart in Richtung der Band. Caro stellte sich ihr in den Weg und bremste sie mit einem groben Stoß gegen die Schulter ab. Bevor der liebestolle Teenager wieder Fahrt aufnehmen konnte, brachte Caro sie mit einem Armhebel zu Boden. Eine Sekunde später lag der Teenie auf dem Bauch, den Arm auf den Rücken gedreht, und brüllte dumpf „Jaaaaam! Jaaaaam!" ins Linoleum.

Schritte eilten hinter Caro heran. Wohl die Securitys, die ihren Einsatz verpennt hatten. Aber nein, es war Jam. „Sag mal, was machst du denn da? Du kannst doch nicht meine Fans vermöbeln! Komm schon, lass die Kleine aufstehen!"

„Was?", fragte Caro, „ich soll …"

„Ja, sag ich doch. Hör auf deinen Boss."

Sie zögerte, dann ließ sie den Arm des Mädchens los und erhob sich. Jam half dem Teenager auf die Beine. „Alles klar bei dir?" Sie starrte ihn mit großen Rehaugen an und nickte. „Okay", sagte er, „ein Foto? Dann muss ich leider los. Gib den Apparat mal dem bösen Mädchen da."

Caro nahm die Kamera entgegen. „Cheese!", sagte sie, und Jam zog den Teenie an sich und strahlte.

Nach dem Foto machten Jam und Caro sich zügig aus dem Staub, denn der Bus mit den abgedunkelten Scheiben musste auf der Straße sein, bevor die Massen der Fans aus der Halle strömten. Als Caro sich ein letztes Mal umdrehte, sah sie, dass das Mädchen sein Glück nicht fassen konnte, seinen nächsten Ohnmachtsanfall nahm und den schmächtigen Sanitäter unter sich begrub.

„Entschuldige mal", sagte Caro im Bus, „was war das eben? Ich soll die Fans zu dir durchlassen? Du brauchst keinen Bodyguard, du brauchst einen Fotografen."

„Quatsch. Natürlich sollst du die von mir fernhalten. Wobei – die hier ging noch, die wollte mich nicht mal küssen."

Sie schnappte nach Luft. „Das heißt, ich bringe sie zu Boden, damit du dann kommen und mich anpfeifen kannst?"

„Das ist der Deal. Besser noch wäre es, wenn du sie so weghaust, dass ich es nicht sehe. Das spart dir den Anpfiff und mir das Begrabbeln."

Caro zog die Augenbrauen hoch. „Okay."

„Die Jungs und ich gehen gleich noch was essen. Kommst du mit?"

„Das ist mein Job."

„Die Frage war nicht, ob du mitkommst, sondern ob du mit uns was essen gehen willst."

„Hunger hätte ich schon."

„Die Frage ist auch nicht ... Ach, was soll's. Treffen in einer Stunde in der Hotellobby."

Im Hotel überlegte Caro, ob das Dinner offiziell war oder nicht, ob Jam also privat oder in Arbeitsaufmachung ging. Die Horde Paparazzi, die in der Lobby und in ihren Autos draußen warteten, erinnerte sie aber daran, dass es auf Tour kein ‚privat' gab.

Sie nahm auf dem Beifahrersitz der Stretch-Limousine Platz, die BTL zu einem der besten italienischen Restaurants der Stadt brachte. Dort angekommen stieg sie als erste aus, sondierte die Umgebung und öffnete dann die hintere Tür. Johlend und mit Champagnerflaschen in der Hand kamen die Musiker aus dem Wagen und schlenderten zum Eingang, während um sie herum die Fotoreporter aus ihren Autos sprangen und sie in ein Blitzlichtgewitter tauchten.

Eigentlich hätte jetzt ein zweiter Bodyguard an der Eingangstür stehen und den Laden überprüfen müssen, aber Caro war alleine, also musste sie improvisieren, was ihr gar nicht behagte. Sie sprintete an der Band vorbei und stürmte das Restaurant, was ihr entrüstete Blicke von Personal und Gästen einbrachte. Sekunden später zog Jam aber alle Aufmerksamkeit auf sich, indem er seinen Eintritt ins Restaurant mit einem langgezogenen und ohrenbetäubenden Rülpsen begleitete. Caro drehte sich um. „Bitte?"

„Ach, jetzt hast du mir den Auftritt versaut", maulte Jam. „Wir müssen uns echt mal über deine Dienstauffassung unterhalten."

„Ja, das müssen wir. Los, weiter." Sie scheuchte die Band hinter dem Wirt her, der ihnen den Weg in einen Nebenraum wies.

„Madame." Jam geleitete sie formvollendet zum Tisch und rückte ihr einen Stuhl zurecht, bevor er sich neben ihr niederließ.

„Was bitte war das gerade?"

„Das, meine Liebe, war das Ergebnis eines halben Liters Schampus auf Ex. Erfordert viel Übung, das so zu timen, dass die Explosion genau zum richtigen Zeitpunkt erfolgt. Unterdrückst du es zu lange, wandert das Ganze nach unten und geht übel nach hinten los."

„Was dir bei deiner perfekten Körperbeherrschung natürlich noch nie passiert ist."

„Nur einmal. Die Bettdecke lag morgens am anderen Zimmerende, und die Frau neben mir war tot."

Caro musste lachen. „Aber warum?"

„Warum diese Show? Weil die Leute es erwarten. Wer Rock-Idol sein will, muss der Schrecken aller Schwiegereltern sein. Ist ein Naturgesetz." Er griff zur Karte. „Die Linguine con tartufo nero sollen hier vorzüglich sein. Dazu passt am besten ein Weißwein, aber ich persönlich bevorzuge einen guten Primitivo."

Er dachte kurz nach, dann sagte er: „Außerdem find ich's geil."

2

Am folgenden Tag fuhren sie mit dem Tourbus zum nächsten Veranstaltungsort. Sie trafen gerade rechtzeitig zum Soundcheck ein und gingen danach zum Buffet, das in einem der Nebenräume der Konzerthalle für Crew und Band aufgebaut war. Jam begrüßte einige Roadies mit Handschlag, dann sprang er mit einem Jauchzen auf die dampfenden Edelstahlschalen zu. „Burger!" Er zog Caro heran. „Ich habe dir noch gar nicht den wichtigsten – den allerwichtigsten – Kollegen hier vorgestellt. Caro, das ist Pedro. Er kocht für uns hier auf der Tour, und er macht die besten Burger weit und breit."

Ein untersetzter Mann mit dunklem Teint und schwarzem Pferdeschwanz wischte sich die Hand an der Schürze ab und reichte sie Caro. „Hola. Wie geht's?", sagte er mit schwerem spanischem Akzent.

„Keine Tour ohne Pedro, und keine Tour ohne seine Burger. Leider hat er keine Lust, jeden Tag dasselbe zu kochen, deswegen gibt's die viel zu selten. Aber seine Filetsteaks sind auch nicht schlecht. Ach, übrigens: Heute gibt's Überstunden. Die Plattenfirma lässt was springen, wegen Doppelplatin. Nette kleine Party."

Die ‚nette kleine Party' war nach Caros Eindruck nicht wesentlich bescheidener als das Konzert. Alles, was in der Gegend Rang und Namen hatte, war gekommen. Caro stand mit einigen Kollegen am Eingang zum VIP-Bereich.

„Ey, Caro", brüllte Jam über den Lärm, „ich habe vorhin beim Konzert ein paar Mädels Karten für die Feier zugesteckt. Sie doch mal zu, dass du die auftreibst und zu uns bringst. Kannst auch gerne mit reinkommen."

Caro winkte ihren Boss heran und brachte ihren Mund dicht an sein Ohr. „Zwei Sachen, jetzt und für die Zukunft", grollte sie. „Erstens: Ich werde euch nicht mit weiblichem Frischfleisch versorgen. Ich bin für deine Sicherheit zuständig, nicht für deinen Hormonhaushalt. Klar?"

„Und zweitens?"

„Versuche es gar nicht erst. Denke an meinen letzten Boss."

Jam zog scharf die Luft ein. „Kriege ich wenigstens noch 'n Drink?"

Caro winkte einer der Kellnerinnen.

Der Rest des Abends verlief ohne besondere Vorkommnisse, aber es war fast drei Uhr, bis die Band – nebst einigen handverlesenen Groupies – wieder im Hotel eintraf. Entsprechend müde hing Caro morgens um zehn über ihrem Frühstücksteller, als ihr Telefon klingelte. Jams Nummer stand auf dem Display.

„Was gibt's?"

„Rette mich!", flüsterte seine verzweifelte Stimme in ihr Ohr.

Caro sprang auf. „Was ist los?"

„Diese blöde Schnepfe faselt die ganze Zeit was von Liebe und Heiraten und solchem Scheiß. Alter, die ist noch nicht aus meinem Bett raus und stalkt mich schon."

Sie ließ sich wieder auf den Stuhl fallen. „Das ist nicht meine Aufgabe."

„Caro, bitte!"

„Du schuldest mir was." Sie legte auf und ging zum Fahrstuhl.

Die Penthouse-Suite verfügte über eine pompöse doppelflügelige Tür, wie gemacht für dramatische Auftritte. Caro riss sie schwungvoll auf und brüllte: „Wo ist das Flittchen?"

„Schatz, bist du das?", rief es aus dem Schlafgemach zurück. „Ich bin hier ganz alleine." Wüstes Geraschel und ein erstickter Aufschrei.

Caro ging zur Schlafzimmertür, fasste die Klinke und atmete tief durch. Lieber Gott, betete sie, lass mich nichts sehen, das ich nicht sehen will!

Sie warf die Tür auf. „Wo ist sie?", wiederholte sie.

Jam saß im Bett, die Decke glücklicherweise bis unter die Achseln gezogen. „Ich weiß nicht, wovon du redest", jammerte er und deutete zum Fenster.

Caro zog den Vorhang beiseite. Vor ihr stand eine Blondine Anfang zwanzig in Unterwäsche, den restlichen Fummel vor die Brust gepresst.

„So", zischte Caro. „Du bist also alleine. Ist das der Dank für mein Vertrauen? Du hast mir geschworen, deine Therapie macht

21

Fortschritte, und es würde nie wieder vorkommen. Und jetzt das! Wie konntest du nur? Ich bin es so leid, ständig diese Antibiotika nehmen zu müssen!"

„Das … ich …", stammelte das Mädchen, „das ist nicht, wonach es aussieht."

„Natürlich nicht", knurrte Caro, „Sie sind sicher nur eine Reporterin vom Rolling Stone."

Die Kleine nickte. Sie tat Caro beinahe leid.

„Und jetzt raus hier", knurrte sie. Sie hob die Handtasche und Schuhe des Mädchens vom Boden auf und warf sie ihr zu.

Die junge Frau hob die Sachen auf und machte, dass sie davonkam. Das Donnern der doppelflügeligen Tür hallte durch die Suite.

„Antibiotika?", fragte Jam. „Hast du 'ne Meise?"

„Ich habe improvisiert."

„Ja, aber … oh verdammt! Ihr Smartphone. Sie hat bestimmt Fotos gemacht. Und ich bin ungeschminkt!"

Caro warf ihm das Mobiltelefon zu, das sie seiner Gespielin aus der Handtasche gezogen hatte. Tatsächlich. Zum ersten Mal sah sie ihren Auftraggeber ohne Sonnenbrille oder schwarzen Streifen. Nach den Fältchen um die Augen zu urteilen war er älter, als sie gedacht hatte, Anfang Vierzig vielleicht.

Jam lachte erleichtert. „Du bist meine Rettung!"

„Aber nur dieses eine Mal." Sie deutete mit dem Finger auf ihn. „Und du schuldest mir was!"

„Nein, nein, nein! Kommt nicht in Frage!" Jam tobte. Die Tour war seit einer Woche vorbei, sie waren in Jams Villa in der Nähe von Hannover, und Caro forderte ihr freies Wochenende ein. Sie stand mit verschränkten Armen vor Jam und ließ ihn wüten.

„Ich bezahle dir ein Schweinegeld, damit du für mich arbeitest, wenn ich dich brauche. Und was ist? Die gnädige Frau möchte freinehmen."

„Mein Verdienst ist durchschnittlich, du pendelst seit dem Ende der Tour nur zwischen Schlafzimmer und Studio, und meine Freizeit ist vertraglich geregelt. Punkt."

„Ach, liegt's am Geld? Soll ich dir mehr zahlen? Ist es das, ja?"

„Kannst du gerne machen, aber egal, was du drauflegst, das Wochenende bin ich weg."

„Als ob die Welt zusammenbrechen würde, wenn du nicht frei kriegst."

„Für meinen Sohn schon."

Jam öffnete den Mund und schloss ihn wieder. „Mann, in dem Job hat man doch keine Kinder", sagte er.

„Und was hast du jede zweite Nacht im Bett gehabt?"

„Ey, die waren alle volljährig! Haben sie gesagt."

„Und hätten deine Töchter sein können." Sie hob ihre Reisetasche auf. „Ich bin Montagmorgen um acht wieder da. Ende der Diskussion."

„Wenn du jetzt abhaust, brauchst du gar nicht wiederzukommen!", rief er ihr nach.

Sie drehte sich um. „Du bestehst darauf, dass ich das Wochenende hier bin?"

Er verschränkte die Arme. „Ja."

„An meinem Besuchswochenende mit Magnus."

„Wem?"

„Meinem Sohn."

„Ja."

„Na gut", sagte sie und stellte ihre Tasche wieder ab.

„Du bleibst hier?"

„Wenn du darauf bestehst, dann gibt es ja wohl nur eine Lösung."

„Meine ich doch."

„Magnus verbringt das Wochenende hier."

„Was? Nein! Kommt gar nicht in Frage, dass ein nerviges Gör mir die Bude versaut."

„Magnus ist kein nerviges Gör. Er ist fünf Jahre alt und macht weniger Unordnung als du."

„Ich bin Künstler, ich brauche meine Ruhe!"

„Du hast so viel Ruhe, ich weiß schon gar nicht mehr, ob der Geruch nur mangelnde Hygiene oder schon Verwesung ist."

„Boah!"

Sie ging, ohne sich noch einmal umzudrehen. Es gab Dinge, die standen einfach nicht zur Diskussion. Wie die Wochenenden mit Magnus.

Dass Caro nicht das Sorgerecht für ihren Sohn hatte, war bitter. Noch bitterer aber war, dass Magnus gar nicht bei ihrem Ex aufwuchs, sondern hauptsächlich bei dessen Eltern. Alter Hamburger Geldadel, mit Villa an der Elbchaussee und Einfluss bis in die höchsten Kreise.

Jeden zweiten Freitag übergab das Ex-Schwiegermonster ihr Magnus, aber stets mit einem Blick, als vertraute sie einer Kleptomanin ihre Geldbörse an. Caro biss jedes Mal die Zähne zusammen und schwieg. Ihre Zeit würde noch kommen. Deshalb war es so wichtig gewesen, einen festen Job zu finden. Kein gesichertes Einkommen – keine Chance. Und deshalb bestand sie auf den freien Wochenenden. So wie jetzt.

„Das Haus ist ja noch größer als das von Oma und Opa", sagte Magnus. „Wohnst du jetzt hier?"

„Nur zum Arbeiten."

„Du beschützt den, der hier wohnt, vor bösen Leuten, oder?"

„Ja, genau."

„Der muss aber ganz schön reich sein."

Caro lachte und schloss die Tür auf. „Wir sind da-ha!", rief sie in den Hausflur.

Keine Antwort, wie erwartet.

Sie stellten Magnus' Köfferchen ab und gingen ins Wohnzimmer, wo Jam vor dem Fernseher saß und sie demonstrativ nicht beachtete.

„Hallo Jam."

„Mhm."

„Das ist Magnus. Magnus, das ist Jam."

„Das ist aber ein komischer Name."

„Ich find ihn gut", sagte Jam, ohne den Blick vom Fernseher zu wenden.

„Wieso bist du so reich?"

„Was?" Nun drehte sich Jam doch zu Magnus, wohl um zu sehen, wer ihm so bescheuerte Fragen stellte.

„Du siehst gar nicht so reich aus. Aber wenn Mama dich vor den bösen Menschen beschützt, dann musst du reich sein. Mama beschützt nur die ganz reichen und ganz wichtigen Leute."

„Wer sagt denn, dass ich nicht wichtig bin?"

„Du siehst nicht so aus."

„Wie sieht denn jemand aus, der wichtig ist?"

Magnus zuckte mit den Schultern. „Weiß nicht. Nicht so wie du. Mit schickem Anzug und blitzeblanken Schuhen."

„Ich mache Musik", sagte Jam.

„Und damit ist man reich und wichtig?"

„Wenn man richtig gut ist, dann schon."

„Hast du deswegen das riesengroße Klavier hier stehen?"

„Klar."

„Kannst du da richtig drauf spielen?"

„Logisch."

„Glaub ich nicht. Ich hab das mal bei meiner Freundin Vivienne ausprobiert, das war blöd."

„Da muss man echt viel üben."

„Sagt Vivienne auch. Sie übt jeden Tag, sagt sie. Aber bei ihr klang es auch blöd."

Jam machte den Fernseher aus. „Dann pass mal gut auf." Er ging zum Flügel und spielte ‚Alle meine Entchen'.

„Das kann Vivienne auch."

„Kann Vivienne denn auch das hier?" Er spielte Mozarts kleine Nachtmusik an.

„Nee."

„Oder das hier?" Er spielte den ‚Entertainer' von Scott Joplin. Magnus lachte. „Nee. Das klingt lustig! Hast du das gemacht?"

„Nein. Ich mache sowas." Er schlug ein paar Takte von ‚Rise to the Moon' an.

„Oh, das kenne ich! Das habe ich schon gehört! Mama, du hast recht, der ist wichtig! Der ist sogar im Radio!"

„Sage ich doch", sagte Jam.

„Aber im Radio war das gar nicht auf dem Klavier gespielt."

„Nein, das war Gitarre und noch ein paar andere Instrumente." Magnus sah sich um. „Aber du hast doch gar keine Gitarre."

„Nein, nicht im Wohnzimmer. Die Gitarren sind alle im Studio."

„Was ist ein Studio?"

„Komm, ich zeig's dir."

Sie standen auf, und Jam führte Magnus in den Keller. Caro schmunzelte. Männer!

Das Wochenende verging wie im Flug: Jam zeigte Magnus alle seine Instrumente und wie sie funktionierten und brachte ihm einige Griffe auf der Gitarre und ein paar einfache Melodien auf dem Klavier bei. Er ließ Magnus sogar am Mischpult Raumschiffkommandant spielen. Abends sahen sie sich bei Popcorn und Kakao Zeichentrickfilme in Jams Heimkino an.

Am Sonntagnachmittag, als Caro zum Aufbruch rief, war das Gejammer bei Magnus groß: Er wollte nicht weg. Nicht von

Mama, nicht von dem coolen Haus mit den tollen Instrumenten und dem eigenen Kino, und auch nicht von Jam. Der setzte sich vor Magnus auf den Boden. „He, Sportsfreund, du kannst ja wiederkommen."

„Ehrlich? Jedes Wochenende?"

„Ich bin ganz schön viel unterwegs zum Musikmachen, aber wenn ich da bin, dann auf jeden Fall."

„Kann ich nicht wenigstens noch bis morgen bleiben? Bitte!" Jam sah Caro an.

Caro schüttelte den Kopf. „Jam hat morgen ganz viel Arbeit."

„Habe ich?"

„Hallo! Studioprobe um elf?"

„Ach, Mist!"

Caro wendete sich wieder an Magnus. „Und du weißt doch, Oma ist immer ganz traurig, wenn du zu spät kommst."

„Die ist nicht traurig, die schimpft nur."

Jam zog die Augenbrauen hoch.

„Komm schon, Schatz, wir müssen jetzt wirklich los."

„Na gut." Magnus umarmte Jam, der etwas überrumpelt aussah, die Umarmung dann aber erwiderte.

„Ich bin morgen früh wieder da", sagte Caro. „Ich habe noch ein paar Kleinigkeiten in Hamburg zu erledigen. Blumen gießen, Briefkasten leeren, all sowas."

„Klar. Morgen früh ist okay." Jam stand auf und winkte ihnen nach.

3

Es klopfte.

Oltmann löste sich unwillig von seiner Fallakte. „Herein."

Eine wohlgerundete Frau mit lila Haaren trat ein, eine Stofftasche in der Hand.

„Guten Morgen", sagte Oltmann. „Nehmen Sie Platz."

Die Frau dankte und setzte sich. Ihr Blick irrte über Oltmanns Schreibtisch, ihr Busen bebte. Er kannte die Zeichen: Sie war drauf und dran, jemandem mächtigen Ärger einzubrocken. Die meisten Besucher taten sich schwer damit. Nur selten passierte es, dass ein aufrechter Staatsbürger in sein Büro trat und mit unverhohlener Genugtuung Verfehlungen im Wert von mehreren Jahren Haft in seine Feder diktierte.

Meist waren das sitzen gelassene Ehefrauen, deren Gatten sich nicht nur mit einer Jüngeren, sondern auch mit einigen hinterzogenen Steuermillionen aus dem Staub gemacht hatten.

Doch dies hier war nicht der Typ ‚mehrfach geliftete Zahnarztgattin'. Und es fiel ihr nicht leicht, sich der Steuerfahndung anzuvertrauen.

Oltmann faltete die Hände, legte sie auf den Tisch und lächelte die junge Frau an. „Was kann ich für Sie tun?"

„Ich habe meinen Arbeitgeber auf Unregelmäßigkeiten in seinen Buchungen aufmerksam gemacht."

Oltmann nickte und lächelte.

„Schwere Unregelmäßigkeiten."

Oltmann nickte wieder.

„Er hat mich dafür gefeuert."

„Aha."

„Verstehen Sie? Ich sage ihm, dass da was faul ist, und er feuert mich. Mich!"

„Interessant."

„Und raten sie mal, wer der Klient von meinem Boss ist!"

Einen Teufel würde Oltmann tun. „Na?"

„Halten Sie sich fest: Jam."

„Jam?"

Sie nickte und lehnte sich zurück. „Was sagen Sie jetzt?"

„Oha."

Sie hatte offenbar mehr Enthusiasmus erwartet. „Sie kennen doch wohl Jam, oder? BTL?"

Oh ja, dachte Oltmann grimmig. Den kannte er. „Oh ja", sagte er freundlich, „den kenne ich."

„Also?"

„Haben Sie Beweise?"

„Und ob." Sie zog einen dicken natronbraunen Aktenumschlag aus ihrer Stofftasche und knallte ihn auf Oltmanns Schreibtisch.

Der Luftzug des niederstürzenden Aktenklotzes wehte die Papiere auf Oltmanns Schreibtisch durcheinander. Er musterte die Unordnung. „Ich werde mir die Papiere genau ansehen. Sie erhalten Bescheid."

Er wusste schon, wie das ausging. Oder hatte man jemals einen Popstar wegen Steuerhinterziehung in einem deutschen Gefängnis verschwinden sehen?

4

Als Caro am nächsten Morgen bei Jam eintraf, war er bester Laune. Er spielte Singstar auf der Playstation und amüsierte sich königlich. Caro ließ ihre Reisetasche fallen. „Du bist schon wach?"

„Wieso schon?"

„Es ist acht Uhr morgens."

„Welcher Tag?"

„Montag."

„Oh."

„Darf ich dich daran erinnern, dass um elf die Musiker für die Studioproben aufschlagen?"

„Oh Shit." Er gähnte und rieb sich die Augen. „Eigentlich würde ich jetzt lieber ins Bett."

„Nichts da. Ab unter die Dusche, du hast es nötig. Ich mache uns einen Kaffee."

Jam erhob sich ächzend und schlurfte, eine Melodie vor sich hin summend, ins Obergeschoss. Caro sammelte die Bierflaschen ein und ging in die Küche.

Sie hatte gerade den Kaffeeautomaten in Gang gesetzt – wahrscheinlich das einzige Gerät, das in der Luxusküche überhaupt benutzt wurde – und ließ sich einen Cappuccino machen, als Jam von oben nach ihr rief. Ging ja gut los.

Sie stieg, den Becher in der Hand, die Treppe hoch. In der Dusche lief bereits das Wasser. „Was gibt's?", fragte sie.

„Komm mal her, ich brauch deine Hilfe."

„Kannst du vergessen."

„Quatsch, nicht das. Du hast doch ein Smartphone, oder?"

„Klar."

„Einfach die Audioaufnahme starten und das Telefon durch die Tür halten. Ich habe Angst, dass ich's sonst vergesse."

Caro gehorchte. „Kannst loslegen!"

Unverkennbar, Jam konnte singen. Selbst unter der Dusche klang er wie von der CD, nur eben mit sehr viel Hall. Und ohne Instrumente. Und, weil es eine ganz neue Melodie war, natürlich ohne Text.

„Und, wie findest du's?", rief er.

„Ganz okay, aber reißt mich nicht vom Hocker."

„Warte nur, bis ich es arrangiert habe. Das wird ein ganz großes Ding, ich schwör's!"

Caro zweifelte daran. Eine hübsche Melodie, aber nichts Besonderes.

„Doch, ehrlich", sagte Jam zehn Minuten später, als er mit verstrubbelten Haaren in der Küche saß und mit ihr Kaffee trank. „Du glaubst nicht, was ein gutes Arrangement rausreißen kann."

Caro schüttelte den Kopf. „Aber ohne eine richtig gute Melodie kann das nichts werden."

„Dann komm mal mit." Er ging ins Wohnzimmer, setzte sich an den Flügel und schlug ein paar Töne an. „Und?"

Caro runzelte die Stirn. „Kommt mir entfernt bekannt vor."

„Ist eine Nummer eins. Ein Partykracher. Keine Idee?"

Caro schüttelte den Kopf.

Jam spielte dieselben Noten, aber diesmal in Länge und Rhythmus detaillierter. „Und jetzt?"

„Ah", sagte sie. „Moment – Westerland! Die Ärzte!"

„Würde dich das bei einer Party vom Hocker reißen?"

„Na klar!"

„Nein. Vom Hocker reißen würde dich das hier." Er nahm die linke Hand hinzu und verpasste sich eine fetzige Begleitung, während er den Refrain sang. Caro fiel ein, und die letzte Zeile grölten sie gemeinsam.

Sie lachten. Jam drehte sich zu ihr. „Hättest du das gedacht, bei der Grundmelodie?" Er spielte sie noch einmal an. „Fünf Töne. Mehr nicht. Total langweilig. Oder?"

„Wenn du es so sagst … Ja, irgendwie schon."

„Und dann packst du ein paar Akkorde dazu und ein bisschen Schlagzeug und noch so'n bisschen Dekoration – voilà, Nummer eins."

„Klingt einfach."

„Ist es aber nicht. Wenn's so wäre, gäbe es nur noch Nummer-eins-Hits, und die Plattenfirmen könnten sich die ganze Kohle für die Flops sparen."

„Das ist fast wie in meiner Branche. Wenn du vorher wüsstest, wann es gefährlich wird, könntest du an neunundneunzig von hundert Tagen im Bett bleiben."

Jam lachte. „So in etwa. Weißt du was? Du machst uns eine ordentliche Portion Rührei, und ich zeige dir was Feines im Tonstudio. Deal?"

„Okay", sagte Caro, „Deal."

„Aber mit Schinken. Und Käse. Und Ketchup!"

Im Studio klimperte Jam auf einem Keyboard herum, als Caro mit zwei Tellern voll frischem Rührei die Treppe herunterkam. „Boah", sagte er. „Wahnsinn!" Und dann sagten beide erst einmal nichts.

Danach wischte Jam sich mit dem Ärmel über den Mund und zeigte auf ein Mikrophon. „Da reinsingen."

„Ich kann aber nicht singen!"

„Na und? Das Einzige, das mich daran hindert, dich zum Popstar zu machen, ist, dass du mir die Fresse polierst, wenn ich dich in sexy Klamotten stecke."

„Das stimmt. Aber singen kann ich trotzdem nicht."

„Wart's ab. Sagt dir Le Freak was?"

„Disco-Funk, oder?"

„Nicht schlecht. Die Disco-Funk-Nummer überhaupt." Er stand auf und ging hinaus. Durch die Fensterscheibe konnte Caro beobachten, wie er sich im Regieraum hinter das Mischpult setzte. Er drückte einen Knopf, und über die Studiolautsprecher hörte sie seine Stimme: „Stell dich vors Mikro und rufe: ‚Freak out'!"

Sie kam sich komisch vor, aber sie tat es.

„Und jetzt flüstern: ‚Le Freak – c'est chic'."

Er ließ sie noch einige kurze Passagen mehr sprechen als singen, dann kam er ins Studio zurück. „Das war's schon. Gib mal die E-Gitarre da."

Er nahm ein paar funkige Gitarrenriffs auf, dann einige Takte mit dem Bass und schließlich noch Schlagzeug. „Jetzt", sagte er, „kommt die Magie." Dann setzte er die Gitarrenpassagen und das Schlagzeug in einer Endlosschleife zusammen und blendete dann Caros ‚Freak out!' ein. Sie zog scharf die Luft ein. „Das klingt furchtbar!"

„Die eigene Stimme klingt immer schrecklich. Aber ja, das ist furchtbar. Moment." Er fuhrwerkte mit Maus und Tastatur herum.

„So, besser." Tatsächlich klang Caros Stimme jetzt deutlich weniger dilettantisch. Jam legte Bassläufe an passenden Stellen über die Gitarre, dann setzte er sich ans Keyboard. Mit einigen Tastendrücken wählte er einen Trompetensound aus und fügte dem Arrangement einige Bläserakzente hinzu. Das Gleiche machte er mit Streichern. Jetzt schallte aus den Studiolautsprechern fetziger Disco-Funk, der dem Original aus den Siebzigern kaum nachstand. Er lehnte sich zurück. „Siehst du? Du kannst nicht singen, und eigentlich hast du auch nicht richtig gesungen. Den Rest hat der Onkel vom Studio dazugebastelt, und schon ist es Rock'n'Roll. Cool, oder?"

„Ich bin beeindruckt."

„So. Und jetzt überlege dir mal, was ich mit meinem kleinen Badezimmergesang anstellen kann."

„Ich lasse mich überraschen. Oh, bevor ich es vergesse: Al hat dir ein paar Papiere geschickt, die du unterschreiben sollst."

„Klar, gib her. Liegen irgendwo im Hausflur."

Caro holte den großen braunen Umschlag und sah zu, wie Jam die Dokumente darin eines nach dem anderen unterschrieb, ohne sich groß mit Lesen aufzuhalten.

Er gab Caro den Umschlag mit den Papieren zurück. „Wenn du willst, kannst du den Kram gleich zurück zu Al bringen. Wir hocken hier den ganzen Tag im Studio, da wird mich schon keiner überfallen."

Großartig. Erst zog er eine bühnenreife Szene ab, weil sie übers Wochenende frei haben wollte, und kaum hatte sie wieder Dienst, brauchte er sie nicht. Diva.

5

Diplom-Finanzwirt Jens Oltmann ging auf sein Haus zu und hatte das entschiedene Gefühl, dass ihm zu irgendeinem Zeitpunkt in der Vergangenheit das Thema Erziehung in wesentlichen Teilen entglitten war. Anders ließ sich nicht erklären, dass seine Tochter das komplette Stadtviertel an ihrem Musikgenuss teilhaben ließ. Wobei man über das Wort ‚Genuss‘ streiten konnte.

Nach Oltmanns Überzeugung war es ein Naturgesetz: Jede Sechzehnjährige war der Ruin des elterlichen Nervenkostüms. Es ging nicht anders.

Lisa war da keine Ausnahme. Sie hatte das volle Spektrum drauf, vom kindlichen Augenaufschlag über Starrköpfigkeit bis zu offener Meuterei. Aber um der Sache noch einen draufzusetzen, hatte sie sich vor einem Dreivierteljahr zum größten Fan der besten Rockband aller Zeiten erklärt. Und das war natürlich BTL, keine Frage.

Und so schallte aus dem Dachfenster die neueste CD ihres Idols. Gerade lief ‚No Tears‘, danach käme ‚Night Flight to Tokyo‘, dann ‚Distant Screams‘.

Oltmann kannte sie alle. Nicht dass er das wollte, aber es gab einfach kein Entkommen. Und in gewisser Weise erging es ihm wie seiner Tochter: Auch beim tausendsten Mal hatten sich ihrer beider Gefühle für die Songs nicht geändert. Sie betete sie an, ihn kotzten sie an.

„Endlich, Herr Oltmann“, rief die Nachbarin. Er hatte sich in zehn Jahren nicht ihren Namen merken können. „Es ist furchtbar! Seit Stunden geht das schon so. Und sie reagiert nicht, nicht auf Rufen, nicht auf Klingeln. Furchtbar!“

„Ist in Ordnung“ Oltmann musste schreien, denn Lisa hatte noch weiter aufgedreht, um die lästigen Störgeräusche von draußen zu übertönen. „Ich kümmere mich darum.“

Er öffnete die Haustür, ging hinein, schloss die Tür hinter sich und stellte seine Aktentasche ab. Dann zog er sein Schlüsselbund aus der Tasche, löste das Vorhängeschloss vor dem Sicherungskasten, öffnete ihn und kippte den dritten Schalter von links in der oberen Reihe.

Augenblicklich herrschte Ruhe. Rasch schloss er den Kasten wieder ab und steckte den Schlüssel in die Hosentasche, um einem Handgemenge aus dem Weg zu gehen.

„Ey", rief sein Engelchen von oben, „solln der Scheiß?"

„Das weißt du genau."

Lisa kam an die Treppe. „Ich hab doch nur ein bisschen Musik gehört. Ihr erlaubt mir ja nicht, im Sommer mit Julia zum Konzert zu fahren."

„Nach Madrid, ich weiß. Und warum wohl nicht?"

„Barcelona. Kannst du dir das nicht merken?"

„Warum sollte ich? Selbst wenn wir es erlauben würden, wovon willst du das bezahlen?"

„Ihr habt doch Kohle genug. Und Julia hat die Karten schon. Von ihren Eltern!"

„Soweit kommt's noch. Es ist mein Geld, und ich entscheide, wofür ich es ausgebe."

„Mann, du bist so gemein! Ich hasse dich!" Sie stürmte in ihr Zimmer und knallte die Tür zu.

Oltmann ging in die Küche und holte ein Bier aus dem Kühlschrank. Er setzte sich an den Tisch und starrte aus dem Fenster. Wollen doch mal sehen, dachte er, wer hier am längeren Hebel sitzt. Er würde schon dafür sorgen, dass Jam so schnell keine Konzerte mehr gab. Nein, er würde dafür sorgen, dass es BTL nicht mehr gab.

Fünf Jahre war die Höchststrafe für Steuerhinterziehung. Dann war Lisa einundzwanzig und würde keinen Gedanken mehr an irgendeine längst untergegangene Rockband verschwenden.

Ja. So würde es sein. Er, Diplom-Finanzwirt Jens Oltmann, würde der Mann sein, der die Väter dieser Welt von der Geißel BTL befreite.

Er prostete seinem Spiegelbild in der Fensterscheibe zu. Oben hatte Lisa ihr Handy aufgedreht. Eine kläglich scheppernde Version von ,Trouble in Town' schallte durch das Haus, und es störte ihn kaum.

6

Caro stieß die Wohnungstür zu, schlurfte ins Wohnzimmer und ließ sich vornüber aufs Sofa fallen. Endlich, nach fast zwei Wochen bei Jam, wieder zu Hause. Der Kerl machte sie fertig. Wieso machte sie seine ganzen Macken mit? Sie war Personenschützerin, kein Kindermädchen. Und auch kein Butler.

Sie musste niesen. Das Sofa hatte reichlich Staub angesetzt. Kein Wunder, sie war fast nie da. Sie nieste noch einmal und setzte sich auf. Also gut, Putzen war angesagt.

Nicht dass sie gerne putzte. Aber es war ihre Wohnung, und sie mochte es gerne sauber und gemütlich. So selten sie auch hier sein konnte: Dies hier war ihr Reich, ihre vier Wände. Das, was einer Heimat oder zumindest einem Rückzugsort am nächsten kam.

Je nachdem, welche Aufträge sie annahm, war sie mal lange, mal fast gar nicht hier. Doch es wäre ihr nie in den Sinn gekommen, die Wohnung aufzugeben. In erster Linie natürlich wegen der Wochenenden mit Magnus, aber nicht nur. Sie brauchte das. Das Gefühl, einen Ort zu haben, der ganz alleine ihr gehörte. Zum ersten Mal in ihrem Leben.

Während ihrer Ehe mit Gero hatten sie eine Wohnung in der Familienvilla an der Elbchaussee gehabt. Ein goldener Käfig: Gero, ihr Ex-Mann, war zwar nur selten zu Hause gewesen und mischte sich auch nicht groß ein, seine Mutter aber umso mehr. Sie spazierte ungefragt und ohne zu klopfen herein, rümpfte die Nase über dies, kritisierte das und maßregelte Caro für jenes. Bei jeder Gelegenheit ließ sie sie merken, dass sie sie für einen unpassenden Umgang für Gero und für Magnus hielt. Dass sie überzeugt war, dass Caro nur schwanger geworden war, um sich ins gemachte Nest zu setzen.

Ihr Elternhaus war so ziemlich das Gegenteil davon gewesen. Niemand hatte sich wirklich um sie gekümmert. Ihre Mutter hatte sie sicherlich geliebt, war aber in ihrer eigenen Welt gefangen. In den Zeiten, in denen es ihr gut ging, kümmerte sie sich rührend um Caro, wohl auch, um die schlechten Zeiten wettzumachen. Caro konnte das Auf und Ab irgendwann nicht mehr ertragen, denn für sie war jede gute Phase nur das Vorspiel für einen neuen Absturz. Trotzdem hielt sie tapfer durch und versuchte, ihre kleine Welt am Auseinanderfallen zu hindern.

Ihr Vater hatte weniger Durchhaltevermögen. Er verließ sie und ihre Mutter, als Caro zwölf war. Immerhin besaß er den Anstand, klaglos jeden Monat seinen Unterhalt zu zahlen. Es war nicht viel, aber sie kamen über die Runden.

Sie sah ihn das letzte Mal bei der Beerdigung ihrer Mutter. Das letzte Tief war zu verheerend, das offene Fenster zu verlockend gewesen.

Caro war damals achtzehn. Zu jung, um auf eigenen Beinen zu stehen, aber alt genug, um der Fürsorge des Jugendamts oder gar ihres Vaters zu entgehen.

Nach dem Abitur wohnte sie mehr oder weniger lange bei verschiedenen Freunden, die mehr oder weniger gut für sie gewesen waren. Keiner von ihnen schlug sie, aus gutem Grund. Caro trieb Kampfsport, seit sie acht gewesen war. Erst Judo, später Karate, Ju Jutsu, Kickboxen, Wing Tsun. Sie brauchte das, um sich abzureagieren, um nicht zu explodieren, wenn es zu Hause wieder schlimm wurde.

Sie machte ihre Leidenschaft zu ihrem Beruf, anfangs als Türsteherin, dann mit einer Zusatzausbildung als Personenschützerin. Sie hatte überlegt, zur Polizei zu gehen, aber eines lockte sie zu sehr: die Möglichkeit, herauszukommen. Allem zu entfliehen, die Welt zu sehen, exotische Orte, die sie vergessen ließen, wo sie herkam. Und war es gekommen, dass sie jahrelang gar keine eigene Wohnung hatte. Bis sie Gero kennengelernt hatte.

Sie nieste ein drittes Mal und schniefte lautstark. Es hörte sie ja keiner.

Gero. Chefarzt Dr. med. Gero Overbeck. Unglaublich, dass ein solches Arschloch ein so wunderbares Kind wie Magnus gezeugt hatte. Es mussten wohl ihre Gene sein. Wenigstens da war sie dominant gewesen.

Sie kicherte bei dem Gedanken und schüttelte die Sofakissen am offenen Fenster aus.

Nein, von Männern war sie kuriert. Die meisten waren Kindsköpfe, so wie Jam, und die wenigen Ausnahmen waren Scheißkerle, so wie Gero.

Nach dem Putzen ging sie hinunter, um für das Abendessen einzukaufen. Sie konnte ganz ordentlich kochen, aber das hatte sie bisher vor Jam geheim gehalten, abgesehen vom gelegentlichen Rührei. Sonst wäre sie in Windeseile auch noch seine Privatköchin geworden.

„Yo, Caro", rief der junge Kerl im türkischen Gemüseladen. Er hielt seine Faust hoch, sie stieß ihre dagegen. „Na, wieder da? Kommst du mal wieder Training? Ist langweilig ohne dich!"

„Ahmed, ich kann euch doch gar nichts mehr beibringen! Ihr würdet mich nur vermöbeln", sagte sie und schlug spielerisch einen linken Haken nach ihm.

Er wehrte ihn genauso spielend ab. „Nie im Leben! Und die ganzen Asis brauchen echt mal wieder in Arsch getreten, sonst heben die ab."

„Rede nicht so über die Jungs, nur weil's keine Türken sind, sonst versohl ich dir den Hintern!"

„Ich mach doch nur Spaß. Du, ich hab da eine kennengelernt, voll süß, die Kleine. Und weißt du? Sie kommt aus Syrien." Er verdrehte die Augen und tat, als würden ihm die Knie weich werden.

Caro lachte. „Ich komme diese Woche ins Dojo. Und bring deine Süße mit, ich muss ihr doch zeigen, wie man sich Kerle wie dich vom Leib hält."

Ahmed klatschte in die Hände. „Geil! So, was willst du? Ich mach Sonderpreis für dich. Willst du Champignons? Sind voll frisch!"

Caro schwenkte die in Scheiben geschnittenen Champignons in der Pfanne, als das Telefon klingelte. Ihre Ex-Schwiegermutter. „Ich mache mir Sorgen um das Wohl von Magnus", sagte sie übergangslos, nachdem sie die Begrüßungsfloskeln hinter sich gebracht hatte.

„Aha", sagte Caro.

„Es ist nicht gut, wenn er mitbekommen muss, wie seine Mutter gegen seinen Vater prozessiert."

„Dann sagt es ihm einfach nicht."

Schweigen. Dann: „Ich möchte dir einen Vorschlag machen. Zum gegenseitigen Nutzen. Und zum Wohle des Kindes."

Caro tat ihr nicht den Gefallen zu fragen.

„Wir werden dir eine großzügige monatliche Zahlung zukommen lassen, und zum Ausgleich wirst du auf das Einklagen des Sorgerechts verzichten."

Caro richtete sich auf. „Ich höre wohl nicht richtig. Du willst mir mein Kind abkaufen?"

„Ich schütze nur mein Enkelkind."

„Indem du ihm die Mutter wegnimmst. Natürlich." Wütend warf sie den Kochlöffel in die Pfanne und ging ins Wohnzimmer.

„Niemand redet von Wegnehmen. Für dich und Magnus ändert sich gar nichts: Ihr seht euch jedes zweite Wochenende."

Caro lachte auf. „Ja. So lange, bis ich schriftlich auf das Sorgerecht verzichtet habe. Ich kenne euch doch. Ihr werdet keine Ruhe geben, bis ihr mir auch das Besuchsrecht weggenommen habt."

„Ich bin erschüttert. Was glaubst du von mir?"

„Vergiss es. Ich würde mich lieber erschießen, als auf so einen Handel einzugehen."

Kurzes Schweigen. „Du weißt einfach nicht, wann es Zeit ist, nachzugeben. Wärst du klug, würdest du das Angebot annehmen. Aber Intelligenz war ja noch nie deine Stärke."

„Wäre ich klug, dann wäre ich nie auf Gero hereingefallen."

„Carolin, es ist nur zu deinem und Magnus' Besten."

Caro stockte. Sie beleidigte Gero und seine Mama überging es?

„Ihr habt Angst", sagte sie.

„Was? Das ist doch absurd."

„Ihr habt wirklich Angst, dass ihr den Prozess verlieren könntet. Deswegen die Bestechung."

„Bestechung ist nun wirklich nicht der richtige …"

„Ich hole Magnus morgen zur üblichen Zeit ab." Caro legte auf. Sie schnupperte. Die Champignons!

Es waren nur noch schwarze rauchende Brocken, der Duft nach Olivenöl, Thymian und Rosmarin war beißendem Brandgeruch gewichen.

Caro fluchte. Typisch ihr Ex-Schwiegermonster. Nichts als Unheil.

7

Al spielte nachdenklich mit der Visitenkarte, die der Besucher ihm auf den Schreibtisch gelegt hatte. Ein sehr freundlicher Besucher. Die Sorte Freundlichkeit, mit der eine Spinne einem Insekt erlaubt, noch eine Weile im Netz zu zappeln.

Er betrachtete die Karte. Diplom-Finanzwirt Jens Oltmann, Steuerfahndung Hannover. Auf der Rückseite standen eine Adresse und eine Telefonnummer.

Al lehnte sich zurück und kaute nachdenklich an seinem Daumennagel. Der Typ hatte ihn kalt erwischt. War wohl doch ein Fehler gewesen, diese lila Buchhalterin zu feuern. Wie hieß sie noch? Egal, zu spät, sich den Namen zu merken.

Konnte man diesem Steuerfahnder trauen? Er hatte gesagt, dass er nicht hinter ihm her sei, sondern hinter Jam. Aber was würde passieren, wenn er merkte, dass Jam viel zu dämlich war, um auch nur einen Euro am Fiskus vorbeizuschleusen? Hatte der Mann nicht einen Amtseid geschworen oder so?

Wichtiger noch: Konnte er herausfinden, wo das Geld hingegangen war?

Es gab zwei Dinge, die Al jetzt tun musste: mit der Steuerfahndung kooperieren, zumindest zum Schein. Und seine Schäfchen ins Trockene bringen. Dringend.

Er tippte mit dem Daumen an die Lippe. Vielleicht war die Sache ja gar nicht so schlecht. Vielleicht konnte er das alles zu seinem Vorteil nutzen. Bisher hatte er sich bemüht, unauffällig zu agieren, doch damit war es jetzt wohl vorbei. Jam war naiv, aber mit der Steuerfahndung an den Hacken musste selbst er kapieren, woher der Wind wehte.

Also: Zeit, in die Vollen zu gehen. An allen Fronten. Der Steuerfahnder wollte Jam ans Bein pinkeln? Konnte er haben.

Al zog die Schublade auf und kramte nach den Blättern mit den Blanko-Unterschriften, die er Jam abgeluchst hatte. Wobei – ‚abgeluchst' klang etwas zu dramatisch. Er hatte Jam die Blätter hingelegt, Jam hatte sie unterschrieben, fertig.

Als Erstes musste er dringend anfangen, sich mit Jams Konten zu beschäftigen. Eingehend.

Und als Zweites würde er eine Reise planen. Ein One-Way-Ticket sollte reichen.

Er sah sich um. Schade um die Villa! Er mochte sie, und die Miete kostete ein Vermögen.

Wie gut, dass sie von Jams Konto bezahlt wurde.

8

Der nächste Monat wurde zum langweiligsten in Caros gesamter bisheriger Karriere. Abgesehen von gelegentlichen Restaurantbesuchen hatte Jam keine Verwendung für sie, bestand aber darauf, dass er sie in Vollzeit gebucht hatte. Andere Engagements, auch kurze, kämen nicht in Frage. So vertrieb sie sich die Zeit in seinem Fitnessraum – wobei sie die meisten Geräte erst von der Plastikfolie befreien musste – und trainierte gelegentlich auf dem Schießstand. Und sie schaffte es auch, sich in einem Sportverein in Hannover anzumelden und einige Kampfsportgruppen aufzumischen.

Endlich begannen die Vorbereitungen für die Europatournee, und endlich gab es wieder Arbeit für Caro. Sie besprach mit der Tourplanung die Sicherheit der einzelnen Auftrittsorte, überwachte die Auswahl der lokalen Security und fuhr mit Jam zu den Proben. Die fanden zwar unter Ausschluss der Öffentlichkeit statt, aber Caro hatte dafür zu sorgen, dass es auch so blieb. Mehr als einen Paparazzo scheuchte sie in teils abenteuerlichen Verstecken auf, knöpfte ihnen den Speicherchip der Kamera ab und warf sie vom Gelände.

Dann endlich ging die Europatour los. Achtundzwanzig Konzerte, fünfzehn Länder, neun Wochen. Die Arenen waren größer, die Sprachen fremder und die Wege länger. Vor allem Letzteres strengte enorm an, denn obwohl die Konzerte höchstens jeden zweiten Tag stattfanden, waren die Fahrtzeiten zwischen den Gigs verdammt lang. Daher übernachteten sie nur selten in Hotels, der Tourbus wurde zum rollenden Zuhause für BTL. Und für Caro, denn Jam hatte darauf bestanden, sie mit an Bord zu nehmen. Sicherheitstechnisch gab es keinen ernsthaften Grund dafür, doch Jam hatte offenbar einen Narren an ihr gefressen. Die anderen Bandmitglieder schüttelten insgeheim die Köpfe, aber das schien ihm herzlich egal zu sein.

So sehr Jam darauf bestanden hatte, sie mit an Bord zu haben, so wenig beachtete er sie. Entweder er hing mit der Band ab oder er saß alleine in der Lounge des Busses und zupfte auf seiner Gitarre. Caro war das recht; sie empfand ein persönliches Verhältnis zu ihren Klienten als angenehm, aber eine Freundschaft war der Arbeit nicht zuträglich. Außerdem war sie nicht sicher, ob sie mit Jam überhaupt befreundet sein wollte – oder könnte: Sie bewunderte seine Hingabe und sein Talent, doch er war und blieb ein sturer Kindskopf. Manchmal erwartete sie fast, dass er mit dem Fuß aufstampfte, wenn er nicht seinen Willen bekam. Hin und wieder versuchte Jam immer noch, sie wie einen Laufburschen herumzukommandieren, besonders, wenn er schlechte Laune hatte. Sie hatte mittlerweile den Dreh heraus, ihm diesen Zahn zu ziehen, aber lieber hielt sie sich im Hintergrund, um gar nicht erst in diese Situation zu kommen.

Die ersten Shows liefen in England und Wales – Manchester, Liverpool, London, Cardiff, Birmingham. Dann ging es durch die Niederlande und Belgien nach Osteuropa. Nach Budapest und Bratislava war Prag an der Reihe. Der Bus hatte gerade die tschechische Grenze passiert, als Jams Mobiltelefon klingelte. „Was? Was soll das heißen, sie lassen euch nicht in die Halle rein? Was glauben die, wie ihr denn die Bühne aufbauen … Nicht bezahlt? Alter, das ist nicht mein Problem! Ruft Al an … Was? Keine Zeit? Der muss Zeit haben, dafür wird er bezahlt. Ruf noch mal an und … Ach, Scheiße, ich mache das selbst. Ich melde mich wieder."

„Gibt's Probleme?", fragte Caro.

„Das war der Tourmanager. Er sagt, die in Prag lassen ihn nicht in die Halle, weil die Miete nicht bezahlt wurde."

„Welcher Konzertveranstalter organisiert das denn hier?"

„Weiß ich doch nicht." Er tippte auf seinem Smartphone, hielt es sich ans Ohr und lauschte einige Sekunden. „Wozu bezahle ich den Idioten eigentlich?" Er feuerte das Telefon auf den Tisch.

„Al?"

„Jup. Anrufbeantworter."

„Seltsam." Caro zog ihr Handy heraus und versuchte es selbst. Es klingelte einige Male, dann knackte es. „Hier ist die Mobilbox der Nummer null-eins-sieben…" Sie legte auf. Befremdet schüttelte sie den Kopf. Das war noch nie vorgekommen.

„Noch mal", sagte Jam mit Nachdruck und tippte auf die Wahlwiederholung.

„Wenn er wieder nicht … Al? Alter, was soll der Scheiß? Ja, das hat Bernd auch schon gesagt. Vergiss das ganz schnell! Du kriegst nicht die ganze Kohle, damit du keine Zeit hast, wenn's drauf ankommt … Scheiße, Mann, ist mir egal, wer in deinem Büro ist, und wenn's John Lennon persönlich ist." Er zeigte auf sein Gesicht. „Lies. Es. Von. Meinen. Lippen: Sie lassen uns nicht in die Halle. Ja, die Konzerthalle. Heute. Warum? Nicht bezahlt, darum! Was zum Teufel ist eine Bürgschaft? Nein, du wirst … Hallo?" Er starrte vorwurfsvoll sein Telefon an und feuerte es auf den Tisch. „Aufgelegt. Blöder Arsch."

„Und was willst du jetzt machen?", fragte sie.

„Wieso ich? Mach du was!"

„Versucht dich jemand zu hauen?"

„Nein, aber …"

„Bedroht dich jemand? Rennt dich eine Hundertschaft militanter Fünfzehnjähriger über den Haufen?"

„Nein, aber …"

„Dann ist es nicht mein Problem."

„Mann, du kannst einem echt den Tag verderben!"

Sie nahm sein Smartphone vom Tisch und warf es ihm wieder zu. „Tu du was!"

Er seufzte und tappte einige Male auf den Bildschirm.

„Bernd? Ich bin's, Jam. Gib mir mal das Sackgesicht, das dich nicht in die Halle lässt … Do you speak English? Ah, Deutsch. Sehr gut. Schöne Grüße, ich bin der Typ, der Ihnen heute Abend zwanzigtausend Leute in die Halle bringt. Was? Scheißegal, dann achtzehntausend. Und wissen Sie was, Mann? Ich mache auch gerne mal einen Abend frei. Ja, gar kein Problem. Ich und die Jungs gehen dann einen trinken. Ich würde Sie ja einladen, aber Sie werden alle Hände voll zu tun haben, die Fans zu beruhigen. Polizei haben Sie schon informiert? Die werden Sie brauchen, sonst kommen Sie da nicht heil raus. Und wegen des Verkehrschaos mit An- und Abreise gleichzeitig. Ein paar Rettungswagen würde ich auch schon mal auffahren lassen. Kostet natürlich ein bisschen, aber das ist nichts im Vergleich zu der Rechnung, die ich Ihnen schreiben werde. Was? Klar kann ich das. Genau wie ich jetzt eine Meldung auf meine Homepage stelle, dass das Konzert ausfällt, weil wir nicht in die Halle durften. Vielleicht finde ich noch irgendwo ein

Foto von Ihnen, dann packe ich das dazu. Wie war noch gleich Ihr Name?" Er lauschte. „Klar, das können wir machen. Setzen Sie ein Schriftstück auf, ich unterschreibe das, kein Problem. Sie kriegen Ihr Geld, dafür garantiere ich." Er legte auf. „Das kann doch nicht wahr sein. Ich bin Künstler. Für so was habe ich einen Manager. Und der hat eine Konzertagentur. Und die hat irgendwelche Buchhalter. Und jeder von denen wird von der Kohle bezahlt, die ich einspiele. Muss ich mich jetzt wirklich um diesen Scheiß auch noch kümmern?"

In Prag angekommen, eilte ein hagerer, angegrauter Mittfünfziger mit akkuratem Seitenscheitel auf Jam zu, kaum dass dieser dem Bus entstiegen war. Er hielt ihm eine Schreibunterlage mit einem Bogen Papier darauf und einen Stift hin und redete auf ihn ein. Caro schob sich dazwischen, hielt den Mann auf Abstand und gab das Schreiben an Jam weiter. „Lies es durch!", zischte sie ihm zu.

Er sah sie verärgert an, tat es aber. „Sie wollen das Geld von mir persönlich, wenn Sie es nicht vom Veranstalter bekommen?"

„Das ist nur vorsichtshalber", sagte der Mann. „Ich will nur sicher sein, dass wir auf jeden Fall bezahlt werden."

Jam unterschrieb schwungvoll und reichte ihm Schreiben und Stift zurück.

„War das geschickt?", fragte Caro. „Wenn es schiefgeht, bist du mit deinem eigenen Geld dran."

„Kein Problem, davon habe ich reichlich. Hauptsache, die Roadies haben die verlorene Zeit wieder aufgeholt."

Hatten sie. Wenige Stunden später begann das Konzert pünktlich unter dem Jubel der achtzehntausend Fans. BTL heizte mächtig ein und lieferte ihnen, da waren sich alle einig, das bisher beste Konzert der Tour.

Das kleine Problem mit den Finanzen hatte Jam schon längst wieder vergessen. Ein unwesentlicher Zwischenfall am Rande, eine Anekdote mehr für seine Biographie.

Die nächsten Auftritte zwischen Tschechien und Spanien liefen ohne Probleme. Einzig die Tatsache, dass Al nicht ans Telefon ging und sich auch nicht meldete, war und blieb seltsam.

Nächste Station: Barcelona.

Nichts deutete auf Probleme hin: Der Saal wurde wie besprochen zur Verfügung gestellt, der Bühnenaufbau lief reibungslos.

Jam und seine Entourage hatten sogar Zeit, sich die Stadt anzuschauen. Besonders die Sagrada Família, die immer noch unfertige Basilika von Gaudí, hatte es Jam angetan. Kein Wunder, fand Caro, das Gebäude passte zu ihm. Gigantomanisch, verspielt und an der Grenze zwischen Genie und Wahnsinn.

Pünktlich zum Soundcheck trafen sie an der Halle ein, wo Tourmanager Bernd sie aufgeregt erwartete. Er zog Jam beiseite, aber Caro folgte ihnen. Bernd sah Jam fragend an, der zuckte nur mit den Schultern. „Da war gerade ein Mann", flüsterte er verschwörerisch.

„Soll vorkommen", sagte Jam.

„Der wollte zu dir."

„Ja, und?"

Bernd blickte sich gehetzt um. „Steuerfahndung!"

„Was bitte habe ich mit der spanischen Steuerfahndung am Hut?"

„Nicht spanisch. Deutsch."

„Und was wollte der?"

„Glaubst du, das hat er mir gesagt?"

„Halt ihn mir bis nach dem Konzert vom Leib. Ich kann so einen Scheiß jetzt nicht gebrauchen." Er grinste Caro an. „Wenigstens ist die Halle bezahlt."

„Ist sie nicht", zischte Bernd. „Hier ist die Bürgschaft. Unten rechts unterschreiben."

Für normale Maßstäbe war das Konzert außerirdisch gut. Für Jams Maßstäbe lief es miserabel. Caro merkte, dass er nicht bei der Sache war. Trotzdem ging er ohne den erwarteten Wutausbruch von der Bühne ab und versuchte, rasch in den Tourbus zu kommen. Vergeblich: Ein Mann stellte sich ihm in den Weg, und Bernd zog scharf die Luft ein. Caro schob sich zwischen Jam und den Fremden. „Bitte machen Sie den Weg frei."

„Finanzamt Hannover, Steuerfahndung." Er zückte einen Dienstausweis und hielt ihn Caro hin.

„Und wir sind jetzt wo?"

„Nicht auf deutschem Boden, ich weiß. Bitte sehen Sie das als Entgegenkommen. Ich möchte Ihrem Klienten so früh es geht die Möglichkeit geben, zu den ihm zur Last gelegten Vorwürfen Stellung zu nehmen."

Caro drehte sich fragend zu Jam um. Der zuckte die Schultern. „Meinetwegen."

Caro zog sich außer Hörweite zurück und beobachtete die beiden. Jam wirkte erst angespannt, dann widerspenstig. Dann zog der Mann ein Blatt Papier aus seiner Mappe und hielt es Jam unter die Nase. Dessen Schultern sackten nach vorne. Als der Beamte sich bald darauf verabschiedete, lief Caro zu Jam. „Und?"

„Ich kotz gleich." Seine Stimme zitterte. „Echt."

„Hat Al Mist gebaut?"

„Ich sage ja. Der sagt nein."

„Wer denn sonst?"

„Ich. Ich allein. Ich habe in den letzten Monaten keine Steuern überwiesen. Ich habe keine Sozialabgaben für Angestellte bezahlt. Und keine Krankenversicherung."

„Moment – Und Al?"

„Der ist fein raus. Der Wisch, den die mir vorgehalten haben – das war ein Schreiben, in dem ich bestätige, Al von aller Verantwortung freizustellen und was-auch-immer auf meine Kappe zu nehmen."

„Tja, vielleicht hättest du …"

„Sag es nicht. Nicht jetzt."

„Und was sagt Al dazu?"

„Das werden wir gleich wissen. Gib mal dein Telefon."

Sie gab es ihm. Er wählte, lauschte und schüttelte den Kopf. „Geht nicht ran."

Caro nahm das Telefon zurück versuchte es auf seiner Festnetznummer, erreichte aber nur einen Anrufbeantworter. Sie lauschte der Nachricht.

„Wie praktisch", sagte sie, „Al ist mit uns auf Tour."

„Sagt wer?"

„Sagt Al. Beziehungsweise seine Bandansage."

Jam fuhr sich durch die Stachelhaare. „Oh Mann. Ich würde sagen, Al ist untergetaucht."

„Du brauchst einen Anwalt. Dringend."

„Ich brauche einen Drink. Dringend. Lass uns gehen."

Sie stiegen in den Bus, in dem die anderen schon warteten, und gingen direkt in die Lounge in der oberen Etage, ganz vorne über dem Fahrer. Jam verschloss die Tür. Dann holte er ein Bier aus dem Kühlschrank und ließ sich in die Polster fallen. „Ich kotz ab", wiederholte er.

„Ich will ja nicht den Teufel an die Wand malen, aber es sieht aus, als hätte Al sich die Taschen vollgestopft und wäre abgehauen", sagte Caro.

Jam nickte und trank Bier. „Drängt sich auf, der Gedanke."

„Du solltest auf jeden Fall morgen bei der Bank anrufen und die fälligen Steuern und so bezahlen."

„Du hast nicht zufällig eine Ahnung, welche Bank das ist?" Caro verdrehte die Augen. „Ich glaub's nicht."

„Alter, das sind Banken. Ban-ken! Kapitalistische Götzentempel. Mit denen will ich nichts zu tun haben."

„Aber das Geld nimmst du schon."

„Soll ich's den Plattenfirmen lassen? Die haben noch mehr davon."

„Was hast du bisher gemacht, wenn du mal Bares brauchtest?"

„Al angerufen natürlich. Der hat Bargeld geschickt. Oder neue Kreditkarten. Oder die Rechnung bezahlt."

Caro seufzte. „Wenn Al noch drei Wochen wegbleibt, verhungerst du."

„Quatsch." Jam knallte die Stiefel auf den niedrigen Loungetisch. „Ich komme immer klar. Ob mit oder ohne Kohle."

„Na, das will ich sehen."

„Was machen wir jetzt?"

„*Ich* werde dich bewachen. Was *du* tust, ist mir egal. Ich würde aber empfehlen, dass du dich nach einem Anwalt umschaust."

„Anwalt? Ich?" Jam schaute gequält drein. „Kannst du das nicht machen?"

„Nicht mein Job."

„Ich zahl auch extra!"

Caro überlegte. „Ich will, dass du nie wieder Ärger machst, wenn ich Magnus zu Besuch habe."

„Außer ich brauche dich dringender."

„Viel Erfolg bei der Anwaltssuche."

„Moment, hab nur Spaß gemacht. Okay, ist gebongt."

„Und hundert Prozent Aufschlag für alles, was nicht in meiner Jobbeschreibung steht."

„Ja doch. Sonst noch was?"

„Weltfrieden?"

„Mach dich an die Arbeit, bevor ich's mir anders überlege."

Oltmann verließ die Konzerthalle durch den Bühneneingang und spazierte die Zufahrt entlang, über die der Tourbus gerade unter dem Jubel der Fans das Gelände verlassen hatte. Die Massen zerstreuten sich, kaum jemand achtete auf ihn, obwohl er mit Anzug und Krawatte so gar nicht in den Tross passte.

Er lächelte stillvergnügt. Das war schon mal ausgezeichnet gelaufen. Was für eine Augenweide, den großen Star so kleinlaut zu sehen! Natürlich hatte er hier in Spanien nicht die geringsten Befugnisse, das hatte die Blondine schon richtig erkannt. Und auch die Beweise klangen eindrucksvoller als sie waren. Insbesondere diesen Wisch mit Jams Unterschrift darauf würde jeder Verteidiger im wahrsten Sinne des Wortes in der Luft zerreißen. Aber wie pflegte sein Kollege Schröter immer zu sagen? ‚An jedem guten Steuerfahnder ist ein guter Pokerspieler verloren gegangen.‘

Recht hatte er. Dabei hatte Oltmann heute noch nicht einmal sehr hoch gepokert. Genau genommen hatte er gerade erst angefangen. Und für diesen Bluff hatte er nur zu gerne zwei Tage Urlaub und einen Teil seines Sparkontos geopfert. Hauptsache, seine Chefin kriegte nicht mit, dass er hier mit dem Dienstausweis gewedelt hatte.

„Be-Te-El! Be-Te-El!", skandierte es aus der Menge, gefolgt von Johlen. „Jam, ich will ein Kind von dir", quietschte ein Mädchen, ein paar andere lachten.

Oltmann schüttelte den Kopf. Dieser Kerl gab doch wirklich genug Konzerte in Deutschland. Er verstand einfach nicht, wieso …

Die Stimme. War das …? Das konnte doch nicht …? Er blickte über die Menge, und für den Bruchteil einer Sekunde glaubte er, einen grellroten Haarschopf zu sehen. Lisa? Unmöglich. Er schüttelte den Kopf. Jetzt begann er schon zu halluzinieren. Lisa verbrachte das Wochenende bei ihrer Freundin Sarah, und die war Justin-Bieber-Fan. Oder von sonst einem Teenie-Star. Aber nicht BTL.

Es wurde Zeit, dass er diesem Spuk ein Ende machte. Er straffte die Schulter und winkte ein Taxi heran.

Lisa starrte blicklos auf den Mädchenhintern, der vor ihr frenetisch auf und ab hüpfte. Unmöglich. Sie hatte Hallus. Das konnte nicht ihr Vater gewesen sein, der aus dem Bühnenausgang gekommen war. Keine Chance. Wieso auch sollte er … und warum Backstage … und wenn er es war, warum, verdammt nochmal, hatte er sie nicht mitgenommen?

Nein. Unmöglich. Sie zupfte an Sarahs Rock. „Kann ich wieder hochkommen?"

„Machstn da unten?", fragte Sarah. „Hast du Hallus oder was?" Lisa nickte zaghaft.

Am nächsten Morgen, noch bevor Caro sich auf die Suche nach einem guten Anwalt gemacht hatte, ging die Bombe endgültig hoch.

Es war neun Uhr. Caro war leise aus ihrer Koje geschlüpft, um die Band nicht zu wecken, und nach oben in die Lounge gegangen. Dort war der einzige halbwegs geeignete Ort für ihre Yogaübungen. Es war nicht einfach, die Balance zu halten, während der Bus über die spanischen Autobahnen rollte, aber es ging. Sie hatte zum zweiten Mal den Sonnengruß absolviert, als die Tür aufsprang und Jam hereinkam, das Mobiltelefon am Ohr. Er sah einen Moment lang verwirrt auf ihren in die Luft gereckten Hintern, dann ließ er sich auf das Sofa fallen und bedeutete ihr, sich ebenfalls zu setzen. „Ja", sagte er, „ja, ist klar. Aber was soll ich denn machen? Wenn Al nicht erreichbar ist, dann … Was fragst du mich das? Ach, fuck, denk dir was aus!" Er legte auf und feuerte das Telefon auf den Tisch. „Jetzt sind wir echt am Arsch."

„Was ist los?"

„Offene Rechnungen, das ist los. Keine der Hallen ist bezahlt. Die LKWs genauso wenig, und die Roadies erst recht nicht. Die setzen uns die Pistole auf die Brust." Er atmete tief durch. „Wenn wir in den nächsten Stunden nicht einen Haufen Kohle auf den Tisch des Hauses blättern, war's das mit der Tour."

„Was soll das heißen? Du willst die Tour doch nicht etwa abbrechen?"

„Ich will gar nichts außer Musik machen. Aber wie soll man Konzerte spielen, wenn man das Equipment nicht von A nach B bekommt? Und selbst wenn – was willst du tun, wenn du nicht in die Hallen reinkommst?"

„Das ist doch Wahnsinn! Jeder weiß, dass du stinkreich bist. Die kriegen ihr Geld auf jeden Fall!"

„Was ich bin oder habe, steht hier nicht zur Debatte. Die Frage ist, was der jeweilige lokale Konzertveranstalter hat. Es gibt genug

Konzerte, auch von Superstars, die ins Wasser gefallen sind, weil der Veranstalter pleite war."

„Und wer ist der Veranstalter? Muss wohl überall derselbe sein, wenn der Stress an allen Orten gleich ist."

„Keine Ahnung."

„Finden wir's raus." Sie zog ein Notebook aus einer Ablage und öffnete den Browser. Die Lounge des Tourbusses war mit allem Komfort ausgestattet – Flachbildschirme, DVD-Player, Spielkonsolen, Kaffeeautomat – und auch mit einem mobilen Internetanschluss, sodass Caro im Netz recherchieren konnte. „Aha", sagte sie, „hier haben wir's: Es ist die BFK Konzertagentur mit Sitz in Hannover. Schon mal gehört?"

„Wie heißt die? Ich glaub ich spinne!"

„Wieso?"

„BFK sind meine Initialen. Also, meine richtigen."

„Benjamin Frederik Kaczinski?"

„Woher weißt du das?"

„Du bist der Geschäftsführer."

„Was?" Jam riss ihr das Notebook unter den Händen weg. „Und Al? Wo taucht der auf? Der muss das doch eingefädelt haben!"

„Nirgends. Du alleine bist für das Konzertmanagement verantwortlich. Und zwar nicht nur in Barcelona, sondern überall."

„Fuck."

„Du solltest wirklich lesen, was …"

„Sag es nicht. Nicht jetzt." Er vergrub das Gesicht in den Händen. „Weißt du, was das heißt?"

„Dass außer der Steuer, der Rentenkasse, dem Arbeitsamt und den Krankenkassen jetzt auch noch eine Horde wütender Konzerthallenbetreiber in deinem ganz persönlichen Nacken sitzt. Und Roadies, LKW-Fahrer, Security und so weiter. Gratuliere."

Jam stöhnte. „Ich zahl ja alles, was die wollen, aber wie komme ich an die Kohle ran?"

„Keine Kontoauszüge zuhause? Keine Unterlagen zur Kontoeröffnung? Nicht mal eine EC-Karte?"

„Hat alles Al."

„Und wie sollen wir da jetzt rankommen?"

„Das sind meine Unterlagen. Meine eigenen! Das muss doch zu schaffen sein."

„Selbst wenn du in Als Haus reinkämst: Das ist in Hannover, wir sind irgendwo an der spanisch-französischen Grenze."

„Wen können wir da hinschicken?"

„Da Al wohl ausgeflogen ist, niemanden. Da darf nicht mal die Polizei rein."

„Wir brauchen einen Durchsuchungsbefehl. Dann sollen die da hin."

„Eine Durchsuchung kann nur ein Richter anordnen, und auch das nur, wenn es wegen einer Straftat notwendig ist. Und, was hättest du auf Lager, um einen Richter zu überzeugen?"

„Aber das ist ein Notfall!"

„Nicht im juristischen Sinn, tut mir leid."

„Na gut, dann müssen wir das eben selbst machen."

„Was?"

„Wir müssen da hin. Du und ich. In ein paar Stunden sind wir in Nizza, von da nehmen wir morgen den ersten Flieger nach Deutschland. Zum Konzert übermorgen Abend sind wir locker wieder da."

„Das ist doch Wahnsinn! Wenn wir den Flieger verpassen, platzt das ganze Konzert!"

„Wenn wir die Rechnungen nicht bezahlen, wird früher oder später ein anderes Konzert platzen, wenn nicht alle."

„Mach doch was du willst, aber ohne mich. Es ist illegal, in Jemandes Haus zu gehen und seine Sachen durchzuwühlen. Das nennt sich Einbruch."

„Caro, ich brauche dich dabei. Wenn ich dich jemals wirklich gebraucht habe, dann jetzt. Ich kriege das alleine nicht hin."

„Mein Job ist es, zu verhindern, dass du in Schwierigkeiten kommst. Nicht dir zu helfen, dich in welche reinzureiten."

„Keine Schwierigkeiten. Wir gehen rein, holen uns die Kontenunterlagen und gehen wieder raus. Es sind meine Unterlagen für meine Konten. Dann gehen wir zur nächsten Bank, überweisen die fälligen Rechnungen und kommen zurück. Keine Schwierigkeiten."

Caro seufzte. „Dein Wort in Gottes Ohr."

9

Das Telefon klingelte. Das private. Das, dessen Nummer nur Als
Freunde hatten, also eigentlich keiner. Ach ja, und dieser unangenehme Finanzbeamte.

Er nahm den Anruf an. „Hi.“

„Unter ‚Zusammenarbeit‘ verstehe ich etwas anderes, als sich ins
Ausland abzusetzen und alle Brücken abzubrechen“, sagte Oltmann.

„Auch Ihnen einen schönen Tag. Was kann ich für Sie tun?“

„Sie können nach Deutschland zurückkommen und Ihren Teil
der Vereinbarung einlösen, das können Sie.“

„Dazu muss ich nicht in Deutschland sein.“

„Ach nein?“

„Im Gegenteil. Wenn Sie Jam wollen, bin ich nur im Weg.“

„Wie soll ich das verstehen?“

„Wer wirft sich schützend zwischen den Star und die böse Welt?
Richtig, der Manager. Und wenn ich zwischen Ihnen und Jam
stehe, wo stehe ich dann? Richtig, im Weg.“

„Aber Verschwinden ist keine Lösung. Über Ihrem Kopf hängt
eine große Neonreklame, auf der steht: ‚Ich bin abgehauen, weil
ich schuld bin‘!“

„Oh nein.“

„Nein?“

„Ich bin abgehauen, weil ich nicht mehr ertragen konnte, dass
Jam mich für seine schändlichen Machenschaften zum Nachteil
des deutschen Steuerzahlers einspannt.“

„Mir bricht das Herz. Und wer soll das glauben?“

„Sie wollen Beweise? Dann nehmen Sie doch mal die BFK Konzertagentur unter die Lupe. Der Geschäftsführer ist ein ganz
schlimmer Finger, das kann ich Ihnen sagen.“

„Sollte ich den etwa kennen?“

„Was glauben Sie? Übrigens: Kennen Sie Jams richtigen Namen?“

10

Zeitig am nächsten Morgen standen sie am Ticketschalter im Flughafen von Nizza und buchten zwei Plätze nach Hannover. Jam schob seine Kreditkarte über den Tresen. American Express. Carbon. Natürlich.

Die adrette Dame hinter dem Schalter nahm die Karte entgegen und zog sie durch das Lesegerät. „Tut mir leid, Monsieur, diese Karte wird leider zurückgewiesen", sagte sie. „Haben sie noch eine andere?"

Er reichte eine zweite Karte hinüber, dann eine dritte. Bei allen das gleiche Ergebnis. Während Jam vor Fassungslosigkeit sogar das Fluchen vergaß, schob Caro ihre Karte über den Tresen. „Herzlichen Dank, Madame", flötete die Französin. „Ich wünsche einen guten Flug."

Jam atmete tief durch. „Das wäre fast zu Ende gewesen, bevor es angefangen hat. Ich schulde dir was."

„Ja", sagte Caro, „und zwar genau eintausendzweihundertzweiundneunzig Euro. Plus Zinsen."

In Hamburg nahmen sie einen Mietwagen. Jam wollte einen Sportwagen, aber Caro wählte den günstigsten, den sie bekommen konnten, einen VW Polo. Das Limit ihrer Kreditkarte war fast erschöpft, und wer konnte wissen, wofür sie es noch brauchten?

Gegen Mittag waren sie in Hannover. Das Navi lotste sie in die von riesigen Pappeln überschattete Seitenstraße. Vor einer weißen Jugendstilvilla hielten sie an.

„Mann, der lebt nicht schlecht von meinem Geld", sagte Jam.

„Du warst noch nie hier?"

„Nö. Warum sollte ich?"

„Du lässt die Leute gerne für dich springen, oder?"

Jam zuckte mit dem Schultern und stieg aus. Er drückte die Klinke der schmiedeeisernen Eingangspforte hinunter, die Tür schwang auf.

„Na, der hat Vertrauen in die Nachbarschaft", murmelte Caro.

„Ich glaube nicht, dass er vorhat, noch einmal herzukommen. Dem ist egal, wer durch seinen Garten latscht", sagte Jam und ging zum Eingang. Dort drückte er wieder die Klinke, aber so weit ging Als Vertrauen in die Nachbarschaft wohl doch nicht.

„Ich hoffe, du hast an den Schlüssel gedacht", sagte Caro. „Nicht, dass wir die ganze Strecke nach Nizza zurückmüssen."

„So in der Art", sagte Jam und blickte sich um. „Gib mir mal Deckung." Er zog ein schwarzes Lederetui aus der Jacke, öffnete es und entnahm zwei filigran gearbeitete Metallwerkzeuge.

„Du hast … Du willst doch nicht … Sag mal, bist du noch ganz bei Trost?"

„Ruhe jetzt, der Meister muss sich konzentrieren." Jam ging vor dem Zylinderschloss in die Hocke, schob die beiden Metallhaken hinein und begann mit konzentrierter Miene, sie im Schloss zu bewegen.

Caro blickte sich hektisch um, doch zum Glück war weit und breit niemand zu sehen. „Nein", zischte sie über die Schulter, „nein, nein, nein. Da mache ich nicht mit. Ich gehe. Ich will damit nichts zu tun haben."

„Na gut." Jam blickte nicht einmal auf. „Kannst ruhig gehen. Kein Problem."

„Was?"

„Ich sagte, du kannst verschwinden."

„Ist das dein Ernst?"

„Klar doch. Ich werde auch garantiert dichthalten, wenn ich geschnappt werde. Wird auch niemand auf die Idee kommen, dass du damit was zu tun hast."

„Wie meinst du das?"

„Wo du doch die Flugkarten bezahlt hast. Für uns beide. Und den Mietwagen." Er setzte kurz ab und grinste sie an. „Ich an deiner Stelle würde aber lieber hierbleiben und auf mich aufpassen. Nur zu deiner eigenen Sicherheit."

„Das ist doch … Ach, verdammter Mist. Ich dachte doch, du hättest einen Schlüssel. Sonst wäre ich nie im Leben mitgekommen."

„Und genau darum, meine Liebe, habe ich dich in dem Glauben gelassen. Moment, hab's gleich." Es klickte und die Tür sprang auf.

„Voilà! Unfassbar, ein Schuppen für ein paar Millionen, aber nur ein lausiges Zwanzig-Euro-Schloss." Er ging hinein und winkte Caro, ihm zu folgen. Sie trat rasch ein und schloss die Tür leise hinter ihnen. „Bist du eigentlich vollkommen wahnsinnig?", flüsterte sie. „Und überhaupt, woher kannst du das? Ach, ich will's gar nicht wissen."

„Kein Grund zum Flüstern, wir sind unter uns. Und nein, ich war nie Einbrecher. Ist ein nettes Hobby. Nennt sich Lockpicking. Echt nützlich manchmal."

„Nützlich? Du bringst mich in Teufels Küche! Hast du eine Ahnung, was eine Verurteilung wegen Einbruchs für meine Karriere bedeutet?"

„Komm schon, du hast schon zwei Anzeigen wegen Körperverletzung hinter dir."

„Das war was anderes, und außerdem wurden beide ... Wieso weißt du davon?"

„Wo, meinst du, hat Al wohl sein Büro? Ich wette, im Obergeschoss." Er sprang, immer zwei Stufen auf einmal, die breite Treppe hinauf, die sich an der Rückwand des Atriums nach oben wand. „Jawoll", rief er, „komm her!"

Argwöhnisch blickte Caro durch das Türfenster nach draußen, dann huschte sie die Treppe hinauf.

Jam breitete die Arme aus. „Man kann Al manches vorwerfen, aber keine mangelnde Gründlichkeit." An den Wänden des Büros, das die halbe Fläche des Obergeschosses einnahm, standen rundherum weiße Einbauschränke. Welchen von ihnen Caro auch öffnete: Es befanden sich Reihen um Reihen mit Aktenordnern darin, alle sorgfältig beschriftet.

„Al scheint kein Freund des papierlosen Büros zu sein", sagte Caro.

„Wofür ich außerordentlich dankbar bin. In einen Computer komme ich nämlich nicht so einfach hinein."

„Du fängst links an, ich rechts. Halte Ausschau nach Ordnern, die nach Banken oder Konten aussehen."

„Hast du es irgendwie eilig?"

„Verdammt, ja! Ich will hier so schnell wie möglich wieder weg sein. Und ganz nebenbei: Du bist derjenige, der morgen Abend ein Konzert zu geben hat, nicht ich."

„Schon gut." Jam öffnete den ersten Schrank. „Findest du es nicht merkwürdig, dass er so unglaubliche Papiermengen zurückgelassen hat? Ich meine, das ist doch alles belastendes Material."

„Ja. Und wen belastet es? Dich. Er hat doch dafür gesorgt, dass er fein raus ist. Sei dir sicher: Die paar Blatt Papier, die ihn belasten könnten, sind nicht hier."

„Ja, ich weiß. Ich hätte lesen …"

„Ich hab's!" Caro deutete auf eine Reihe Ordner, die mit „Vermögensanlage Kaczinski" beschriftet waren.

„Spinnt der?", grollte Jam. „Der kann doch nicht einfach meinen richtigen Namen benutzen!"

„Freu dich lieber, dass du nicht deinen Künstlernamen benutzen musst, um an das Geld ranzukommen." Sie zog einen Ordner heraus, schlug ihn auf und blätterte darin. „Ja", sagte sie trocken, „das sollte für die Steuer reichen. Und für die offenen Rechnungen. Und für mein Gehalt, wo wir gerade dabei sind. Mit einem kräftigen Verspätungszuschlag."

„Du hast dein Gehalt noch nicht?"

Sie sandte ihm einen langen Blick.

„Hätte ich mir denken können."

„Die letzten Auszüge hier drin sind von vor etwa vier Wochen. Ich hoffe sehr, der Stand ist noch aktuell."

„Welcher Stand denn?" Jam sah über Caros Schulter. Und war still.

„So viel Geld habe ich?", fragte er.

Caro nickte.

„In Euro? Also, nicht in, weiß nicht, Schekel oder Yen oder so?"

„In Euro."

„Das ist nicht gut. Das ist mehr Geld, als ein einzelner Mensch haben sollte. Ich meine, ich bemühe mich, so viel wie möglich zu verprassen, aber das schaffe ich in hundert Jahren nicht."

„Du wusstest nicht, wie reich du bist?"

„Ich weiß, dass immer Geld da war, wenn ich was brauchte. Ob das nun für meine Villa war oder für essen gehen oder für ein Tattoo – war immer genug. Ich wollte es schon mal auf die Spitze treiben und mir einen Privatjet zulegen, nur um zu sehen, ob das auch klappt. Aber es ist nur Geld."

„Und zwar viel davon."

„Ganz schön viel."

Sie fanden noch zwei weitere Konten, ein Festgeld- und ein Girokonto, auf denen ebenfalls Summen lagen, die die volle Breite der Kontoauszüge beanspruchten. Caro suchte bei allen die Eröffnungsunterlagen heraus. Mit denen sollte es kein Problem sein, an die Gelder heranzukommen.

„Oh, Scheiße", sagte Jam.

„Was?", fragte Caro. Sie folgte Jams Blick aus dem Fenster. Draußen vor der Gartenmauer hielt ein Polizeiwagen mit Blaulicht. Caro fluchte. „Das ist alles deine Schuld!" Sie verpasste Jam einen mit der Faust gegen den Oberarm.

„Au!" Er rieb die Stelle. „Was soll das?"

„Was das soll? Wir sind am Arsch, das soll das!"

„Komm schon, ich sage einfach, wer ich bin und dass das meine Unterlagen sind."

„Und dann was? Meinst du, die werden dir auch nur ein Wort glauben? Und selbst wenn, denkst du wirklich, die lassen uns einfach wieder ins Ausland verschwinden?"

„Stimmt. Los, weg hier. Hinten raus."

Bevor Caro etwas einwenden konnte, rannte Jam schon nach unten. Eilig stopfte sie die Unterlagen in ihre Jacke, dann lief sie ihm nach. Es bollerte an der Haustür. „Hier ist die Polizei, bitte öffnen Sie!"

„Den Teufel werde ich tun", knurrte sie und rannte in den rückwärtigen Teil des Hauses. Hier lag das Wohnzimmer: Kamin, Ledersofa, Orientteppiche. Edel, aber geschmacklos.

Jam riss die Terrassentür auf und rannte hinaus. „Polizei! Bleiben Sie stehen!", schallte eine energische Frauenstimme durch den Garten. Jam machte auf dem Absatz kehrt und rannte wieder hinein. „Scheiße!", keuchte er, als er an Caro vorbeiflitzte.

Caro sah von ihm zu der offenen Terrassentür. Nicht gut, schoss es ihr durch den Kopf. Zumachen!

Sie setzte sich in Bewegung. Im gleichen Moment sah sie eine dunkelblau gekleidete Gestalt von der Seite heranrennen, direkt die Glasfront zur Terrasse entlang.

Die nächsten Sekunden liefen wie in Zeitlupe ab. Caro und die Polizistin sprinteten beide auf die Tür zu. Caro war um Sekundenbruchteile schneller, bekam den Türgriff zu fassen und riss ihn zu sich. Die Polizistin hechtete in die sich schließende Tür, verschätzte sich und bretterte aus vollem Lauf gegen das Glas. Es machte „Klonk" und die Zeit lief wieder normal. Nur die Polizistin sank sehr langsam zu Boden.

„Auch das noch!", stöhnte Caro und beugte sich über die Bewusstlose. Puls und Atmung waren okay, also machte sie sich daran, die Frau nach draußen zu verfrachten, um die Tür zu schließen.

„Nehmen Sie die Hände hoch!", tönte es hinter ihr. Wunderbar. Der Polizist von der Vordertür. „Und gehen Sie von meiner Kollegin weg!"

Toll. Wie sah das jetzt wohl aus? Eine Einbrecherin, die sich an einer bewusstlosen Polizistin zu schaffen machte. Wenn es einen Moment gegeben hatte, in dem sie die Sache hätte noch zum Guten wenden können – spätestens jetzt war er endgültig dahin. Ab sofort gab es kein Richtig oder Falsch mehr, nun gab es nur noch Falsch.

„Hören Sie", sagte Caro und legte die Frau vorsichtig ab, „sie ist gegen die Tür gelaufen und ..."

„Runter auf den Boden!", bellte der hörbar nervöse Polizist. „Wird's bald!"

Caro drehte sich mit erhobenen Händen langsam um. Der Polizist stand vor ihr, seine Waffe mit beiden Händen im Anschlag. Anscheinend ein Jungspund, frisch von der Polizeischule. Und beim Thema ‚Eigensicherung mit der Schusswaffe' hatte er offensichtlich nicht aufgepasst. Sonst hätte er mehr Abstand von Caro gehalten. Sein Pech.

„Ehrlich", sagte sie, „Sie ist mit dem Kopf gegen die Tür gestoßen und ist bewusstlos. Mehr nicht. Sehen Sie?"

Natürlich gab es nichts zu sehen. Aber der kurze Blick, den der Jungbulle auf seine Kollegin warf, reichte Caro. Sie machte einen raschen Schritt seitlich nach vorne, griff von unten den Lauf und hebelte die Pistole nach oben, aus seiner Hand. Mit einem raschen Griff warf sie das Magazin aus, entlud die Waffe und ließ sie fallen. Dann griff Sie den Arm des Mannes, hebelte ihn zu Boden und fixierte ihn dort passenderweise mit einem Polizeigriff. Mit der freien Hand zog sie die Handschellen aus seinem Gürtel und kettete ihn an die immer noch weggetretene Kollegin. Dann nahm sie beiden Polizisten Funkgeräte, Mobiltelefone und die verbleibende Waffe ab und pfefferte alles weit in den Garten. Sie klopfte dem Mann auf die Schulter. „Sorry. Ist nicht persönlich gemeint."

„Meine Fresse! Ich hab mich auch schon mit den Bullen angelegt, aber so ist es bei mir nie ausgegangen." Jam hatte seinen Fluchtreflex überwunden und stand in der Terrassentür.

„Halte deine verdammte Klappe. Wärst du nicht auf so verdammt viele Arten ein Vollidiot, wäre ich nicht so tief in der Scheiße."

„Sieht doch ganz gut aus. Im Vergleich zu den beiden."

„Eine Handschelle ist noch frei. Mach so weiter, und du kannst mit ihnen Ringelreihen spielen."

„Ist ja gut. Lass uns abhauen."

„Das erste vernünftige Wort heute aus deinem Mund."

Sie gingen ins Wohnzimmer. Caro stockte, lief zu dem Polizisten zurück und hielt die Hand auf. „Die Handschellenschlüssel. Bitte."

„Und jetzt?", frage Jam.

„Weg hier. Schnell und weit. Wir haben alles, was wir brauchen, also nichts wie zurück zum Flughafen."

„Meinst du, die kriegen raus, wer wir sind?"

„Keine Ahnung. Unsere Namen zu nennen war zum Glück die einzige Dämlichkeit, die du ausgelassen hast."

„Bis heute Abend haben sie Zeit. Vorher geht kein Flug."

Caro zog scharf die Luft ein. „Das ist haarig."

„Haben wir Alternativen?"

„Na ja … Fahren."

„Aber nicht mit einem VW Polo, oder?"

Caro seufzte.

„Siehst du, wir hätten doch einen Sportwagen … Moment, hatte die Bude hier nicht eine Garage?"

„Ja, ins Untergeschoss führte eine Einfahrt, glaube ich."

„Da steht kein Polo. Wetten?"

Sie fanden in der Garage einen schweren Geländewagen, einen Mercedes-Oldtimer und eine schnittige Sportlimousine. Die dazugehörigen Schlüssel hingen an einem Brett neben der Tür und funkelten sie an.

„Der da." Caro zeigte auf den Geländewagen.

„Nein, der da! Den will ich!" Jam zeigte auf die Limousine.

„Der ist viel zu auffällig. Mit dem Range Rover haben wir wenigstens eine Chance, hier unerkannt wegzukommen."

Jam klopfte der Limousine aufs Dach. „Maserati Quattroporte", sagte er. „Heftig viele Pferdchen unter der Haube, mindestens zweihundertfünfzig Sachen. Wenn du sagst, wir sollten hier schnell weg – dann der hier oder keiner."

Natürlich war der Geländewagen die bessere Wahl, aber die Zeit rannte ihnen davon, und Jam war zu stur, um nachzugeben. „Okay. Ich fahre." Sie griff nach dem Schlüssel.

„Aber nur, bis wir hier raus sind. Ich habe ihn gefunden, also darf ich ihn fahren."

11

Die A7 lehrte sie die Lektion, die jeder Sportwagenfahrer lernen muss: Es ist egal, wie schnell dein Wagen ist – entscheidend ist, wie schnell der vor dir fährt. Immerhin verschaffte das sportlich-noble Aussehen der Karosse mit dem Dreizack auf dem Kühler ihnen genug Respekt, dass die meisten sich beeilten, die linke Spur zügiger als üblich zu räumen. Zur Belohnung bekamen sie das brachiale Röhren des Auspuffs zu hören, wenn der Wagen wie eine Kanonenkugel an ihnen vorbeischoss. Ab Göttingen übernahm Jam das Steuer, und seine Augen leuchteten wie bei einem Kind unterm Weihnachtsbaum, als er das Gaspedal durchtrat.

Nach einigen Stunden erreichten sie Frankfurt und beschlossen, dass dies der richtige Ort sei, um die Bankgeschäfte zu erledigen. Also fuhren sie von der Autobahn ab und bis in die Innenstadt, denn die Hauptniederlassung schien ihnen besser geeignet als eine Vorortfiliale.

Der etwas unterkühlte Ton der Dame am Empfangsschalter wurde entschieden liebenswürdiger, nachdem Caro die Kontonummern genannt hatte. In Nullkommanichts waren sie in einem modern und teuer eingerichteten Besprechungsraum. Nach wenigen Minuten eilte ein ebenfalls teuer gekleideter Bänker herein und entschuldigte sich für die Verzögerung. Er schüttelte ihre Hände. „Herr und Frau Kaczinski?"

Beide verneinten vehement. „Kaczinski bin ich", erklärte Jam. „Das hier ist meine … Mitarbeiterin." Caro nickte.

„Verzeihen Sie bitte mein Versehen. Könnte ich wohl einen Blick auf Ihren Ausweis werfen? Der Empfang sagte, es gebe da ein kleines Problem mit der Legitimation." Er klappte sein Notebook auf.

Jam reichte seinen Ausweis hinüber. Er und Caro wechselten nervöse Blicke, doch nach wenigen Sekunden gab der Mann die Ausweiskarte zurück. „Dann wollen wir uns doch mal Ihre Konten ansehen. Sie haben Überweisungen zu tätigen?"

„Im Grunde ja", sagte Caro. „Wir haben einigen Ärger mit Herrn Kaczinskis Finanzberater gehabt. Da ist vieles schief gelaufen, das müssen wir jetzt geradebiegen."

„Verstehe. Einen Moment bitte." Er tippte auf seinem Notebook herum, dann runzelte er die Stirn und tippte ein wenig hektischer.

„Sind Sie sicher, dass das Geld bei uns liegt?"

„Ja, klar", sagte Jam. „Als wir das letzte Mal nachgeguckt haben, lag es da noch. Und zwar jede Menge."

„Dann muss es wohl ein weiteres Missverständnis mit Ihrem Finanzberater gegeben haben. Derzeit beläuft sich der Saldo auf all ihren Konten auf jeweils einen Euro. Die letzten Abbuchungen sind vor drei Wochen erfolgt, es wurde das komplette Geld auf Konten bei der First Bank of Cayman Islands transferiert." Er nahm die Finger von den Tasten. „Ich befürchte, ich kann Ihnen bei Ihrem Anliegen leider nicht helfen."

„Kann man das Geld nicht zurückholen?"

„Leider nein."

„Kriege ich dann wenigstens einen Kredit bei Ihnen?"

„Unter normalen Umständen ja, aber Sie werden verstehen, dass Ihre aktuelle Situation ein wenig … verworren ist. Wir werden uns gerne bemühen, die Sachlage schnellstmöglich zu klären. Sobald das geschehen ist, werden wir Ihnen selbstverständlich Finanzmittel zur Verfügung stellen."

Jam sprang auf. „Soll das heißen, hier vertraut mir keiner mehr, nur weil die Kohle weg ist? Hör mal, Alter, ich bin gelinkt worden! Der Kerl hat mich ausgenommen wie eine Weihnachtsgans!"

Caro zog ihn am Arm zurück auf den Stuhl. Jam schwieg, aber er stierte sein Gegenüber wütend an.

„Könnten Sie mir die polizeiliche Anzeige und, soweit vorhanden, Ermittlungsakten zur Verfügung stellen?"

Jam wollte wieder aufspringen, aber Caro hielt ihn zurück. „Wir waren beruflich die letzten Wochen über im Ausland", erklärte sie. „Daher konnten wir uns noch nicht an die deutsche Polizei wenden. Wir werden Ihnen alle Unterlagen zukommen lassen. Könnten Sie uns bitte Ausdrucke aller Transaktionen der letzten Zeit zur Verfügung stellen?"

Der Bänker nickte und stand auf. „Ich werde tun, was ich kann." Er streckte Caro die Hand entgegen und machte so unmissverständlich klar, dass die Audienz beendet war.

Zurück in der Tiefgarage platzte Jam. „Was für ein Riesenarschloch! Wenn du Geld hast, kriechen sie alle vor dir im Dreck. Hast du keins, dann lassen sie dich spüren, dass Geld Macht ist, und dass Abschaum ist, wer keins hat."

„Komm schon, der Mann hat auch Regeln, die er befolgen muss."

„Der Kerl ist mir scheißegal. Das System, das ist das Riesenarschloch, nicht der Kerl. Wenn du kein Geld brauchst, stecken sie es dir in den Hintern. Aber wehe, du brauchst es! In dieser Scheißwelt gibt es ein klares oben und unten. Vor ein paar Wochen war ich oben, und jeder dieser Speichellecker hätte einen Tausender auf den Tisch geblättert, nur damit ich ein Konto bei ihm eröffne. Und jetzt? Jetzt hätte ich den Tausender gerne, aber nix da. Es kotzt mich so derbe an!"

„Lass uns fahren."

Schweigend verließen sie Frankfurt und fuhren auf die Autobahn zurück.

12

Das Telefon klingelte.

„Oltmann."

„Hi!"

Alex Binder, der Unschuldsengel. „Was gibt's?"

„Ich habe gerade einen Anruf von der Polizei bekommen. In meinem Haus ist eingebrochen worden."

„Ich war's nicht."

„Es waren ein Mann mittleren Alters mit schwarzen Haaren und eine blonde Frau."

Oltmann richtete sich auf. „Das kann doch nicht sein. Der ist doch in Spanien."

„Frankreich. Eigentlich schon, aber er hat einen Tag Konzertpause."

„Und warum sollte er bei Ihnen einbrechen?"

„Um die Spuren seines schändlichen Tuns zu verwischen natürlich."

„Sehr witzig. Im Ernst, gibt's da was zu finden?"

„Der würde nichts finden, selbst wenn ich die Papiere um eine Tretmine wickle."

„Er ist also in Deutschland. Verdammt, wieso habe ich noch keinen Haftbefehl beantragt?"

„Würde es Ihnen helfen, wenn ich Ihnen sagte, dass er eine Polizistin k.o. geschlagen hat?"

Oltmann grinste.

13

„Ha!", rief Caro.

Jam zuckte zusammen. „Was?"

„Jetzt weiß ich's!"

„Wie wir an Kohle kommen?"

„Nein, wofür Jam steht! Es ist nichts weiter als der Mittelteil von Benjamin!"

„Ja, was glaubst du denn, wofür es sonst steht? Marmelade?"

„Warum nicht Benjamin? Oder Benny?"

„Benny war ich damals, als ich meinen ersten Iro hatte. Für BTL musste etwas Neues her."

„Du hattest mal einen Irokesenschnitt?"

„Wundert dich das?"

Caro zuckte mit den Schultern. „Irgendwie schon. Ich hätte dich mehr als Billy-Idol-Verschnitt eingeordnet."

Jam schnaubte. „Edelpunk. Geht gar nicht."

Eine Weile schwiegen sie.

„Du hast mir nicht widersprochen, eben in der Garage", sagte Jam.

Caro schüttelte den Kopf.

„Warum nicht?"

„Die Familie meines Ex ist reich. Und sie hat mich immer spüren lassen, dass ich es nicht bin. Und jetzt, nach der Trennung, benutzen sie das Geld, um meinen Sohn an sich zu binden."

„Große Scheiße."

Caro nickte.

Der Wagen hatte vollgetankt in Als Garage gestanden, aber sie waren jetzt kurz vor Ulm, und der Sprit wurde knapp. Doch am nächsten Rastplatz fuhr Jam einfach vorbei.

„War das jetzt schlau?", fragte Caro.

„Was denn?"

„Die Tankstelle. Wir brauchen eine."

„Tatsächlich?"

„Ja. Die gelbe Warnleuchte ist schon vor einer ganzen Weile angegangen."

„Und ich habe mich schon gefragt, was die zu bedeuten hat."

„Hör mal, das lernt man doch in der Fahr... Jam?"

„Ja?"

„Sag, dass das nicht wahr ist."

„Was?"

„Sag, dass du nicht die ganze Zeit ohne Führerschein einen geklauten Wagen fährst."

„Ich kann fahren!"

„Welchen Teil von ‚Wir dürfen nicht auffallen' hast du nicht verstanden?"

„He, ich fahre total unauffällig! Ich halte mich sogar an die Geschwindigkeitsbegrenzungen."

„Und wer von uns beiden, meinst du, hätte die besseren Chancen in einer Polizeikontrolle?"

„Hey, du musst nicht gleich den Teufel an die Wand malen."

„Ich male den Teufel an die Wand? Wer von uns beiden hatte denn die bescheuerte Idee, durch halb Europa zu reisen, nur um sich bei einem Einbruch erwischen zu lassen?"

„Um den Einbruch hätte ich mir keine großen Sorgen gemacht, aber du musstest ja gleich einen Bullen k.o. schlagen."

„Keine großen Sorgen? Wie schön! Ja, für dich ist so ein Skandal eine feine Sache, aber meine Karriere ist ein für alle Mal vorbei, wenn die Geschichte rauskommt. Abgesehen davon, dass ich meinen Sohn dann nie bekomme."

„Mann, du bist aber auch eine Spaßbremse. Soll ich gleich rechts ranfahren, damit du ans Steuer kannst?"

„Fahr einfach die nächste Tankstelle an."

Jam zeigte auf ein Straßenschild. „Sind noch sechzig Kilometer. Schaffen wir das?"

Caro reckte den Hals, um die Tankanzeige auf dem Armaturenbrett besser sehen zu können. „Wohl kaum. Nächste Abfahrt raus."

„Doch, das schaffen wir", sagte er und pfiff an der Ausfahrt vorbei. „Wir können uns nicht leisten, in der Pampa nach einer Tanke zu suchen. Das Konzert wartet."

„Na, du wirst es wissen."

Ein Weilchen später zeigte Jam triumphierend auf ein Schild neben der Autobahn. „Siehst du! Fünfhundert Meter noch. Hab ich doch gesagt."

Wie auf Kommando stotterte der Motor. Als der Wagen ausgerollt war, hatten sie die Zweihundert-Meter-Markierung direkt vor sich.

„Mist", schimpfte Jam, „das war anders geplant."

„Das war gar nicht geplant. Du planst nie etwas."

„Einer muss aussteigen und schieben." Jam sah Caro herausfordernd an.

„Ich? Wie kommst du denn auf den Holzweg?"

„Weil ich der Boss bin. Ich bin das Hirn, du die Muskeln."

„Das Hirn hat nicht nur keinen Führerschein, das Hirn hat auch einen kapitalen Dachschaden. Los, raus, schieben."

„Sag mal, wofür bezahle ich dich eigentlich?"

„Nicht, um deine Dämlichkeiten auszubaden. So viel Geld hast du nicht. Nie gehabt. Und du willst doch nicht, dass eine Dame im Regen nass wird, oder?"

„Ich sehe hier weder Regen noch …"

„Raus!"

Jam sprang hinaus, Caro wechselte auf den Fahrersitz. „Schiebe er hurtig, die Königin will Kaffee!", rief sie nach hinten.

Jam äugte auf die heraufziehenden Wolken. „Jetzt weiß ich, was du mit dem Regen meintest." Er stemmte sich gegen das Heck.

„Sag mal, ist die Handbremse noch angezogen?"

Caro löste sie. „Selbstverständlich nicht!"

Hundert Meter vor der Tankstelle fielen die ersten Tropfen, fünfzig Meter davor begann es zu schütten wie aus Eimern. Als sie endlich die überdachten Zapfsäulen erreichten, war Jam nass bis auf die Knochen.

„Wehe, ich erkälte mich", sagte er und schniefte demonstrativ.

„Wenn das Konzert ausfällt, ziehe ich dir das vom Lohn ab."

„Verrechne es mit dem Gehalt, das du mir noch schuldest." Caro steckte den Zapfhahn in die Tanköffnung.

„Scheiß drauf. Ich hole erstmal Kaffee, wenn es Euer Majestät genehm ist."

Kurz darauf kam er mit zwei Bechern zurück und stellte sie auf dem Autodach ab. „Du tankst Diesel, oder?"

„Diesel? Das ist ein Sportwagen!" Sie hängte den Zapfhahn an die Säule.

„Ja. Ein Maserati Quattroporte Diesel. Sag jetzt nicht, du hast den Aufkleber über dem Zündschloss nicht gesehen!"

„Ähm …"

Jam ließ seinen Kopf gegen die Dachkante fallen. „Sag, dass das nicht wahr ist. Sag, dass du nicht gerade sechzig Liter Benzin in einen Dieseltank geschüttet hast."

„Super Plus."

„Super. Das ist …" Er rang vergeblich nach Worten, fluchte lauthals und trat wie von Sinnen gegen das Hinterrad des gänzlich unschuldigen Wagens. „Kannst du mir sagen, wie wir es jetzt noch zum Konzert schaffen sollen?", schrie er. „In nicht einmal zwanzig Stunden ist Soundcheck, und wir sitzen hier am Arsch der Welt, weil Madame einen Hunderttausend-Euro-Wagen ruiniert hat! Ist das zu fassen? Wie blöd muss man sein?"

„Das musst ausgerechnet du sagen", giftete Caro zurück. „Wer hat uns denn in die Situation gebracht?"

„In diese Situation hast du uns gebracht, aus der holst du uns wieder raus. Also, mach was!"

Caro ging ohne eine Erwiderung zum Kassenraum, Jam folgte ihr. „Können Sie uns helfen?", fragte sie den Tankwart. „Wir haben leider die falsche Spritsorte getankt."

„Du hast die falsche Sorte getankt", knurrte Jam.

„Oha", sagte der Tankwart. „Wie kamen Sie denn auf die Idee, mit so einem Geschoss Diesel zu tanken?"

„Umgekehrt", sagte Jam. „Das ist ein Maserati Quattroporte Diesel. ‚Diesel' wie ‚Kein Super'."

„Na, das hätte mir auch passieren können. Ganz schöner Mist, das. Da wird der ADAC Ihnen auch nicht weiterhelfen können, der Wagen muss in eine Werkstatt."

„Reicht es nicht, der Kiste den Magen auszupumpen? Sie haben sowas doch sicher da?"

„Nee, nicht bei den modernen Dieseln. Der muss in die Werkstatt. Ich kann Ihnen gerne die nächste raussuchen, aber für Maserati dürfte hier in der Gegend nicht viel zu finden sein. Und um diese Uhrzeit schon gar nicht mehr."

„Großartig." Jam warf Caro einen wütenden Blick zu. „Irgendeine Ahnung, wie wir von hier wegkommen? Wir müssen dringend Richtung Frankreich."

„Ich kann den ADAC rufen, vielleicht haben die eine Idee. Wie ist denn das Kennzeichen?"

„Puh. Irgendwas mit Hannover."

Der Tankwart musterte Al von oben bis unten. „Sie kennen das Kennzeichen Ihres Wagens nicht?"

„Ist … ist ein Mietwagen."

„Dann rufen Sie doch am besten die Hotline des Vermieters an, die werden Ihnen schon weiterhelfen."

„Also, das ist nur eine kleine Firma. Die haben keine Hotline."

„Aber Maseratis."

„Genau. Und andere Luxuswagen. Sie wissen schon, Porsche, Ferrari, der ganze Kram."

Caro klopfte Jam auf die Schulter. „Wir versuchen es mal beim Vermieter. Lass uns zum Wagen gehen, die Nummer ist bestimmt im Handschuhfach."

Jam nickte, und sie verließen den Kassenraum.

Draußen sagte Jam: „Der hat uns kein Wort geglaubt, wetten?"

„Nicht eines. Und ich wette, er hat gerade die Polizei an der Strippe." Caro deutete auf den Kassierer, der mit dem Telefon in der Hand am Fenster stand und zu ihnen starrte.

Jam fuhr sich mit den Händen über das Gesicht. „Kann denn nicht mal irgendetwas einfach klappen? Ist das wirklich zu viel verlangt?"

„Das wird heute nichts mehr. Und wenn wir nicht bald hier weg sind, dann gibt's noch mehr Ärger."

Sie bestellte an der Raststätte, gut hundert Meter von der Tankstelle entfernt, ein Taxi, das sie zum Ulmer Bahnhof brachte. Hier wartete der nächste Rückschlag auf sie: Es fuhr an diesem Tag kein Zug mehr Richtung Frankreich. Frustriert ließen sie sich auf einer Bank nieder.

„Toll", sagte Jam. „Ganz toll. Jetzt kann gerne der Typ mit der versteckten Kamera aus seinem Versteck springen und ‚April, April' rufen." Er stand auf und breitete die Arme aus. „Los, komm raus, du Feigling!", brüllte er. „Mach schon!"

Die Passanten schauten argwöhnisch zu dem Mann mit der schwarzen Strubbelmähne und der nietenbesetzten Lederjacke hinüber, der da mitten im Bahnhof stand und schrie. Keiner sagte etwas, aber die meisten schlugen einen Bogen um ihn.

Caro ließ den Kopf in die Hände fallen. „Mach dich nicht noch mehr zum Elch. Reicht für heute."

„Ach, ich mache mich zum Elch?", rief Jam und trat gegen einen Mülleimer. „Wer hat uns denn den Trip ruiniert?"

Caro hob den Kopf und funkelte ihn an. „Wer hat sich denn seine gesamte Kohle unter dem Hintern wegklauen lassen, ha? Wer ist hier in einer Woche vom Multimillionär zum Bahnhofspenner geworden?" Jam ließ sich neben ihr auf die Bank fallen und seufzte. „Ich scheiß auf die Kohle. Ich will doch nur meine Musik spielen, mehr nicht. Mit meinen Jungs auf der Bühne stehen und Lärm machen." Er seufzte noch einmal und zog das Mobiltelefon aus der Tasche. „Was hast du vor?"

„Ich rufe jetzt Bernd an und sage ihm, dass wir es nicht schaffen. Er soll das Konzert abblasen."

„Und den Tourbus schicken. Dann wissen wir wenigstens, wo wir pennen können."

Jam ließ das Telefon wieder sinken. „Und während wir pennen, fahren wir nach Nizza."

Caro runzelte die Stirn. „Könnte klappen. Wird aber knapp."

„Dann soll er was Schnelleres schicken. Und notfalls springe ich direkt aus dem Wagen auf die Bühne."

„Gratuliere. Du bist zurück im Rennen."

„Amen, Schwester." Er hob die Hand. „Gib mir Fünf!"

Sie schlug ein. Jam wählte Bernds Nummer. „Hi, Jam hier. Nein, ist alles in Ordnung mit mir. Sorry, hätte Bescheid sagen sollen … Was? Wie, abgesagt?"

Caro rutschte näher, um mithören zu können, aber Jam stand auf und ging vor der Bank auf und ab. „Wenn es der Hallenbetreiber ist, sag ihm, ich unterschreibe die Bürgschaft … Pleite? Wie, pleite? Fuck, was zum … Ja, ist gut. Nein, kein Problem. Du regelst das schon. Ich melde mich wieder." Er steckte das Telefon ein und fuhr sich mit beiden Händen durch die Haare. „Abgesagt", sagte er. „Pleite."

„Das Konzert morgen ist abgesagt? Wer ist pleite?"

„Die ganze Tour ist abgesagt. Weil der Konzertveranstalter pleite ist."

„Und du bist der Geschäftsführer des Konzertveranstalters."

„Völlig richtig. Ich habe ab sofort nicht nur keine Kohle mehr, sondern auch noch eine Insolvenz an der Backe." Er ließ sich wieder auf die Bank fallen. „Aber weißt du, was das Schöne ist? Wir müssen nicht mehr nach Nizza."

Caro lachte freudlos. „Hat alles seine zwei Seiten, oder?"

„Jup. Nur, die Kehrseite ist: Wir sitzen in Ulm fest. Und das kann ich nur betrunken ertragen. Komm, wir suchen uns eine Kneipe."

Sie verließen den Bahnhof und liefen eine Weile ziellos durch die Straßen von Ulm. Irgendwann überquerten sie die Donau, und wenig später stießen sie auf einen Club, über dessen Eingang der Name ‚Jazz-Keller' stand. Sie setzen sich an einen Tisch im hinteren Bereich und bestellten Bier. Vorne auf der Bühne stand eine hübsche Brünette in einem atemberaubenden roten Kleid und sang den Blues.

„Ich hoffe, dein Konto gibt die paar Biere noch her?", fragte Jam.

„Sollte. Aber lange kann das nicht so weitergehen, dann ist Feierabend."

„Ich muss nach Hause. Da gibt's einiges, das ich verscherbeln kann. Das wird zwar nicht reichen, um die ganzen Rechnungen zu bezahlen, aber ich kann mich eine Weile über Wasser halten. Und dein Gehalt bezahlen."

„Was du vor allem brauchst, ist ein Anwalt. Gleich morgen."

Jam seufzte. „Wie tief bin ich eigentlich gesunken? Ich komme ohne Kohle nicht mehr klar, ich schlage mich mit Anwälten rum, und ich habe nicht mal eine Gitarre."

Die Brünette auf der Bühne gab jetzt eine wunderbar ruhige Version von ‚Jolene' zum Besten. Jam deutete mit dem Bierglas auf sie.

„Nicht schlecht, die Kleine. Wenn ich mit dem ganzen Scheiß hier durch bin, höre ich mir die mal genauer an."

Sie tranken noch ein Bier, hörten der Sängerin zu und plauderten über dieses und jenes, nur nicht über die Vorfälle der letzten Zeit. Schließlich brachen sie auf, und mieteten sich ein Zweibettzimmer in einem billigen Hotel und fielen ungeachtet ihrer Sorgen augenblicklich in tiefen Schlaf.

Am nächsten Morgen trieben sie die Telefonnummer eines guten Anwalts auf und schilderten ihm Jams Problem. Er versprach, sofort alles Nötige in die Wege zu leiten. Dann brachen sie zum Bahnhof auf, mussten dort aber zu Caros Entsetzen feststellen, dass nun auch ihre Kreditkarte den Dienst verweigerte. Wie sie herausfand, hatte die Autovermietung einen saftigen Extrabetrag für das Abholen des Wagens in Hannover abgebucht, plus die Kosten für die Beschaffung eines Nachschlüssels.

„Spitze", sagte sie, „jetzt sind wir wirklich pleite."

71

„Aber so was von. Bleibt nur noch eins: Trampen."

„Hab ich noch nie gemacht."

„Warum nicht?"

„Zu gefährlich."

Jam schüttelte stumm den Kopf.

Sie fuhren mit dem Bus zur nächsten Autobahnauffahrt und stellten sich mit erhobenem Daumen an den Straßenrand. Eine halbe Stunde lang fuhr ein Auto nach dem anderen an ihnen vorbei. Jam fing schon an zu witzeln, dass er sich im Gebüsch verstecken und Caro einen kurzen Rock anziehen sollte, da bremste ein japanischer Kleinwagen und hielt zwanzig Meter weiter am Straßenrand an. Auf der Beifahrerseite reckte ein Blondschopf den Kopf aus dem Fenster. „Hey, in welche Richtung wollt ihr?"

„Richtung Norden", rief Caro. „Hannover oder so."

„Passt", rief die junge Frau. „Springt rein!"

Sie quetschten sich auf die Rückbank und stellten sich als Caro und Benny vor. Ihre Fahrerin trug Schwarz von den Haaren bis zu den Fingernägeln, hatte mehr Metall im Gesicht als Jam an seiner Lederjacke und hieß Merle. Die blonde Kopilotin, Typ Jurastudentin aus besserem Hause, stellte sich als Liane vor. „Ich bin über so eine Webseite für Mitfahrgelegenheiten an Merle gekommen. Ist aber super, dass ihr jetzt mit an Bord seid, dann können wir uns die Kosten durch vier teilen."

Jam zog die Luft zwischen den Zähnen ein. „Ganz blöd, das. Wir sind im Moment dermaßen pleite, das glaubt ihr nicht."

„Die Bank hat Mist gebaut und wir kriegen nichts aus dem Geldautomaten", sagte Caro. „Merle, wenn du uns deine Kontonummer gibst, dann überweisen wir dir unseren Anteil."

„Nee, ist schon in Ordnung", brummte Merle und fuhr auf die Autobahn. „Ich fahr die Strecke ja sowieso."

„Aber das ist nicht fair", protestierte Liane. „Warum soll ich etwas bezahlen und die beiden nicht?"

„Weil du dich mit mir geeinigt hast, dass du mir fuffzehn Euro zahlst, und die beiden nicht."

„Aber ..."

„Ich hätte die beiden auch stehenlassen können, das wäre für dich aufs Selbe rausgekommen. Hättest du das fairer gefunden?"

Liane seufzte und winkte ab.

„Ein Herz und eine Seele", flüsterte Jam.

Nach einer guten Stunde Fahrt lief im Radio ‚Distant Screams‘ von BTL. „Hey, dreh mal lauter“, sagte Liane und tat es selbst. Merle brummte. „Kommerzieller Fließbandpop. Alles schön bonbonrosa und auf Erfolg getrimmt.“ Jam saß senkrecht auf seinem Platz und wollte gerade den Mund aufmachen, als Caro ihm gegen den Oberschenkel boxte. „Au“, machte er und funkelte sie an. Sie legte den Finger auf die Lippen. „Mag sein“, sagte Liane, „aber das hier ist anders. Jam ist ein Genie. Jams Musik berührt irgendwie. Ich habe keine Ahnung wie, aber er schafft es, dass die Musik … na ja, ich weiß nicht … ganz tief reingeht.“

„Ja, weil es perfekt arrangiert ist. Im Studio können die echt alles machen. Schon mal Britney Spears live gehört?“

„Du warst bei einem Britney-Spears-Konzert?“

„Hinterm Biertresen. Der schlimmste Tag meines Lebens.“

„Schon mal BTL live gehört? Ich schon. War noch besser als im Studio.“

„Nee. Aber jede Menge anderer Bands, bei denen man einfach weiß, dass sie so sind wie ihre Musik. Dropkick Murphys. The Real McKenzies.“

„Volle Breitseite?“, fragte Jam.

„Ja, die auch. Ist aber schon eine Weile her. Kennst du die?“

„Ziemlich gut.“ Er zwinkerte Caro zu und zeigte auf sich, so, dass man es von vorne nicht sehen konnte. Caro boxte ihn wieder gegen den Oberschenkel und schüttelte den Kopf.

„Aber wisst ihr was?“, fragte Merle, „das ist noch richtige Musik. Die ist nicht sauber und perfekt und groß, sondern dreckig, laut und ehrlich.“

Jam runzelte die Stirn.

„Ich verstehe das nicht“, sagte Liane. „Warum darf gute Musik nicht auch gut gemacht sein? Warum ist Musik nicht mehr ehrlich, wenn sie sich gut verkauft?“

„Wenn du diese Bands gehört hättest, wüsstest du, was ich meine.“ Merle blickte in den Innenspiegel. „Stimmt’s?“

„Ich weiß nicht“, sagte Jam zögerlich. „Es war einfach anders damals. Die Musik ist immer noch …“, er suchte nach dem Wort, „… echt, aber die Zeiten sind jetzt andere. Und er hat jetzt ganz andere Möglichkeiten. Aber es macht ihm immer noch Spaß. Also, wenn ich seine Musik so höre. Finde ich.“

„Du hast keine Ahnung, was in dem Typen vorgeht, stimmt’s?“

Jam zuckte mit den Schultern.

Das Stück war zu Ende, und die beschwingte Stimme des Radiomoderators setzte ein: „Wer von euch vorhatte, schnell noch nach Nizza zu fahren, um sich das heutige Konzert von BTL und ein schönes Strandwochenende reinzuziehen, kann den Bikini wieder auspacken: Das Konzert fällt aus. Und nicht nur das: Der gesamte Rest der Europatournee wurde abgesagt."

„Was?", machte Liane.

„Psst!"

„Das Problem ist angeblich das Gleiche wie bei Kylie Minogues letzten Konzerten in Deutschland: Der Konzertveranstalter ist pleite. Bei Kylie durfte man getrost annehmen, dass sie einfach keine Lust hatte, vor halbvollen Hallen aufzutreten, aber bei BTL sind die Konzerte allesamt ausverkauft. Wir haben mal ein bisschen nachgefragt: Ja, die Konzertagentur ist wirklich pleite. Gegen den Geschäftsführer läuft sogar ein Verfahren wegen betrügerischen Konkurses."

Jam ließ seinen Kopf mit einem stumpfen Bums gegen die Seitenscheibe fallen.

„He, lass die Karre heile! Die gehört meiner Schwester!"

„Wer jetzt aber glaubt, dass Jam und seine Jungs das Opfer eines bösen Betrugs wurden: Wir wären nicht Hit Power Radio FM, wenn wir nicht nachgeforscht hätten. Und was soll ich sagen: Frisch aus der Gerüchteküche wird uns brandheiß zugetragen, dass der große Jam himself seine Finger in der Konzertagentur mit drin hat. Da fragt man sich doch: Hat der Mann nicht schon Kohle genug?

Wir hätten ihn gerne selbst gefragt, aber bei seinem Management ist niemand zu erreichen, und Jam – tja, der ist wohl untergetaucht. Wenn du also den Maskenmann auf dem Rückweg von Nizza vorbeifahren siehst, dann melde dich bei uns!"

„Na, das ist ja ein Ding", sagte Liane.

„Glaubst du mir jetzt? BTL war mal eine Band, aber jetzt sind sie ein Unternehmen, und Jam ist der Geschäftsführer. Das hat nichts mehr mit Musik zu tun!"

Vorsichtshalber schlug Caro wieder auf Jams Bein. „Autsch", zischte der, „ich wollte doch gar nichts sagen!"

„Gut", zischte Caro zurück.

„Nein, das kann ich nicht glauben." Liane schüttelte den Kopf. „Jam ist ein Künstler. Ein Genie. Der Mozart des einundzwanzigsten Jahrhunderts. Ich will ja nicht behaupten, dass die Kohle ihm egal ist, aber … Nein, das glaube ich nicht."

„Schließlich hat er einen Manager, der sich um die Finanzen kümmert", warf Jam von der Rückbank ein, was ihm einen erneuten schmerzhaften Rüffel von Caro eintrug.

„Genau! Warum sollte er sich auch noch ins Konzertmanagement einmischen?"

„Weil Geld gierig macht. Es ist immer dasselbe: Am Anfang sind sie alle Idealisten, die nur ihr Ding durchziehen wollen. Aber sobald sie in den Charts sind, überlegen sie nur noch, wie sie da bleiben können." Merle schwenkte, ohne zu blinken, auf die linke Spur, was ihr von hinten wütendes Hupen eintrug. „Ich sage nicht, dass er keine gute Musik mehr machen will, ich sage nur, dass er nur noch Musik machen darf, die erfolgreich ist."

„Aber das ist doch kein Widerspruch! Es gibt eine Menge Musiker, die erfolgreich sind und ihr Ding machen. Michael Jackson zum Beispiel. Oder Prince. Oder die Ärzte."

Merle und Jam lachten gleichzeitig auf. „Vergiss das mit den Ärzten mal gleich wieder", erklärte Merle, „oder könntest du dir vorstellen, dass die noch mal so was wie ‚Fette Elke' oder ‚Geschwisterliebe' rausbringen?" Sie schwenkte wieder nach rechts und musste kräftig in die Eisen steigen, da sie direkt hinter einem langsamen LKW gelandet war. Caro krallte sich in die Kopfstütze vor ihr.

„Ja, aber vielleicht wollen sie so etwas gar nicht mehr machen!"

„Eben! Genau das!" Merle nahm die Hände vom Lenkrad und unterstrich ihre Worte mit ausladenden Gesten. „Sie wollen das nicht mehr! Sie sind satt und zufrieden. Sie brennen nicht mehr für das, was sie tun!"

„Merle", mischte sich Caro ein.

„Was?"

„Das Lenkrad?"

„Ja, ja." Sie griff danach und schwenkte ruppig auf die linke Spur, die diesmal zum Glück frei war.

„Aber wieso muss man denn unbedingt hungrig und unzufrieden sein, um gute Musik zu machen?", fragte Liane.

„Gute Musik kommt aus dem Bauch. Und wenn du zu satt bist, dann kommt sie nur noch aus dem Kopf."

„Ach, und Brahms? Beethoven?"

„Hätte es damals schon Charts gegeben, wäre deren Musik auch den Bach runtergegangen."

„Haha", sagte Jam, „den *Bach* runtergegangen! Der war gut!"

„So ein Quatsch", sagte Liane.

„Ich bleibe dabei: BTL sind satt und zufrieden und denken mehr daran, wie sie noch satter und zufriedener werden können als daran, wie man geile Musik macht."

„Ich bleibe dabei: Die Musik ist und bleibt fantastisch, grandios, mitreißend. Einfach weil der Mann so ein unglaubliches Talent hat. Dem Talent ist es völlig egal, wie dick die Brieftasche ist."

Merle ließ ihren Unmut am Lenkrad aus und katapultierte sie unwirsch auf die rechte Spur zurück. „Mädchen, du kapierst es nicht: Es ist das System! Es fängt die Musiker ein, macht sie träge und saugt sie aus. Nimmt das, was an Kreativität noch da ist und presst sie schön in eine Form ohne Ecken und Kanten."

„Ach, auf einmal ist es das System. Immer wenn euch Anarchisten die Argumente ausgehen, dann ist es das ‚System'."

„Lieber Anarchist als Modepüppchen. Ich will dir mal was …"

„ACHTUNG!", schrien Jam und Caro wie aus einem Mund, aber es war schon zu spät. Der Audi vor ihnen kam beängstigend schnell näher. Als Merle und Liane in ihren Aufschrei einstimmten, krachte es auch schon.

Schlingernd und mit quietschenden Reifen kamen sie auf dem Standstreifen hinter dem Audi zum Stehen. Dampf stieg aus dem Kühler auf, und die Frontscheibe war rissig. „Super", stöhnte Merle, „meine Schwester bringt mich um!"

„Alle okay? Niemand verletzt?", fragte Caro.

Sie nickten.

„Warnblinker an, Zündung aus. Und lasst mich raus, ich will nach denen vor uns sehen."

Merle tat wie geheißen, Liane stieg aus und klappte den Sitz vor. Caro schälte sich aus dem Wagen und ging nach vorne. „Alles in Ordnung bei Ihnen?"

Das ältere Ehepaar schien etwas durchgeschüttelt, aber unversehrt. Caro ging zu ihrem Wagen zurück. Auch Merle war ausgestiegen, und Liane setzte nahtlos ihre Diskussion fort. „So, willst du das hier jetzt auch ‚dem System' anlasten?"

„Mensch, halte doch einfach das Maul. Ich habe jetzt so was von keinen Bock auf deinen heißgeliebten Jam, das glaubst du nicht.

„Es geht ums Prinzip. Es geht darum, dass du einem Superstar alles Schlechte zutraust, nur weil er ein Superstar ist."

„Mädels, können wir uns auf das Wesentliche konzentrieren?", bat Jam. „Ist doch scheißegal, ob der Typ ein Superstar ist und was er mit seiner Kohle macht – wir stehen hier mitten auf der Autobahn!"

„Halt die Klappe", fauchte Merle.

„Genau. Du hast schon mal gar keine Ahnung", sagte Liane.

Der Fahrer des Audi war mittlerweile auch ausgestiegen. „Sie, das bezahlen Sie mir aber! Das war eindeutig Ihre Schuld!"

„Halt doch mal die Füße still, Opa! Wenn hier einer schuld ist, dann das Blondchen hier mit ihrem elenden Gequassel."

„Ich? Bin ich hier wie eine Irre über alle Spuren gebrettert oder du?"

„Ewald, das wirst du dir doch nicht bieten lassen!", keifte seine Beifahrerin.

„Natürlich nicht. Ich rufe jetzt die Polizei." Ewald zückte das Mobiltelefon.

„Polizei ist nicht gut", nuschelte Jam.

„Nein. Ist es nicht."

„Sollten wir abhauen?"

„Das ist erst recht auffällig. Wir halten uns schön im Hintergrund."

Sie setzten sich auf die Leitplanke und lauschten dem Drama, das sich vor ihnen entfaltete: Liane keifte auf Merle ein, Merle keifte zurück und ignorierte beharrlich Ewald, der ebenfalls auf Merle einkeifte, angefeuert von seiner Frau. Dabei versuchten alle vier, einander und den vorbeirauschenden Verkehr zu übertönen.

Jams Mobiltelefon klingelte. Er sah aufs Display und runzelte die Stirn. „Kenne ich nicht."

„Ein Fan?"

„Hast du jemals erlebt, dass ein Fan auf dieser Nummer anruft?" Er nahm den Anruf an. „Hi", sagte er, horchte angestrengt und hielt sich das andere Ohr zu. „Moment, ich verstehe nix." Er schwang sich über die Leitplanke und ging ein Stück über den Grünstreifen. Caro folgte ihm.

„So, noch mal: Wer ist da?"

Caro hielt ihr Ohr nahe an seines, und Jam schaltete auf Freisprechen.

„… Finanzamt Hannover, Steuerfahndung. Wir haben schon in Madrid gesprochen."

„Barcelona? Ach, Sie. Haben Sie schon mit meinem Manager gesprochen?"

„Natürlich, aber der Beweislage nach haben wir nichts gegen ihn vorliegen."

„Blödsinn! Der hat mich reingelegt!"

„Davon weiß ich nichts. Ich kann mich nur an die mir bekannten Fakten halten. Sind Sie der Geschäftsführer der …", es klang, als würde Oltmann etwas ablesen, „BFK Konzertagentur GmbH mit Sitz in Hannover?"

„Ja, ich … Also, nein, ich …"

„Ja oder nein?"

„Scheint so, aber bis gestern wusste ich nichts davon."

„Das fällt mir schwer zu glauben. Ich habe hier Ihre eigenhändige Unterschrift für den Eintrag ins Handelsregister vorliegen."

„Der hat mir eine Blanko-Unterschrift abgeluchst!"

„Exakt im richtigen Feld des Formulars? Ich bitte Sie."

„Mann, ehrlich, ich hatte keine Ahnung."

„Das tut nichts zur Sache. Fakt ist, dass wir bezüglich dieser Gesellschaft den dringenden Tatverdacht der betrügerischen Insolvenz hegen."

„Das können Sie laut sagen."

„Sie geben den Tatvorwurf also zu?"

„Klar. Aber ich bin der Betrogene!"

„Ich muss Sie darauf aufmerksam machen, dass gegen Sie als alleinigem Gesellschafter ein Haftbefehl wegen dieser betrügerischen Insolvenz vorliegt. Ich fordere Sie auf, sich bei der nächstliegenden Polizeidienststelle zwecks Vollstreckung des Haftbefehls einzufinden."

Jam lachte. „So einfach geht das? Dann fordere ich Sie auf, sich den Finger in den Po zu stecken und mich in Ruhe zu lassen."

„Herr Kaczinski, machen Sie es sich doch nicht unnötig schwer! Sie wissen genau, dass Sie sich nicht ewig verstecken können."

„Aber lange genug, um meine Unschuld zu beweisen. Steck dir deinen blöden Haftbefehl in den Arsch!" Jam legte auf.

„So ein mieses Stück Scheiße", knurrte er. „Der kann mich doch nicht einfach von der Tournee weg verhaften lassen."

„Die Tournee ist abgebrochen", erinnerte ihn Caro. „Und, doch, kann er. Wie man sieht."

Jam überlegte. „Es war ein Fehler, ihm zu sagen, dass er sich den Haftbefehl in den Arsch stecken soll."

„Endlich kommst du zur Vernunft."

„Da steckt nämlich noch sein Finger drin."

Caro verdrehte die Augen.

„Wir sollten uns schleunigst aus dem Staub machen", sagte Jam.

„Du solltest dich schleunigst aus dem Staub machen. Gegen mich liegt, soweit ich mich erinnern kann, kein Haftbefehl vor."

„Wir sind in Ulm eingestiegen. Wie lange, glaubst du, braucht die Polizei, um herauszufinden, dass das mit dem Maserati wir beide waren? Mit Betonung auf ‚beide'. Wo der Wagen herkommt, wissen sie vermutlich schon."

„Okay. Wir machen uns aus dem Staub. Einfach über den Acker?"

Auf der Gegenfahrspur jagte ein Polizeiwagen mit Blaulicht und Martinshorn vorbei.

„Jede Wette: Der wendet an der nächsten Ausfahrt und ist in drei Minuten hier. Quer über den Acker reicht nicht." Jam zeigte auf den ramponierten Audi. „Wir nehmen den da."

Caro stöhnte. „Du willst schon wieder ein Auto klauen?"

„Nur borgen. Wir müssen es sowieso schnell wieder loswerden. Nur bis zur nächsten Ausfahrt."

Sie warf einen Blick auf die hitzig diskutierende Gruppe. Immerhin schien das Thema der Diskussion sich mittlerweile von der Kapitalisierung der Popmusik auf den Unfall verlagert zu haben, sodass Ewald jetzt mitdiskutieren durfte, immer noch angefeuert von seiner Frau. „Okay, dann aber schnell."

Die beiden schlenderten zur Autobahn zurück. Caro umrundete den Kühler des Audi, nickte Jam zu, und beide stiegen blitzschnell ein. Sie startete den Wagen und gab im selben Moment Vollgas. Der Motor heulte auf und katapultierte das Auto vorwärts. Caro blickte in den Rückspiegel und sah den Besitzer wild gestikulierend hinter ihnen herrennen. „Das wird Ewald aber gar nicht gefallen", sagte sie.

„Wer ist Ewald?"

Sie nahmen nicht die erste Abfahrt, sondern die zweite, in der Hoffnung, dass die Polizei damit nicht rechnete. Sie gelangten auf eine Landstraße, der sie wiederum bis zur übernächsten Ortschaft folgten. Gleich nach dem Ortsausgang bog Caro in den nächstbesten Feldweg ein und stellte den Wagen hinter einigen Büschen ab, damit er von der Landstraße nicht auf den ersten Blick zu sehen war. Dann wanderten sie in den Ort zurück, setzen sich an eine Bushaltestelle und warteten.

„Ich schätze mal, zu dir nach Hause solltest du lieber nicht", sagte Caro nach einer Weile.

Jam nickte. „Besser nicht."

Sie schwiegen wieder.

„Fragt sich nur, wie wir jetzt zu Kohle kommen", sagte Caro. „Du hast nicht zufällig noch was auf der hohen Kante, oder?"

Sie schüttelte den Kopf. „Alles für die Scheidung draufgegangen."

„Ich hoffe, das war's wert."

„Die Scheidung? Jeden Cent."

„So schlimm?"

„Er ist ein Arschloch. Lassen wir's dabei."

„Gar keine positiven Seiten? Immerhin hast du ein Kind von ihm."

„Er hat immer seine Rechnungen bezahlt. Und er hat immer gelesen, was er unterschrieben hat."

„So ein Langweiler."

„Oh ja, das ist er. Alles nur Fassade: den Job von Papa, das Geld von Mama, die Anzüge vom Maßschneider. Charmant, geistreich, kultiviert. Und dahinter nichts als patriarchales Gehabe und vorgefertigte Meinungen. Das Einzige, das ihn aufrecht hält, ist der Stock in seinem Arsch."

„Und warum …?"

„Warum ich ihn geheiratet habe? Komm schon, ich, ein Mädchen aus einfachen Verhältnissen, das nichts gelernt hat außer für andere Leute den Kopf hinzuhalten. Und dann ist da dieser feine Kerl aus besseren Kreisen, und der interessiert sich für dich und macht dir Geschenke und nimmt dich überallhin mit. Ich kam mir vor wie Julia Roberts in ‚Pretty Woman'."

„Ich nehme dich auch überall mit hin!"

„Nimm's mir nicht übel, aber du bist mehr Kurt Cobain als Richard Gere."

„Kurt Cobain ist tot!"

„Ja und?"

Jam seufzte. „Klingt, als ob deinen Ex anzupumpen auch keine Option sei."

„Eher verhungere ich."

Der Bus rollte heran und hielt zischend vor ihnen. Sie stiegen ein. „Wo soll's hingehen?", fragte der Fahrer.

Caro sah in ihr Portemonnaie. „Wie weit kommen wir denn für zweiundzwanzig Euro?"

Mit Einbruch der Dunkelheit erreichten sie den nächsten Ort. Sie stiegen aus, der Bus entschwand in die Dämmerung und ließ sie vor einem einsamen, schmuddeligen Bahnhofsgebäude zurück. Ein Schild mit der Aufschrift ‚Gleis 2 / Gleis 104' wies auf einen Fußgängertunnel. Neben der Bushaltestelle lag ein fast leerer Parkplatz, dazwischen duckte sich ein kleiner Kiosk, die Scheiben dunkel und verschlossen.

„Großartig", grollte Caro. „Wo sind wir denn hier gelandet?"

„Arsch der Welt", sagte Jam. „Wundert mich, dass man's noch nicht riecht."

„Wie es riecht, ist mir egal. Hauptsache, wir finden einen Schlafplatz."

„Klar." Jam deutete auf den Park, der jenseits des Bahnhofsvorplatzes begann. „Park, Bänke. Bänke, Pennen."

„Auf einer Parkbank?"

„Besser als auf dem Rasen."

„Na, viel Spaß. Ich suche mir ein Hotel."

„Ohne Kohle."

„Ich habe einen Ausweis, eine herzzerreißende Geschichte und einen steinerweichenden Augenaufschlag. Und du?"

„Ich suche schon mal zwei trockene Bänke. Bringst du Currywurst-Pommes und Bier mit, wenn du nachkommst?"

„Für zwölf Euro?"

„Also Pommes und Bier."

„Geht in Ordnung." Sie verließ Jam und ging in die Richtung, in der sie das Stadtzentrum vermutete, während Jam im Park verschwand.

Eine knappe Stunde später kam Caro zurück, eine Plastiktüte in der Hand, und folgte Jam in den Park.

„Hier", rief er aus dem Dunkel.

Sie kniff die Augen zusammen. „Wo ist ‚hier'?"

„Immer geradeaus."

Sie fand Jam auf einer Parkbank. Es war stockdunkel. Selbst als ihre Augen sich ans Dunkel gewöhnt hatten, sah sie ihn nur schemenhaft.

„Gibt es hier keine Straßenlaternen?", fragte sie und reichte Jam die Tüte.

„Schon, aber wo Licht ist, da sind auch Mücken", sagte er. „Und man wird leichter von den Bullen gefunden." Er wühlte in der Tüte. „Kein Bier?"

„Lieber morgen früh ein Brötchen als jetzt ein Bier."

„Dass du immer so praktisch denken musst." Jam holte die Pommes aus der Tüte und gab Caro eine Schale. „Und, Hotel gefunden?"

Caro schnaubte. „Vergiss es."

Jam lachte leise. „Vor drei Tagen noch Präsidentensuite im Hilton und heute Parkbank. Das nenne ich einen Absturz."

„Es scheint dir nicht viel auszumachen."

Das Knirschen seiner Lederjacke verriet ihr, dass er den Kopf schüttelte. „Ist nicht meine erste Nacht auf einer Parkbank, und ich schätze mal, es wird auch nicht meine letzte sein."

„Ich habe im Tourbus gedacht, du plusterst dich mal wieder auf."

„Hast du's noch immer nicht kapiert? Ich bin Punker. Parkbänke sind sozusagen mein natürlicher Lebensraum."

„Ich fange an, es zu glauben."

„Und glaube mir auch, dass wir uns bald aufs Ohr hauen sollten. Du wirst auf der Bank beschissen pennen und mit dem ersten Sonnenstrahl wach sein."

„Ich schätze, ich lege mich lieber ins Gras."

„Klar. Wenn du Bock darauf hast, dir morgen früh die Krabbelkäfer aus dem Haar zu pulen. Abgesehen davon, dass du total durchgeweicht sein wirst."

„Aber die Bank ist hart!"

„Du bist härter. Gute Nacht!"

Er behielt recht: Die Nacht war furchtbar. Die Holzlatten der Bank drückten ihr gegen Hüfte, Schulter und tausend andere Stellen, die Kälte kroch ihr unter die Klamotten bis auf die Haut, und alle paar Minuten schreckte ein Geräusch sie auf. Erst war es ein Rascheln und Scharren in den Büschen gewesen. Caro zwang sich, an niedliche Hoppelhäschen statt an fette Kanalratten zu denken. Später war es das Flattern und Krächzen von Nachtvögeln gewesen und manchmal ein Auto, das in der Ferne vorbeifuhr.

Wie Jam prophezeit hatte, war sie froh, als der erste Sonnenstrahl das Ende der Nacht verkündete. Schwerfällig schwang sie die Beine von der Bank und schlang die Arme um sich, um die Kälte zu vertreiben. Jam schlief noch, also ging sie los, um etwas Essbares zu besorgen.

Als sie zurückkam, saß Jam leicht schwankend auf seiner Bank und blickte hektisch um sich. Er sah Caro und seufzte erleichtert.

„Scheiße, ich dachte schon, du wärst abgehauen", sagte er.

„Wohin denn?", fragte Caro und reichte ihm einen Pappbecher mit Kaffee.

Er wärmte sich die Hände am Becher und zuckte mit den Schultern. „Keine Ahnung. Immerhin hast du noch ein Leben. Und eine Wohnung. Mit einem Bett."

„Wie sollte ich da hinkommen? Unsere Barschaft beträgt jetzt noch exakt null Euro und null Cent, und das auch nur, weil der Bäcker ein gutes Herz hat."

Jam rollte nachdenklich den Kaffeebecher zwischen den Händen und schüttelte den Kopf. „So kann es nicht weitergehen."

„Du willst dich stellen?"

„Blödsinn. Aber du hältst das nicht mehr lange durch. Du bist ja schon nach einer Nacht völlig fertig."

„Du etwa nicht?"

„Ich habe es dir schon mal gesagt: Ich komme immer klar. Ich kenne die Straße."

„Du könntest ohne mich weitermachen", schlug sie vor.

Jam lachte. „Das würde ich nicht lange durchhalten."

Caro zog die Augenbrauen hoch.

Jam räusperte sich verlegen. „Du weißt schon, wie ich das meine." Er zog einen Ring ab und hielt ihn hoch. „Der bringt ein paar Tausender, das hält uns ein paar Wochen über Wasser. Lass uns einen Juwelier suchen."

Einen Juwelier zu finden war kein Problem, aber sie mussten über drei Stunden warten, bis er öffnete. Jam setzte sich kurzerhand neben den Eingang, lehnte den Rücken gegen die Wand und schlief.

Caro sah ihm zu, wie sein Kopf langsam tiefer sackte und er leise zu schnarchen begann. Offenbar hatte sie ihn wirklich unterschätzt: Er hatte so gar nichts mehr an sich von der verwöhnten Diva, die er sonst spielte. Und dies war nicht seine erste Nacht auf der Straße, so viel war klar.

Bei ihr lag das anders. Sie hatte kein Problem damit, mit blutender Lippe auf dem Boden zu landen, aber wie ein Penner im Dreck sitzen? Unmöglich.

Sie erkundete das Städtchen, das mit der aufgehenden Sonne zum Leben erwachte. Kioskbesitzer trugen die Aufsteller mit den Schlagzeilen des Tages auf den Gehweg, Gemüsehändler ihre Kisten mit frischem Gemüse. Immer häufiger kreuzten Passanten ihren Weg, manche verschlafen, andere mit raschem Schritt. Hin und wieder fuhr ein Bus vorbei, hielt an der Ecke zischend an und verschluckte Grüppchen von Wartenden.

Sie schlenderte durch den Park, der jetzt im Morgendunst viel einladender aussah als am Abend zuvor. Das Gras sah verlockend weich aus, aber Jam hatte Recht: Es war nass vom Morgentau. Eine Erkältung war so ziemlich das Letzte, das sie jetzt gebrauchen konnte.

Ihre Bänke waren frei, aber Caro spürte noch die harten Bretter im Kreuz. Sie verzichtete auf ein weiteres Nickerchen.

Eine Stunde bevor der Juwelier öffnete kehrte sie zu Jam zurück. Der saß mittlerweile im Schneidersitz auf dem Boden, winkte und hielt ihr einen Kaffeebecher hin.

„Der ist ja frisch", sagte sie. „Wo hast du den her?"

Er wies auf den Pappbecher von ihrem ersten Kaffee, der zu seinen Füßen stand und einige kleine Münzen enthielt.

„Du hast gebettelt?"

„Eigentlich habe ich nur den Becher hingestellt. Für den Rest kann ich nichts."

„Du bist unmöglich." Trotzdem schlürfte sie dankbar den heißen Kaffee.

Endlich setzte sich das Sicherheitsgitter des Juwelierladens ratternd in Bewegung. Jam und Caro standen auf, klopften den Straßenstaub von den Hosen und traten ein, kaum, dass der Juwelier die Tür aufgeschlossen hatte. Er musterte Jam von Kopf bis Fuß, dann ließ er sie ein und ging hinter den Tresen. „Was kann ich für

Sie tun?", fragte er, und er klang, als wäre ihm „Gar nichts" die liebste Antwort.

„Wir sind in einer kurzfristigen finanziellen Notlage", sagte Caro, „und wir wollten fragen, ob Sie das eine oder andere Schmuckstück ankaufen könnten."

Die linke Augenbraue des Juweliers rutschte nach oben. „Ich werde sehen, was sich machen lässt. Was haben Sie anzubieten?"

Jam streckte den Arm aus und legte den Ring auf den gläsernen Tresen. „Das hier", sagte er. „Weißgold mit Brillis. Echten. Und nicht zu knapp."

Die rechte Augenbraue folgte der linken Richtung Stirn. Der Juwelier klemmte sich eine Lupe ins Auge, nahm den Ring und begutachtete ihn sorgfältig. Dann legte er ihn wieder ab. „Das ist ein schönes Stück", sagte er, „wo haben Sie den her?"

Jam zuckte mit den Schultern. „Na, gekauft. Vor ein paar Monaten, in Dubai."

„In Dubai. Und die Quittung haben Sie vermutlich nicht mehr, richtig?"

„Natürlich nicht, ich … Moment mal, wollen Sie mir sagen, das Teil sei geklaut?"

Der Juwelier stützte die gespreizten Finger beider Hände auf das Glas des Tresens. „Sie müssen zugeben, dass Ihr Äußeres und dieses Schmuckstück nicht recht zusammenpassen."

„Hör mal, wenn ich Ihnen sage …"

„Wir können den Ring natürlich auch der Polizei vorlegen. Nur, um sicherzugehen, dass er nicht vermisst wird."

Jam stierte den Juwelier wütend an, dann nahm er den Ring und steckte in sich wieder an. „Nee."

Caro nahm rasch einen ihrer Ohrstecker ab und gab ihn dem Juwelier. „Ich nehme an, das steht in keinem Widerspruch zu meinem Auftreten, oder?", sagte sie und bemühte sich, es nicht drohend klingen zu lassen.

Der Mann begutachtete den Schmuck von allen Seiten und legte ihn dann wieder ab. „Ein recht hübsches Stück. Die Perle ist klein, aber von einwandfreier Qualität und schöner Farbe. Fassung und Stecker sind aus Silber, nehme ich an?"

Caro nickte.

„Ich gebe Ihnen einhundert Euro."

„Aber …"

„Für beide zusammen natürlich."

„Aber sie sind viel mehr wert!"

„Es steht Ihnen frei, sich nach einem besseren Angebot umzusehen." Er stützte wieder die Fingerspitzen auf das Glas.

Caro holte tief Luft. „Ist gut", sagte sie und nestelte den zweiten Stecker aus ihrem anderen Ohr.

Wieder vor dem Laden sagte Jam: „Mann, das hättest du jetzt aber echt nicht machen müssen!"

„Was blieb mir denn übrig?", fuhr sie ihn an. „Ohne das Geld säßen wir ewig in dem Kaff hier fest."

„Mir wäre schon was eingefallen."

Caro drückte ihm die hundert Euro in die Hand. „Die waren ein Erbstück meiner Großmutter. Ich hoffe, dass es das wert war!"

„Sobald ich wieder bei Kasse bin, kaufe ich sie zurück."

„Ja, klar. Und jetzt lass uns weg hier. Ich will dieses Kaff nie wiedersehen."

„Und wohin?"

„Scheißegal. Denk dir was aus."

„Hm."

„Hm?"

„Ich denke nach."

Sie marschierten zum Bahnhof, und Jams Gesicht wurde immer nachdenklicher und, wie Caro fand, gequälter. Am Bahnhofsvorplatz angekommen seufzte er. „Also gut."

„Wie darf ich das verstehen?"

„Wir werden ein paar Leute anpumpen müssen, sonst kommen wir nicht weit. Und im Umkreis von zweihundert Kilometern kenne ich kaum jemanden. Komm mit."

„Willst du mir nicht sagen, wohin?"

„Nein. Nicht, solange ich hoffen kann, dass mir noch was Besseres einfällt."

Er kaufte zwei Fahrscheine nach Bochum. „Unglaublich", knurrte er. „Sechs Stunden Fahrt! Hält das Ding an jeder Milchkanne?"

„Dafür sind die Tickets billig. Hast du es eilig?"

Jam lachte bitter. „Nicht im Geringsten."

14

Die Fahrt verlief überraschend ereignislos. Sie wählten möglichst abgeschiedene Sitzplätze und vermieden den Kontakt mit Mitreisenden. Jam blätterte in einer Zeitung, die auf dem Nebensitz gelegen hatte. Caro war sicher, dass er sie mittlerweile auswendig kannte, aber es schien, als wolle er jedes Gespräch über ihr Fahrtziel vermeiden.

In Bochum wusste Jam offenbar bestens Bescheid. Zielstrebig lotste er Caro zu einer Straßenbahnlinie, danach zu einem Bus. Schließlich standen sie in einer Arbeitersiedlung mit den typischen kleinen, verputzten Häusern, wie sie überall im Ruhrgebiet zu finden waren. Nieselregen hatte eingesetzt, und Jam stapfte, die Hände in den Taschen seiner Lederjacke, wortlos voran in eine Nebenstraße.

Vor einem Hauseingang, der in nichts von den Dutzenden zur Linken und zur Rechten zu unterscheiden war, blieb er stehen. Er stieg die paar Stufen bis zur Haustür hinauf und seufzte.

Caro trat neben ihn. „Willst du mir jetzt endlich sagen, zu wem wir gehen?"

Wortlos deutete Jam auf das Klingelschild, auf dem Kaczinski stand.

„Deine Eltern?"

Jam nickte.

„Ich hätte jetzt gedacht, du hättest denen schon längst eine Villa im Grünen spendiert."

„Sie wissen nicht, dass ich reich und berühmt bin. Und das soll erst einmal auch so bleiben." Nach einer Pause setzte er hinzu: „Außerdem würde Papa hier gar nicht wegwollen."

„Alles klar", murmelte Caro, aber eigentlich war das gelogen.

„Caro, eine Bitte."

„Ich bin nicht dein Bodyguard, sondern deine Freundin?"

Jam nickte. „Danke." Er drückte auf den Klingelknopf.

Einige Sekunden passierte gar nichts, und in Jams Augen stahl sich schon Erleichterung. Dann hörte sie Schritte auf dem Flur, die Tür wurde geöffnet.

Jams Mutter war eine Frau, für die das Wort ‚nicht' wie gemacht zu sein schien: nicht groß, nicht klein, nicht dick, nicht dünn, nicht hübsch, nicht hässlich, nicht auffällig. Sie war Ende sechzig, mit nicht ungepflegten, dauergewellten grauen Haaren und nicht unfreundlichen Augen.

„Ja, bitte?", fragte sie und sah Caro erwartungsvoll an. Dann fiel ihr Blick auf Jam. Sie schnappte nach Luft. „Oh mein Gott."

„Hallo Mama", sagte Jam und versuchte sich an einem schiefen Lächeln.

Sie machte eine unfertige Geste mit den Armen, so als wolle sie Jam umarmen, sei aber unsicher, ob sie dürfe. „Horst!", rief sie über die Schulter, und noch einmal lauter: „Horst!" Sie wendete sich wieder Jam zu. „Papa ist im Garten. Ich hole ihn rasch. Kommt herein, kommt nur herein. Setzt euch ins Wohnzimmer, ich muss nur rasch … Oh mein Gott … Horst!" Sie enteilte.

Sie traten ein. „Du warst ziemlich lange nicht mehr da, oder?", fragte Caro. Jam nickte und ging voran.

Das Wohnzimmer war so klischeehaft, dass es fast unglaubwürdig wirkte: Schrankwand in Eiche brutal, cremefarbenes Ecksofa mit Lederbezug nebst zwei passenden Sesseln, gekachelter Couchtisch. Auf dem Boden lagen unechte Orientteppiche, vor dem Fenster hingen Stores und geraffte Gardinenschals.

„Hübsch, nicht?", sagte Jam. „Hier kann man doch alt werden."

„Deine Eltern schon."

Er zuckte mit den Schultern. „Das Sofa ist neu." Er setzte sich, Caro nahm neben ihm Platz.

Kurz darauf kamen Jams Eltern herein. Jams Vater passte zu seiner Frau, ein kleiner Mann mit grauem, streng gescheiteltem Haar, Cordhose, kariertem Hemd und einer blauen Arbeitsjacke. Man konnte ihm ansehen, dass er sein Leben lang hart gearbeitet hatte.

Er stemmte die Hände in die Hüften. „Na, dat is ja 'n Ding! Ich dachte schon, dat Nächste, wat wir von dir kriegen, ist ne Todesanzeige."

„Hallo Papa", sagte Jam. „Wie du siehst, geht's mir gut."

„Bisken spät, meinste nich? Deine Mutter wäre fast umgekommen vor Sorge. Fünfzehn Jahre! Einmal im Jahr ne Postkarte zu Weihnachten, wär dat zu viel verlangt gewesen?"

Jam verschränkte die Arme. „Ja, wäre es. Und was hätte ich draufschreiben sollen? ,Ich bin's, das schwarze Schaf der Familie. Tut mir leid, aber ich lebe noch'?"

„Jungens, nun fangt doch nicht gleich wieder an zu streiten", unterbrach Jams Mutter. „Hauptsache ist doch, er ist jetzt da. Er hatte bestimmt seine Gründe, Horst. Du kennst ihn doch." Sie lächelte Caro an. „Unser Benjamin war schon immer so. Immer mit dem Kopp durch die Wand."

Caro lächelte zurück. „Oh ja, stur ist er heute noch."

„Benjamin, willst du uns die Dame nicht vorstellen?"

„Was? Ja, klar. Das ist Caro, meine ... Freundin."

Caro stand auf und reichte Jams Mutter die Hand. „Carolin Christensen. Freut mich, Sie kennenzulernen."

„Ich bin die Margot", sagte diese. „Wenn et in Ordnung ist mit dem ,Du'."

„Gerne."

Auch Jams Vater schüttelte ihr die Hand. „Horst"

Er wendete sich an seinen Sohn. „Hätte ich dir gar nicht zugetraut, so eine anständige junge Dame."

„Papa, bitte!"

„Versteh mich dat nich falsch, Carolin, aber die Mädchen, mit denen er damals immer ankam – Gott, wat waren die furchtbar! Alle mit so bunten Frisuren und zerrissenen Klamotten und mehr Schwarz im Gesicht wie ich nach der Schicht. Aber er hat ja selber auch so schrecklich ausgesehen."

„Tatsächlich?"

„Die Haare bunt wie ein Papagei. Und Stacheln auf dem Kopp, da konnte man sich die Finger dran blutig piksen. Und einmal hatte er so einen Bürstenschnitt, von vorne bis hinten."

„Das war ein Iro", sagte Jam.

„Dat is mir scheißegal, wie dat hieß. Ich hab mich kaum in der Nachbarschaft blicken lassen können, so wie du ausgesehen hast."

Er wendete sich wieder an Caro. „Eine ganze Woche habe ich ihm verboten, das Haus zu betreten. Und hätte Margot mich nich bekniet, dann wäret noch viel länger gewesen."

„Papa, hör auf damit!"

„Ach herrje", rief Margot, „wat bin ich ne schlechte Gastgeberin. Möchtet ihr Kaffee?"

Caro und Jam nickten, und Margot flüchtete in die Küche.

Horst ließ sich in einen Sessel fallen. „Ich hab ja schon befürchtet, aus dem Jung wird nie wat. Und wo wir so lange nix von ihm gehört haben, haben wir uns natürlich unseren Teil gedacht." Er musterte seinen Sohn. „Scheinst ja doch noch die Kurve gekriegt zu haben. Wat machste denn so? Beruflich."

„Ich arbeite im Musikgeschäft", sagte Jam ausweichend.

„Ach, so Gitarren und Klaviere verkaufen und so?"

Caro schaltete schneller als Jam. „Genau. Da ist er echt gut drin."

Horst schüttelte den Kopf. „Früher, weißte, da hat er noch selber Musik gemacht. Stundenlang hat er mit seiner Gitarre oben auf dem Zimmer gehockt. Oder er war weg, zum Proben."

„Macht er heute noch", sagte Caro.

„Tatsächlich? Immer noch diesen Punk-Lärm?"

„Nein, richtige Musik. Sie würden staunen."

„Brotlose Kunst. Hab ich ihm damals schon gesagt, aber auf mich hat er ja nich gehört. Na, immerhin hat er jetzt einen ordentlichen Beruf." Er machte eine Pause. „Verkäufer. Für mich wär dat nix gewesen. Ich brauchte immer wat zum Anpacken. Bin mit Sechzehn dat erste Mal unter Tage gegangen, war zwanzig Jahre lang Kumpel."

Jam stöhnte und verdrehte die Augen, aber sein Vater beachtete ihn nicht.

„Eine Knochenarbeit, sage ich dir. Wat für richtige Kerle. Aber ich fand's toll. Bin immer gerne eingefahren. Tja, bis sie die Zeche dichtgemacht haben. Da war unser Benjamin noch klein, dat war eine schlimme Zeit. Aber ich hatte Glück, bin bei Opel untergekommen. Auch ne ganz anständige Malocherei da, dat kann ich dir sagen. Aber ich konnte mich nicht beklagen. Gezahlt haben sie immer gut." Er sah Jam an. „Wat verdienste denn so im Monat?"

„Öhm …"

Wieder sprang Caro ein. „Waren das nicht so um die zweieinhalbtausend?"

„Ja. Jaja."

„Er ist der Leiter der Gitarrenabteilung."

Horst nickte anerkennend. „Jung, ich sach ganz ehrlich: Dat hätt ich dir nich mehr zugetraut."

Jam starrte ihn fassungslos an. „Du bist stolz auf mich?"

Horst winkte ab. Zu Caro sagte er: „Klar freuste dich als Vater, wenn der Sohn in deine Fußstapfen tritt. Aber hier im Pott haben sich die Zeiten geändert. Kaum noch Zechen, Opel macht auch immer mehr dicht – da musste dich nicht wundern, wenn die Kinder ihrer Heimat den Rücken kehren. Wäre mir damals nie eingefallen, aber es ist ja, wie es ist. Und Bergbau – nee, dat wär für den Jungen eh nix gewesen. Ist doch schön, wenn er dat Richtige für sich gefunden hat. Aber hättest du ihn damals gesehen, dann hättest du auch nicht geglaubt, dass aus dem nochmal was wird. Und der wollte ja auch nich. Weißt du, was der mal zu mir gesagt hat? ‚Bevor ich so ein Spießer werde wie du, erschieße ich mich lieber‘."

Jam sah zu Boden.

„Ganz ehrlich: Ich hab fast schon damit gerechnet. Oder dass er sich um die Ecke säuft. Oder wat mit Drogen oder so. Eher, als dass er die Kurve kriegt." Er räusperte sich mehrmals und wischte sich die Augenwinkel.

Eine unangenehme Stille trat ein. Caro wusste ebenso wenig, was sie sagen sollte, wie Vater und Sohn.

Glücklicherweise kam Margot zurück, eine Bugwelle geschäftiger Heiterkeit vor sich herschiebend. „Ich habe leider nur frische Milch, die Kaffeesahne ist schlecht geworden. Ich hoffe, das ist nicht schlimm?" Sie stellte ein Tablett auf dem Couchtisch ab und verteilte das Kaffeegeschirr. Mit Rosendekor. Das Sonntagsservice.

„Nein, kein Problem, ich nehme gerne Milch."

„Na, dann ist gut." Margot schenkte allen aus einer Thermoskanne ein, dann huschte sie wieder hinaus.

Horst räusperte sich abermals. „Schön zu wissen, dass es dir gut geht."

Jam nickte. „Ja. Geht mir auch so. Ist schön, euch gesund zu sehen."

Seine Mutter kehrte mit einer Sahnetorte zurück. „So, jetzt hoffe ich mal, da ist drinnen nichts mehr gefroren. Ich wusste ja nicht, dass ihr kommt, da habe ich sie einfach in die Mikrowelle geschoben und auf Auftauen gestellt. Sonst hätte ich noch ein paar Kekse da."

„Wat", sagte Horst, „ich denke, die sind alle?"

„Schatz, wenn du weißt, dass welche da sind, dann isst du sie auch. Und der Arzt hat doch gesagt, du musst mit dem Fett aufpassen. Denk an dein Herz!"

„Ach wat, meiner Pumpe geht's prächtig!"

„Das will ich auch hoffen. Ein Infarkt reicht."

„Du hattest einen Herzinfarkt?", fragte Jam alarmiert.

Horst nickte. „Vor drei Jahren. Großer Mist. Zwei Wochen Krankenhaus und dann der ganze Kram mit der Reha."

„Wieso habt ihr mir nichts davon gesagt?"

Horst schlug mit der Faust auf die Armlehne. „Ja, wie denn?", brüllte er. „Ohne Adresse. Ohne Telefonnummer. Wat hätten wir denn machen sollen? Zeitungsanzeigen? Vermisstenmeldung?"

Jam sackte zusammen. „Du hast Recht. Entschuldige."

Horst nickte. „Auf ne Entschuldigung warte ich nun schon fünfzehn Jahre", brummte er.

„Wofür? Dass ich meinen eigenen Weg gegangen bin? Dass ich hier raus musste? Dass wir beiden uns sonst die Köpfe eingeschlagen hätten?"

„Nein, verdammt. Weil wir fünfzehn geschlagene Jahre lang nicht einmal wussten, ob du noch lebst! Und dann stehst du einfach so vor der Tür, als ob nichts gewesen wäre. Meinst du nicht, das ist eine Entschuldigung wert?"

Jam stand auf. „Komm, Caro, wir gehen. War ein Fehler herzukommen."

Caro zog ihn herunter. „Nein. Hör auf wegzulaufen und setz dich wieder hin."

„Was soll der Scheiß? Du hast mir gar nichts zu sagen, du bist nur meine …" Er stockte.

„Ist klar. Wer hat heute Morgen noch gesagt, ohne mich kommt er nicht weit? Wenn du das nicht ausprobieren willst: Schnauze halten und hinsetzen."

Horst grinste. „Mädel, du gefällst mer. Willste den Kerl nich heiraten? Über Mitgift können mer reden."

„Bitte keine Mitgift. Solange ich den Kerl an der Backe habe, ist mein Bedarf an Kamelen gedeckt."

Horst musste lachen, Jam schaute drein wie frisch überfahren.

„Wer will Torte?", rief Margot und bedachte jeden mit einem großen Stück.

„Was soll das?", zischte Jam zu Caro. „Willst du jetzt allen Ernstes, dass ich auf die Knie gehe und mich bei meinem Alten entschuldige? Du hast doch keine Ahnung, wie es hier wirklich war."

„Wenn du jetzt wegläufst, wirst du immer weglaufen. Hör auf damit."

„Als ob ich der Einzige gewesen wäre, der Mist gebaut hat."

„Ach, Tinnef!", rief Horst. „Fehler mache mer alle. Ich sag immer: Wat nutzt et dir, wenn auf deinem Grabstein steht: ‚Und ich hatte doch Recht!'"

„Das sind ja ganz neue Töne. Das kenne ich aber anders von dir."

„So wat kommt, wenn man dem Tod von der Schippe springt. Ich hab da im Krankenhaus gelegen, mit tausend Schläuchen und Kabeln und dem Killefitt, und hab mir gedacht: Wennste jetzt den Löffel abgibst, dann nimmste den ganzen Dreck mit ins Grab. Und der Jung wird irgendwann am Friedhof stehen und immer noch den Rochus auf mich haben."

Jam nickte. „Hm."

„Das Dumme ist nur: Einer muss den ersten Schritt machen. Ich sag ehrlich: Ich hätte an deiner Stelle Muffen gehabt, hier anzuklingeln."

„Hatte ich auch."

„Und trotzdem biste hier, oder?"

„Ich sag's wirklich, wirklich ungern, aber das ist leider nicht der einzige Grund."

„Is klar. Wo brennt's denn?"

„Also, unser Auto ist zusammengebrochen, hier in der Nähe. Jetzt müssen wir irgendwie die Reparatur bezahlen, sonst kommen wir nicht nach Hause, und es ist Monatsende. Konto ist leer."

Margot seufzte. „Ach, Kind, hast du das immer noch nicht geschafft, dir eine vernünftige Arbeit zuzulegen?"

„Nee", sagte Horst, „du glaubst et nich, aber der Jung ist mittlerweile sogar Abteilungsleiter. Verkauft Gitarren und so."

„Wirklich? Ach nee, wie schön. Dann hast du ja doch noch was aus deiner Musik gemacht."

„Ja", sagte Jam, „sozusagen."

„Bist aber nicht enttäuscht, dass das mit dem selber Musik machen nichts geworden ist, oder? Kann ja nicht jeder so berühmt sein wie die Helene Fischer."

Er zuckte mit den Schultern. „Deren Musik finde ich sowieso scheiße. Aber sie ist ein echter Vollprofi. Und privat eigentlich ganz nett."

Margots Augen drohten aus dem Kopf zu fallen. „Du kennst die Helene?"

„Klar, die … ähm … hat bei uns eine Gitarre gekauft."

„Horst, hast du das gehört? Ich glaubet nich! Der Jung kennt die Helene! Und, Benjamin, haste dir gleich von ihr ein Autogramm geben lassen?"

„Nee."

„Aber warum denn nicht? Wer weiß, ob man die den Lebtag nochmal leibhaftig zu Gesicht bekommt? Also, ich würde da meine linke Hand für geben."

„Wenn sie mal wieder vorbeikommt, dann werde ich mir eins für dich geben lassen, versprochen."

„Wirklich? Würdest du das für mich machen?" Sie sprang auf und umarmte ihren Sohn. „Ach je", sagte sie und setzte sich rasch, „ich weiß ja gar nicht, ob dir das recht ist. Entschuldige."

„Nee, schon in Ordnung, Mama. Alles okay." Jam sah verlegen beiseite.

„Also, Jung, wie viel braucht ihr denn?", fragte Horst.

„So fünfhundert? Ihr kriegt es auch so schnell wie möglich zurück, ganz bestimmt."

„Kriegen mer hin, mach dir da mal keine Sorgen. Wat is denn kaputt?"

„Der Kühler", sagte Caro.

Horst zog die Luft zwischen den Zähnen ein. „Dat is mies. Aber der Motor lebt noch?"

„Die Werkstatt sagt ja."

„Und wann ist der Wagen fertig?"

„So ungefähr jetzt", sagte Jam. „Wir haben noch zwei Stunden Zeit, ihn abzuholen."

„Ihr könntet auch bei uns übernachten", schlug Margot vor. „Dann könnt ihr morgen in aller Ruhe los."

„Lieb von dir", sagte Jam rasch, „aber ich muss morgen schon wieder bei der Arbeit sein. Trotzdem danke."

„Zur Arbeit. Dat hör ich gerne. Wo ist denn die Werkstatt? Ich fahre euch hin", sagte Horst.

„Wir müssen ganz rüber nach Krefeld. Danke für das Angebot, aber das geht mit der Bahn viel schneller. Aber wenn du uns zum Bahnhof fahren könntest, das wäre super."

„Ach", sagte Margot, „da müsst ihr ja schon bald los. Wie schade!"

„Ja, leider. Aber ich melde mich bald, versprochen!"

Horst lachte bitter. „Na, solange es nich wieder fünfzehn Jahre dauert."

„Nein, bestimmt nicht. Ich habe nur im Moment mächtig viel Stress bei der Arbeit, das muss ich erst geordnet bekommen. Ein paar Wochen wird es vielleicht dauern."

„Wir können dich ja auch besuchen", sagte Margot. „Gib uns doch deine Adresse, dann kommen wir mal übers Wochenende."

„Das ist eine gute Idee, aber … ich ziehe bald um, das lohnt nicht mehr."

„Zieht ihr zusammen? Wie schön!"

„Ich kann euch aber meine Telefonnummer geben. Also, wenn das okay ist."

„Glaubst du ernsthaft, dat wir jetzt Nein sagen?", fragte Horst. „Gib her die Nummer, Kappeskopp."

Margot drängte sie noch zu mehr Kaffee und Kuchen. Sie war offensichtlich bemüht, so viel Zeit mit ihrem Sohn herauszuschlagen, wie sie nur konnte. Horst hingegen stand nach einer halben Stunde auf und sagte: „So, dann wollen wir mal. Nicht, dass die Werkstatt schließt, bevor ihr da seid."

Margot seufzte. „Hast ja Recht. Wie schade, dass ihr schon losmüsst!"

„Ja", sagte Caro, „das ist schade. Aber ich sorge dafür, dass Benjamin sich meldet, versprochen."

Horst ging nach oben und holte die fünfhundert Euro. „Gibt im Moment sowieso keine Zinsen, da hab ich das lieber zu Hause liegen. Bevor's in Griechenland landet."

Er ging zur Garage, um den Wagen zu holen. Die anderen drei warteten vor der Tür. Margot winkte ihren Sohn zu sich. „Hier sind noch dreihundert. Macht ihr beiden euch mal eine schöne Zeit davon."

„Aber Mama …"

„Doch, nimm. Ich hatte das beiseitegelegt, um mit Papa ein Wochenende in den Harz zu fahren, aber du kannst es besser gebrauchen. Und wir sind jetzt erst einmal zuhause glücklich, jetzt, wo du wieder da bist."

Jam schluckte. „Danke."

Horst kehrte mit dem Auto zurück, einem Opel Vectra, frisch poliert und wie aus dem Ei gepellt. Er stieg aus und klopfte aufs Dach. „Kommt, Kinders!"

Jam und Caro nahmen hinten Platz, seine Eltern vorne. Auf der kurzen Fahrt zum Bahnhof redeten sie nicht viel.

Dort angekommen stiegen alle aus. Jam und sein Vater standen sich gegenüber.

„Tja", sagte Jam.

„Tja", sagte sein Vater.

„Ich … Also … Du hast Recht, ich hatte wirklich Muffen, als ich zu euch gekommen bin. Aber so, wie's gelaufen ist … Ich hätte schon früher kommen sollen."

Horst nickte. „Vielleicht. Vielleicht auch nicht. Aber schön, dass du da warst. Komm mal wieder."

„Ja. Mache ich. Und dann gibt's noch eine Menge Sachen, die ich euch von den letzten Jahren erzählen sollte."

„Ich freu mich drauf."

„Ja, dann …" Er stand einige Sekunden ratlos vor seinem Vater, dann nahmen sich die beiden Männer doch noch in die Arme.

Margot folgte, kaum dass Horst losgelassen hatte. „Pass auf dich auf, Kind!"

„Hab ich die letzten fünfzehn Jahre auch gemacht."

„Trotzdem. Und versprich mir, dich zu melden."

„Wenn nicht – du hast jetzt ja meine Nummer."

Sie schniefte und nickte.

Caro schüttelte Horst und Margot zum Abschied die Hände. Sie musste beiden ebenfalls versprechen, auf sich und Jam aufzupassen und ihn daran zu erinnern, sich zu melden. Dann gingen sie ihrer Wege.

Im Bahnhof fragte Caro: „Wohin?"

„Hm?" Jam schreckte aus seinen Gedanken auf.

„Wohin wollen wir jetzt? Nicht nach Krefeld, nehme ich an."

„Nein. Lass uns nach Düsseldorf fahren."

Sie wollte nach dem Grund fragen, aber er ging bereits zu den Fahrkartenautomaten.

Auch im Zug blieb Jam schweigsam, und auf der Suche nach dem Hotel sagte er nur das Nötigste. Auf dem Zimmer drehte er sich in seinem Bett gleich zur Wand. Caro konnte sich denken warum, und sie ließ ihn gewähren. Sie blieb noch eine Weile wach liegen und hörte an seinem Atem, dass auch er noch nicht eingeschlafen war, doch irgendwann fielen ihr die Augen zu und sie überließ ihn seinen Gedanken.

15

Am nächsten Morgen war Jam wieder ganz der Alte. Beim Frühstück schaufelte er Tellerladungen von Brötchen, Rührei und Cornflakes in sich hinein, als hätte er seit Tagen nichts zu essen bekommen.

„Erst mal müssen wir zusehen, dass wir das Geld ordentlich investieren", nuschelte er mit vollem Mund. „Achthundert Euro halten schließlich nicht ewig."

„Investieren? Wie meinst du das?"

„Lass mich nur machen."

Sie frühstückten zu Ende, dann führte Jam sie ein paar Straßen weiter zu einer Ladenzeile an einer belebten Kreuzung. Er breitete die Arme aus. „Ta-Dah!"

„Ein Musikgeschäft?"

„Oh ja. Ich brauche eine Gitarre."

„Du brauchst ... Ist es das, was du unter Investieren verstehst?"

„Mit Gitarrespielen Geld verdienen hat bisher ganz gut geklappt, meinst du nicht?"

„Besser als Autos klauen."

„Will ich doch meinen."

Jam versagte sich jeden Blick in die Abteilung mit den wirklich interessanten Instrumenten und griff zu einer günstigen Westerngitarre. Er spielte sie kurz an. „Klingt nicht schlecht", sagte er und stimmte nach.

„Da gibt's natürlich Bessere. Wie wäre es mit der hier?", fragte der Verkäufer und griff hinter sich ins Regal.

Jam schüttelte den Kopf, ohne die Gitarre auch nur in die Hand zu nehmen. „Klingt besser, aber das Preis-Leistungs-Verhältnis ist nicht so der Brenner. Sonst gebe ich für meine Babys gerne etwas mehr aus, aber heute muss es was Günstiges sein. Ich nehme die hier."

Er kaufte noch eine Tasche, Ersatzsaiten und einige Plektrons dazu, und nach einer knappen halben Stunde waren sie aus dem Laden wieder hinaus.

„Das war mit Abstand der kürzeste Besuch in einem Gitarrenladen, den ich jemals hatte", sagte Jam und seufzte. Er sah auf die Uhr. „Jetzt aber fix, sonst schaffen wir es nicht mehr bis um elf." Er setzte sich in Bewegung.

„Wieso bis um elf?"

„Weil Straßenmusiker hier immer nur von voll bis halb spielen dürfen, die andere halbe Stunde ist Ruhezeit, zumindest war das früher so. Und wir wollen es uns ja nicht mit den Ordnungshütern verderben, oder?"

„Niemals würden wir das wollen."

„Wir zwei Musterbürger, wir."

Sie gingen in die Düsseldorfer Altstadt, wo Jam einen guten Platz suchte. Er packte die Gitarre aus, legte die Tasche geöffnet vor sich und stimmte die Gitarre sorgfältig. Dann zwinkerte er Caro zu, holte Luft und legte mit ‚American Pie' von Don McLean los. Caro liebte diesen Song, seine wehmütige Grundstimmung, seinen geheimnisvollen Text.

Auch ohne Mikro und Verstärker schallte Jams Stimme weit über den Burgplatz. Er traf die Töne auf den Punkt, aber das alleine war nicht der Grund, warum die Leute stehenblieben und sich nach ihm umdrehten. Er entfaltete den gleichen Zauber wie auf der Bühne, auch ohne Lichteffekte und Bühnennebel. Es war die Inbrunst in seiner Stimme, die Freude an der Musik, die unverhüllte Liebe zu jedem einzelnen Klang.

Bis zum Ende des Songs hatte sich eine ordentliche Gruppe angesammelt, die im Halbkreis vor ihm stand und lauschte. Viele wippten im Takt, manche sangen mit.

Jam verbeugte sich, das Publikum klatschte. „Vielen Dank, Leute! Bleibt ruhig noch ein Weilchen stehen, es lohnt sich! Frisch von der Europatournee zurück gibt's nur heute ein Open-Air-Gastspiel im schönsten Düsseldorf der Welt, und es kostet euch nur so viel, wie ihr bezahlen wollt."

Caro fand die Anspielung auf die abgebrochene Europatournee gewagt, aber niemand kam auf die Idee, dass es sich bei dem quirligen Straßenkünstler um den berühmten Jam handeln könnte. Trotzdem: ein unnötiges Risiko.

Die nächste halbe Stunde lang spielte er querbeet alles, was ihm in den Sinn kam: ‚Westerland' von den Ärzten, ‚Horse with no name' von America, ‚Alex' von den Toten Hosen und sogar eine mächtig abgefahrene Version von ‚Junge, komm bald wieder' von Freddy Quinn, die eindeutig mehr nach Fun-Punk als nach Schnulze klang, inklusive Pogo-Tanzeinlage.

„So", rief er schließlich, „Paaaaause!"

„Oooooooh!", machte die Menge.

„Ist nicht meine Idee, die Stadtverwaltung sagt, ihr müsst euch jetzt ne halbe Stunde von mir erholen. Wir sehen uns nachher wieder, irgendwo hier in der Gegend. Immer dem Krach nach! Ach ja, und wer noch nichts in die Kiste geworfen hat, der kann jetzt zum Geldautomaten und nachher Scheine mitbringen. Tschüss!"

Die Menge klatschte noch einmal kräftig, dann zerstreute sie sich. Jam grinste Caro an. „Und, wie war ich?"

„Dass ihr Männer das auch immer hinterher fragen müsst. Und wir Frauen müssen natürlich immer ‚großartig, Schatz' sagen."

„Also, sag's schon!"

„Großartig."

„Da fehlt was!"

„Großartig, Sir!"

„Geht doch." Er beugte sich zur Gitarrentasche hinunter und zählte das Geld. „Fast neunzig Euro."

„Nicht schlecht."

„Ich will Kekse. Diese dänischen Butterkekse mit Zucker drauf. In der Blechdose."

„Hast du dir verdient."

„Nee, verdient habe ich mir ein Bier. Die Kekse sind egal, wir brauchen die Blechdose."

„?"

„Zum Sammeln. Damit verdoppeln sich die Einnahmen gleich nochmal geschmeidig."

„Nur weil da eine Dose statt der Gitarrentasche steht?"

„Himmel, nein. Weil du damit durchs Publikum läufst."

Jam hatte Recht: Caro tingelte freundlich lächelnd durch das Publikum, und schon nach einer Viertelstunde war die Dose verdammt schwer.

„Mir fällt nix mehr ein — was wollt ihr hören?", rief Jam.

„Spiel doch mal was von BTL!", rief ein Mädchen. Ihre Freundinnen johlten.

„Von wem?"

„Be-Te-Ell!"

Jam grinste. „Muss man die kennen?"

Die Reaktion der Mädchen lag irgendwo zwischen Lachen und Buhen.

„Okay, war nur Spaß. Alles klar."

Er warf sich in Pose und legte ein furioses spanisches Gitarrensolo hin.

„Be-Te-Ell!", skandierten die Mädchen.

„Bin doch schon dabei!", rief er zurück. Alles lachte.

Er legte noch einen höllisch schnellen gezupften Lauf hin, knallte mit der Hacke auf den Boden, brüllte „Olé!" und startete aus dem Handgelenk eine Flamenco-Improvisation von ‚Distant Screams'. Dabei schaffte er es, den Refrain auf die Melodie von ‚Macarena' zu singen.

Mittlerweile die Menschenmenge um Jam riesig geworden. Caro kam kaum noch zum Sammeln durch. Sie hatte Angst, dass die Polizei auf sie aufmerksam würde, aber die einzigen beiden Ordnungshüter, die sie sah, standen auf einer Bank und klatschten im Takt mit. Caro hielt ihnen die Dose hin, jeder der beiden warf einen Euro hinein.

Um halb kündigte Jam wieder die offizielle Pause an. Es gab noch mächtig lange Applaus, und noch länger standen die Leute an, um ihr Geld in seine Gitarrentasche und Caros Dose zu werfen.

Die Mädchen, die sich von ihm BTL gewünscht hatten, kamen auch. „Ey, das war voll geil!", sagte die eine. „Gibt's von dir auch CDs?"

„Total abgefahren! Du musst das mal Jam vorspielen, der nimmt dich bestimmt als Vorgruppe mit auf Tour!"

Jam lachte. „Am besten, ich schlage ihm vor, dass ich gleich als sein Double auf Tournee gehe." Er deutete mit Zeige- und Mittelfingern beider Hände die schwarzen Streifen im Gesicht an. „Na, wie sehe ich aus?"

Caro wurde heiß und kalt, aber die Mädchen lachten nur.

„Und wegen der CD: nee, noch nicht. Aber da ist was in Arbeit. Gib mir mal deine Adresse, dann schicke ich dir was zu."

Das Mädchen kritzelte sie ihm auf einen Zettel, dann verschwand sie mit ihren Freundinnen kichernd in der Menge.

Jam grinste ihnen nach. „Wenn alles wieder im Lot ist, kriegt sie von mir eine signierte CD. Und ne Konzertkarte."

„Die volle Packung?"

„Die volle Packung."

„Darf ich sie auch nach dem Konzert zu Boden werfen?"

„Wenn es dir Freude macht."

Caros Mobiltelefon klingelte. Sie suchte sich eine ruhige Ecke und nahm den Anruf an. „Christensen", sagte sie.

„Oltmann, Steuerfahndung. Gehe ich Recht in der Annahme, dass Sie die Personenschützerin von Herrn Kaczinski, genannt ,Jam' sind?"

„Gehe ich Recht in der Annahme, dass Sie nicht gegen mich ermitteln?"

„Ich nicht."

Caro wartete, dass Oltmann weitersprach, aber er tat es nicht. „Wer dann?", fragte sie schließlich.

„Die Kriminalpolizei Hannover ermittelt wegen eines tätlichen Angriffs auf zwei Polizeibeamte in Tateinheit mit Freiheitsberaubung und Einbruch. Na, klingelt da etwas bei Ihnen?"

Jetzt schwieg Caro.

„Gut", sagte Oltmann, „ich werte das mal als ein Ja. Frau Christensen, es fällt Ihnen vielleicht schwer zu glauben, aber ich weiß, dass Sie nur eine weitere Leidtragende dieser unseligen Geschichte sind."

„Stimmt."

„Schön, dass Sie …"

„Es fällt mir schwer, das zu glauben."

„Ihre Loyalität zu Ihrem Auftraggeber in Ehren, aber niemand kann Sie zwingen, einen Straftäter zu schützen. Schon gar nicht durch Begehung eigener Straftaten."

„Es ist nicht Jam, der hinter all dem steckt, und das wissen Sie!"

„Herr Kaczinski wird Gelegenheit haben, seine Version der Wahrheit zu beweisen, aber dazu ist es notwendig, dass er sich stellt."

„Klar. Damit Alex Binder seinen Coup in Ruhe zu Ende durchziehen kann, während Sie Jam in der Zelle schmoren lassen."

„Herr Binder hat mir keinerlei Anlass gegeben, an seiner Integrität zu zweifeln."

„Sie stecken mit ihm unter einer Decke." Das war ins Blaue geschossen, und Caro verfluchte sich, dass ihr das herausgerutscht war.

Entsprechend frostig klang Oltmanns Antwort. „Für diese Ungeheuerlichkeit werden Sie bezahlen. Ich war bereit, die Kripo davon zu überzeugen, dass Sie in dieser Angelegenheit mehr Opfer als Täter sind, aber das können Sie vergessen. Wissen Sie, warum Ihr Haftbefehl noch nicht dem Richter vorgelegt wurde? Weil ich die Kollegen von der Polizei darum gebeten habe. Weil ich auf Ihrer Seite war. Aber gut, wenn Sie das Spiel so spielen wollen, dann eben auf die harte Tour."

Caro schwieg einige Sekunden, dann beendete sie das Gespräch.

Oltmann lehnte sich in seinem Bürostuhl zurück, faltete die Hände und legte die gestreckten Zeigefinger an die Lippen. Das würde nicht einfach werden. Natürlich konnte er der Kripo glaubhaft machen, dass Christensen die Blondine aus Binders Villa war. Aber ob das für einen Haftbefehl reichte? Egal, Hauptsache, Christensen glaubte das.

Es wäre so viel einfacher, wenn er eine Ahnung hätte, wo die beiden waren.

Am Abend kamen Jam und Caro mit diversen Einkaufstüten und einer ordentlichen Stange Geld ins Hotel zurück.

„Meine Fresse, ich kann nicht mehr", stöhnte Jam und ließ sich rückwärts auf sein Bett fallen. „Weißt du was? Das ist wie in den guten alten Zeiten. Einfach nur von einem Tag zum nächsten leben, Spaß haben, Musik machen, Bier trinken." Er stützte sich auf die Ellenbogen. „Könnte ich ein Weilchen länger machen. Du auch?"

„Auf der Straße von der Hand in den Mund leben? Nein danke."

„Warum denn nicht? Ob wir Al morgen oder in einer Woche oder einem Monat am Arsch kriegen, ist doch eigentlich egal."

„Klar, total egal. Außer dass wir beide mit Haftbefehl gesucht werden, du deine Band im Stich gelassen hast und früher oder später das ganze BTL-Imperium zusammenbricht – total egal."

„Moment mal – Wir werden beide gesucht?"

Caro erzählte ihm von Oltmanns Anruf.

„Aber sieh es doch mal positiv", sagte Jam. „Wir müssen untergetaucht bleiben. Wir sind sozusagen gezwungen, eine gute Zeit zu haben."

„Jam, ich enttäusche dich ungern, aber ich bin definitiv nicht hier, um eine gute Zeit mit dir zu haben."

„Was ist dagegen einzuwenden?"

„Ich weiß nicht, ob es dir schon aufgefallen ist, aber offiziell arbeite ich für dich. Das heißt: Eine Person tut etwas und die andere bezahlt Geld dafür."

„Glaubst du, du kriegst die Kohle nicht? Was soll der Scheiß?"

„Und wann?"

„Weiß ich doch nicht."

„Eben. Bei mir wird jeden Monat die Miete abgebucht, die Steuern, die Krankenversicherung. Mein Wagen muss noch abbezahlt werden und der Scheidungsanwalt auch."

„Na und? Sollen sie dir doch die Bude kündigen, ich kauf dir eine neue."

„Schön. Und was ist mit Magnus?"

„Was soll mit dem schon sein? Muss der auch noch abbezahlt werden?"

„Hörst du eigentlich nie zu? Ich will das Sorgerecht, und deswegen muss ich mich tadellos benehmen."

Jam grinste. „Und dann nimmst du einen Job bei mir an?"

Sie stemmte die Arme in die Hüften. „Hast du's endlich kapiert?"

„Heißt das, du willst kündigen?"

„Das heißt, dass ich mir diese Show nicht mehr lange leisten kann, ob ich will oder nicht. Ich habe mit dir diesen Wahnsinn angefangen, ich habe deinetwegen die Polizei an den Hacken und ich ziehe mit dir schon tagelang durch die Lande. Ich habe keine Ahnung, wo das noch hinführt, aber eines weiß ich: Ich werde nicht Bettelmädchen für einen Straßenmusiker sein. Wenn du auf Selbstfindungstrip gehen willst – bitte. Aber ohne mich."

„Komm schon, nur ein paar Tage. Ich brauche eine Pause, und wenn du ehrlich bist, du auch. Ein bisschen mehr Kohle kann auch nicht schaden. Und wir brauchen einen Plan. Oder hast du einen?"

Caro seufzte. „Ich gebe dir drei Tage. Freitag muss ich in Hamburg sein, um Magnus abzuholen. Singe dir meinetwegen bis dahin die Seele aus dem Leib, mehr Zeit bekommst du von mir nicht."

„Magnus abholen trotz des Haftbefehls? Ist das schlau?"

„Das Risiko gehe ich ein. Wenn ich es nicht tue, dann wäre das Wasser auf die Mühlen meines Ex."

„Alles klar." Jam schwang sich aus dem Bett. „Und zur Feier des Tages gehen wir jetzt noch einen trinken. Gibt da einen netten Laden unten in der Altstadt. Wenn wir Glück haben, spielen sie sogar Punk."

Der „Laden" war eine ziemlich große Kneipe mit rustikaler Einrichtung und ebensolchem Publikum. Kneipe wie Publikum waren, obwohl Dienstagabend, ordentlich voll. Auf einer Bühne stand eine Band und spielte ein Cover von ,Born to be wild'. Jam holte ihnen beiden Bier und kämpfte sich mit Caro bis zur Band vor, wo er sie mit Kennerblick musterte.

Die Band beendete den Song unter dem Johlen und Klatschen der Gäste und spielte jetzt ,Flieger, grüß mir die Sonne' in der Version von Extrabreit. Jam zuckte mit den Schultern. „Kann man eigentlich nichts falsch machen bei der Auswahl", rief er Caro ins Ohr. Statt einer Antwort reckte Caro den Arm hoch und grölte den Refrain mit. Jam machte mit, zuckte dann aber zusammen und zog den Kopf ein, als habe jemand mit Kreide über eine Schultafel gequietscht.

„Was ist?", fragte Caro.

„Hörst du das nicht?"

„Nee."

„Der falsche Akkord zieht einem doch die Plomben raus!"

Da die beiden genau vor dem Sänger und Gitarristen standen, entging auch dem Jams gequältes Gesicht nicht. Erst schaute er verwirrt, dann wütend, und nach dem Ende des Songs beugte er sich zu Jam herunter. „Ist was?"

„Mann, Fis-Dur! Das ist Fis-Dur am Ende des Refrains! Du hast fis-Moll gespielt."

„Wie bist du denn drauf? Kannst du es denn besser?"

Caro trat ihm auf den Fuß, aber es war schon zu spät. „Darauf kannst du wetten!"

„Schön. Sag mir, wann du deinen nächsten Gig hast, und ich komme und buhe dich aus."

„Bessere Idee: Lass mich an die Klampfe und ich zeige es dir jetzt."

Caro gab ihm einen Tritt.

„Na klar", sagte der Gitarrist und lachte.

„Soll das Publikum entscheiden. Um einen Fuffi?"

„Na gut", sagte der Gitarrist. „Dann zeig doch mal, was du kannst." Er griff sich das Mikro. „Ladies and Gentlemen, hier ist jemand, der uns gerne zeigen möchte, wie man Musik macht. Einen herzlichen Applaus für ..." Er hielt Jam das Mikro hin. „J..." Caro trat zu. „Benny."

„Einen Applaus für Benny!" Die Menge johlte.

Der Musiker streifte seine Gitarre ab und gab sie Jam. „Dann mal los, Großmaul!"

„Fangen wir mal mit was Einfachem an. Bisschen was Punkiges gefällig?", fragte Jam ins Mikro. Zustimmendes Johlen, ein paar Pfiffe.

„Okay!" Jam trat einen Schritt zurück und sah sich unter den Musikern um. „Kennt ihr ,This is not a Love Song' von Public Image Limited?"

Zaghaftes Nicken.

„Kriegt ihr schon hin. Drums, ich hätte gerne ganz einfachen Viervierteltakt mit Bass auf den Vierteln, Snare auf zwei und vier. Der Rest kommt von alleine. Klassischer Punk-Rhythmus halt. Ihr anderen: F-Dur. Akkordfolge im Refrain ist F-Dur, E-Dur, a-Moll. Der Bass zieht im Vers seine Viertel auf E durch, der Rest hält solange die Finger still. Geht gleich mit dem Vers los. Alles klar?"

Die Bandmitglieder nickten. „Gut. Also, eins-zwo-drei-vier ..."

Für ungeprobt, fand Caro, ging die Nummer gut ab. Das Publikum fand das auch.

Jam wurde mutiger. „Danke, Jungs! Wie wär's jetzt mit was Anspruchsvollem? ,Rise to the Moon' von BTL – bekannt, oder?"

Caro verdrehte die Augen, die Band nickte. „Alles klar. Und denkt an den Tempowechsel vor der Bridge. F-Dur – und los geht's! Eins, zwo, eins ... Was ist?"

„Wir spielen das immer in C-Dur", sagte der Keyboarder. „Passt besser zu Kalles Tonlage." Er zeigte auf den Gitarristen, der mit verschränkten Armen am Bühnenrand stand.

„Dann spielt ihr es heute eben in F-Dur. Passt besser zu meiner Tonlage."

„Mann, das Ding ist in C-Dur schon haarig genug. Die Harmonien sind echt abgedreht!"

„Überfordert mit den schwarzen Tasten? Na gut, meinetwegen C-Dur. Eins, zwo, eins zwo drei vier ..."

Caro wusste, dass ‚Rise to the Moon' garantiert jeden Saal binnen zehn Takten zum Kochen brachte. So auch diesmal: Jam ging voll ab, die Band ging voll ab, das Publikum tobte.

Und dann kam der Part, der auch Honk und Amok jedes Mal den Angstschweiß auf die Stirn trieb: der effektreiche, aber technisch höllisch anspruchsvolle Wechsel in die Bridge. Und es kam, wie es kommen musste: Der Keyboarder bekam die Akkorde nicht sauber zu fassen, Bassist und Drummer waren sich nicht über den Tempowechsel einig und Jam bekam einen Anfall. „Stop!", brüllte er ins Mikro. Die Musiker hielten erschrocken inne, die letzten Töne hallten durch den Saal und verklangen. Auch das Publikum war mit einem Schlag mucksmäuschenstill, bis auf einige Besoffene, die an der Theke noch ein, zwei Takte weitergrölten und dann verwirrt verstummten. Caro seufzte.

„Sagt mal, aus welcher Rentnerband seid ihr eigentlich rausgeflogen? Ist es wirklich so schwer, diesen gottverdammten Harmoniewechsel hinzukriegen, ohne aus dem Takt zu kommen? Junge, so viele Scheißtasten hat dein Keyboard doch gar nicht, dass du so danebengreifen kannst!"

„Eh, komm schon, die Harmonien hat ein Geisteskranker komponiert."

„Jetzt werde mal nicht beleidigend. Ihr seid einfach nur zu blöd, um die Musik zu raffen."

„He, Alter!", rief der Gitarrist. „Fang hier nicht an, meine Jungs zu beleidigen!"

„Meinst du, du bist besser als diese Dilettanten? Fis-Dur und fis-Moll zu verwechseln ist schon selten dämlich."

„Jetzt langt's!", grollte der Drummer und stand auf – ein baumlanger Kerl mit breiten Schultern.

„Benny", rief Caro, „lass gut sein! Das ist doch nur eine Coverband!"

In dem Moment, in dem sie das sagte, fiel ihr auf, dass das keine gute Idee war.

„Nur eine Coverband?", schrie der Gitarrist und lief rot an. „Nur eine Coverband?" Er sprang von der Bühne und baute sich vor Caro auf.

„Da hat er recht", rief Jam. „Das ist ne Beleidigung für jede Coverband!"

„Schnauze da oben, du bist als Nächstes dran", brüllte der Gitarrist und packte Caro am Kragen.

106

Keine drei Sekunden später lag er auf dem Boden und stöhnte.

„Lass das", sagte Caro. „Und bleib da unten." Sie beugte sich zu ihm hinunter. „Und … Sorry. Für alles."

Ein anderer packte sie am Arm. „Das ist mein Kumpel! Willst du auf die Fresse?"

Bevor Caro reagieren konnte, flog eine Faust an ihr vorbei und holte den Mann von den Beinen. „Du schlägst hier kein Mädchen!" Mehrere Kerle ergriffen lautstark für die eine oder andere Seite Partei und begannen, miteinander zu rangeln.

Caro sprang auf die Bühne, bevor hinter ihr der komplette Tumult ausbrach. Der Drummer hatte Jam jetzt beim Schlafittchen und verpasste ihm eine saubere Gerade. Der Keyboarder guckte verschreckt, der Bassist holte mit seinem Instrument aus. Caro fegte ihm die Beine unter dem Körper weg, er polterte zu Boden. Das Rumpeln der misshandelten Bassgitarre dröhnte tausendfach verstärkt aus den Lautsprechern. Sie scherte sich nicht darum, sondern riss Jam aus dem Griff des Drummers. Dadurch stand sie auf einmal direkt vor ihm, und die für Jam gedachte Faust schlug in ihr Gesicht ein.

„Verfluchte Scheiße!", stöhnte sie und hielt ihre Nase.

„Tschuldi…" Weiter kam der Drummer nicht, den Caros Rückhandschlag zimmerte in seine Schläfe und schickte ihn ohne Umwege ins Reich der Träume.

„Verdammter Mist", fluchte sie noch einmal, tastete ihre Nase ab und betrachtete ihre Hände. Kein Blut. Gut.

Jam hatte sich derweil vor dem verschreckten Keyboarder aufgebaut und fuchtelte mit den Fäusten. „Willst du auch aufs Maul? Ha?"

Caro packte Jam und riss ihn zurück. „Wir verschwinden!" Und zum Keyboarder: „Gibt's hier einen Notausgang?"

Der nickte und deutete nach hinten.

„Gut", sagte Caro. „Mitkommen!" Als der Keyboarder nicht reagierte, schnappte sie sich auch ihn beim Kragen und schob beide Männer vor sich her.

Sie traten ins Freie, die schwere Eisentür hinter ihnen schlug zu und der Tumult verstummte. Caro ließ die Männer los. „Du bist ein dermaßen verblödeter Idiot!", fuhr sie Jam an. „Kann man nicht einmal ein Bier mit dir trinken gehen, ohne dass du eine Saalschlacht anzettelst? Welchen Teil von ‚unauffällig' hattest du nicht verstanden?"

„Ich habe keine Saalschlacht angezettelt. Der Tastenhengst da hat meine Musik beleidigt!"

„Halt jetzt deine verfluchte Klappe!"

Zu spät. Die Miene des Keyboarders hellte sich auf. „Deine Musik? Moment mal, du bist Jam, richtig? Ich glaub's nicht! Alter, du bist ja noch durchgeknallter, als ich gehört habe."

„Durchgeknallt? Komm her und ich zeig dir, wer hier ..." Caro packte ihn wieder. „Abmarsch! Oder willst du das mit den Cops besprechen?" Wie zur Bestätigung erklangen in der Ferne Martinshörner, die sich rasch näherten.

„Lass mich los, ich gehe ja schon", maulte er und zeigte auf den Keyboarder. „Du hast noch mal Glück gehabt!"

Caro stieß ihn vor sich her. „Rede keinen Scheiß und lauf!"

„Keine Angst", rief der Keyboarder ihnen nach, „ich behalt's für mich!"

„Von wegen ‚ich behalt's für mich'", knurrte Caro und warf Jam die Morgenzeitung aufs Bett. In dicken Lettern stand dort „Flüchtiger Rockstar: Schlägerei in Szenelokal", darunter ein unscharfes Handyfoto von Jam, während der Drummer ihn in der Mangel hatte.

Jam warf einen kurzen Blick auf das Foto, dann widmete er sich wieder seinem Spiegelbild und betastete sein geschwollenes Auge. „Glück gehabt. Ist ziemlich unscharf", sagte er.

„Unscharf oder nicht – hier können wir uns nicht mehr blicken lassen."

„Diese Idioten sollen mir nur unter die Finger kommen. Vor denen habe ich keine Angst!"

„Aber vielleicht vor der Polizei? Oder vor dem Kneipenwirt, dem du eine Einrichtung schuldest?"

„War das etwa meine Schuld?"

„Ja."

„Wie kannst du ..."

„Weil du dich wie ein arrogantes, eingebildetes, selbstverliebtes Schlagersternchen aufgeführt hast."

Jam schwieg.

„Wie soll ich dir helfen, wenn du immer, jedes verdammte Mal, mit Anlauf in den größten Misthaufen springst, den du finden kannst? Ich dachte bisher, wir haben ein gemeinsames Ziel, aber da scheine ich mich zu täuschen. Was soll ich mit dir machen, kannst du mir das sagen?"

Jam drehte sich zu ihr. „Ja, kann ich. Hole für mich weiter die Kohlen aus dem Feuer. Und warum? Weil ich bin, wer ich bin, weil ich tue, was ich tue. Du findest mich aufbrausend, unsensibel, exzentrisch? Meinetwegen. Aber glaubst du, ich könnte die gleiche Musik schreiben, wenn ich von neun bis fünf hinter einem Schreibtisch sitze, Kaffee schlürfe und zu jedem nett bin? Ich bin vielleicht ein Arschloch, weil ich keine Ahnung habe, wie man mit Leuten und Gefühlen und solchem Scheiß umgeht, aber dazu habe ich meine Musik, nicht meine Klappe. Höre ihr zu, und du weißt alles, was du über mich wissen musst. Also hole für mich die Kohlen aus dem Feuer, damit ich weiter das autistische Arschloch sein kann, das ich wohl sein muss, um ich selbst zu sein. Bringst du das?"

Caro sah ihn lange an, dann nickte sie langsam.

„Gut." Er drehte sich wieder dem Spiegel zu, Caro sah ihn weiter an. „Was?", fragte er.

„Nichts", sagte sie. „Ist nur was ganz Neues, mal den richtigen Jam kennenzulernen."

„Gewöhne dich nicht daran. Wird so schnell nicht wieder vorkommen."

109

16

Oltmann ließ die Zeitung sinken. Düsseldorf? Was um Himmels willen machte Jam in Düsseldorf? Das war so ziemlich der letzte Ort, an dem er ihn gesucht hätte.

Immerhin: Jam war nach wie vor in Deutschland. Schön blöd. Er an Jams Stelle hätte sich schon längst wieder ins Ausland abgesetzt. Aber seine Einschätzung von Rockstars im Allgemeinen und Jam im Besonderen schien richtig zu sein: dicke Hose, wenig Hirn.

Aber wo wollte er hin? Oltmann holte eine Deutschlandkarte auf den Bildschirm seines PCs und suchte die Orte, an denen Jam aufgetaucht war. Da war zuerst natürlich Binders Villa in Hannover. Dann waren sie mit dessen geklautem Maserati nach Süden geflüchtet, vermutlich zurück Richtung Frankreich. Den Wagen hatten sie an einer Raststätte bei Ulm defekt stehenlassen. Am nächsten Tag hatten sie vermutlich einen Wagen auf der A7 geraubt und diesen bald danach wieder abgestellt. Dann verlor sich ihre Spur, bis sie zwei Tage später in Düsseldorf auftauchten.

Das machte keinen Sinn. Wohin waren sie unterwegs? Jam wohnte in Hannover, seine Begleiterin in Hamburg. Düsseldorf lag für keinen von beiden auf dem Weg.

Immerhin: Es ging Richtung Norden. Vielleicht doch Hannover? Oder Hamburg?

Er tippte sich an die Nasenspitze. Wie gut standen seine Chancen, die Polizei dort zu überreden, beide Orte zu überwachen?

Einen Versuch war es wert.

Er griff zum Telefon.

17

Da sie sich in Düsseldorf vorerst nicht blicken lassen konnten, reisten sie direkt nach Hamburg. Natürlich war es ein Risiko, in Caros Wohnung unterzukommen, aber schließlich waren sie keine Schwerverbrecher. Die chronisch überlastete Hamburger Polizei würde einen Teufel tun, ihre Wohnung zu überwachen. Die zwei Tage bis zum Wochenende verbrachten sie hauptsächlich damit, nicht aufzufallen. Sie pflegten ihre Blessuren von der Kneipenschlägerei, Caro recherchierte über den Verbleib von Al und Jam kochte – was er erstaunlich gut tat. Sie redeten nicht viel; der Ausbruch im Hotel in Düsseldorf schien sie beide auf eine seltsame Weise verlegen gemacht zu haben, und keiner von ihnen war bereit, den Knoten zu lösen.

Entgegen seiner Behauptung, dass er Ruhe bräuchte, wurde Jam zusehends unruhiger. Sie hatten keine Ahnung, wo Al steckte, und auch wenn sie es gewusst hätten: Einen Plan hatten sie immer noch nicht.

Der Freitag kam, und Caro holte das adrette blaue Kostüm aus dem Schrank, das sie immer anzog, wenn sie seriös wirken wollte. Nicht, dass sie sich einbildete, damit Eindruck bei ihrem Ex-Schwiegermonster zu schinden, aber wenigstens lieferte sie ihr damit keine weitere Angriffsfläche.

Jam bestand darauf, sie zu begleiten. Caro willigte ein unter der Bedingung, dass er im Wagen wartete. Gemeinsam fuhren sie zur Elbchaussee, wo die Kaufmannsfamilie Overbeck zu residieren geruhte. Sie parkten vor dem Porsche der Hausherrin direkt an der doppelt mannshohen Hecke, die das Anwesen vor den Blicken des gemeinen Volkes abschirmte.

Caro wusste, dass etwas im Busche war, als nicht das Hausmädchen, sondern Magnus' Großmutter selbst sie an der Tür empfing.

„Du bist zu früh", sagte sie.

„Fünf Minuten. Soll ich vor der Tür warten oder lässt du mich herein?"

„Das wird nicht nötig sein. Magnus bleibt dieses Wochenende hier."

„Was? Kommt gar nicht in Frage!"

„Doktor Breckwoldt ist zugetragen worden, dass dieser Rockmusiker, für den du in letzter Zeit ... arbeitest, per Haftbefehl gesucht wird. Das ist kein Umgang für ein Kind."

Doktor Breckwoldt war der Haus- und Hofanwalt der Familie Overbeck, der Gero, ihren Ex-Mann, auch bei der Scheidung vertreten hatte. Ein verschlagener Kerl mit einem untrüglichen Gespür für zwei Dinge: wie er seine Prozessgegner in Misskredit bringen konnte und wie hoch seine Rechnung ausfallen durfte, ohne allzu unverschämt zu wirken. Das hier dürfte Geros Mutter den Gegenwert eines Kleinwagens gekostet haben. Und sie hatte die Summe sicher mit Freuden hingelegt.

„Er ist unschuldig." Das klang lahm.

„Aber sicher. Und trotzdem wirst du verstehen, dass wir zu Magnus' Bestem kein Risiko eingehen dürfen."

„Es ist für Magnus das Beste, wenn er bei seiner Mutter ist."

„Ich bedaure, aber ich folge nur dem Ratschlag unseres Anwalts. Du kannst uns ja verklagen." Sie schwang die schwere Tür zu, aber Caro hielt dagegen.

„Mein Auftraggeber hat nichts damit zu tun. Ich verbringe das Wochenende mit Magnus alleine, so wie immer. Ohne meinen Klienten. Was soll das alles?"

„Das wäre auch noch schöner! Als ob es nicht schlimm genug ist, dass die Kindsmutter während der Arbeit Umgang mit Kriminellen hat."

„Die Kindsmutter? Bist du jetzt vollkommen übergeschnappt?"

„In diesem Ton muss ich nicht mit mir reden lassen." Sie schob die Tür zu, aber wieder hielt Caro dagegen.

„Du bist ein hinterlistiges Miststück, und eines Tages wirst du die Quittung für das alles bekommen", zischte sie.

„Soll das etwa eine Drohung sein?"

„Eine Drohung? Das habe ich nicht nötig. Früher oder später wird von selbst der Tag kommen, an dem du an deiner eigenen Boshaftigkeit erstickst. An dem auch der letzte Mensch mitbekommt, was für eine intrigante Hexe du bist."

Magnus' Großmutter hob das Kinn. „Das werden wir ja sehen." Sie schlug die Tür heftig zu.

Caro starrte auf das weiß lackierte Holz. Ihr Puls raste. Das Blut pochte in ihren Ohren. Sie hob die Faust, um gegen die Tür zu schlagen, und ließ sie wieder sinken. Es war sinnlos. Sie drehte sich um, blinzelte in die Nachmittagssonne, atmete tief durch. Für einen Moment überlegte sie, nach Magnus zu rufen, aber auch das hatte keinen Zweck. Er war nicht hier. Der Kies knirschte unter ihren Schuhen, als sie zurück zum Eingangstor ging. Die Vögel zwitscherten, es duftete nach frisch gemähtem Gras, und Caro versuchte erfolglos, ihre Gewaltfantasien zu unterdrücken. Schritt um Schritt starb die komplette Familie ihres Ex grausige Tode, einer blutiger als der andere.

Caro riss das schmiedeeiserne Gartentor auf, das von zwei gemauerten Säulen umfasst war, ging hindurch und warf es mit aller Kraft ins Schloss. Mit Genugtuung registrierte sie, dass hinter ihr etwas steinern knirschte und ein Metallteil zu Boden fiel. Es hätte ihretwegen gerne die ganze Pforte sein können, aber die Steinsäulen waren wie ihre Besitzer: hart und unnachgiebig.

Jam stieg aus dem Auto. „Hey", fragte er, „Wo ist denn der Kleine? Warum hast du ihn nicht mitge…" Caros Hand schoss vor und pinnte ihn gegen den Wagen. „Was zum …"

„Halt die Klappe", schnauzte Caro. „Du bist schuld, dass ich Magnus nicht bekommen habe. Du und das Chaos, das du verbreitest."

„Ich hab doch nichts gemacht!", ächzte er.

Sie ließ ihn los. Er holte Luft.

„Nichts gemacht? Ich musste mich von diesem Miststück von Ex-Schwiegermutter belehren lassen, dass Magnus ein Umgang mit jemandem wie dir nicht zumutbar sei."

Jam rieb sich den Hals. „Unter normalen Umständen würde ich mich geschmeichelt fühlen, aber so …"

„Das ist nicht die Zeit für dumme Scherze!"

„Habe ich das richtig verstanden: Sie wollen dir deinen Sohn nicht geben, weil ich Scheiße gebaut habe?"

„Genau."

„Aber das hat doch gar nichts mit dir zu tun!"

„Sag das dem Familienanwalt."

„Boah, was für eine verlogene Kacke!" Jam hieb mit der Faust auf das Autodach. „Das können die Wichser doch nicht machen."

„Und, was soll ich dagegen tun?"

„Es ist verdammt noch mal dein Sohn! Das dürfen die nicht!"

„Mann, hast du's immer noch nicht kapiert?" Die haben die Kohle, die haben die Beziehungen, die haben Magnus. Brauchst du noch mehr Gründe?"

„Das habe ich schon vor zwanzig Jahren kapiert. Was meinst du, warum ich Punker bin?" Er drehte sich zum Haus, das hinter der Hecke verborgen lag, und brüllte: „Und ich scheiße auf eure verfickte Kohle! Ihr seid ein Haufen verlogener Arschlöcher, und daran ändern auch eure Millionen nichts!"

„Halt die Klappe", zischte Caro. „Die könnten uns hören."

„Na und", brüllte Jam, „was macht das schon? Hört zu, ihr Arschgeigen: Wenn ich meine Kohle wiederhabe, dann werde ich euch auf kleiner Flamme grillen! Ich kaufe euren ganzen Laden und lasse euch feuern! Ich verklage euch, bis euch der Arsch blutet!"

„Super", sagte Caro. „Geht's dir jetzt besser? Können wir dann?"

„Noch nicht." Er deutete auf den Porsche. „Gehört der dieser feinen Dame?"

„Vergiss es. Die Videokameras …"

„… dürfen nur Privatgelände überwachen, keine öffentlichen Straßen. Fand ich bei meinem Haus scheiße, gerade jetzt finde ich's gut." Er ging zum Kofferraum von Caros Wagen, holte das Radkreuz heraus und hielt es ihr hin. „Los, mach."

„Was? Spinnst du?"

„Komm schon, das tut gut!"

„Einen Teufel werde ich! Und du wirst auch nicht …"

Er zuckte mit den Schultern, drehte sich um und warf das Radkreuz in die Frontscheibe. Mit einem stumpfen Krachen bohrte es sich in das Sicherheitsglas und verwandelte es in ein milchig-trübes Trümmerfeld.

„Bist du vollkommen wahnsinnig", jammerte Caro, rannte zu dem Wagen und zog das Werkzeug wieder heraus. „Die wissen doch genau, dass ich das war!"

„Erstens warst du es nicht, und zweitens müssen sie das beweisen. Und ich könnte schwören, dass das schon so war, als wir kamen. Und die Beule auch." Er trat gegen den Kotflügel. „Und die Beule auch. Und die auch." Er ging um den Wagen herum und bearbeitete das Blech mit Radkreuz und Stiefeln.

In der Ferne ertönten Martinshörner. Jam legte den Kopf schief. „Junge, das ging schnell. Haben die eine Standleitung zu den Bullen?"

„Halt die Klappe und steig ein!"

Sie sprangen ins Auto und machten sich davon. Als ihnen die Blaulichter der Streifenwagen entgegenkamen, duckten sie sich, aber die Polizisten bretterten an ihnen vorbei, ohne sie zu beachten.

Keine fünf Minuten später klingelte Caros Mobiltelefon.

„Christiansen."

„Dafür wirst du bezahlen", keifte die Overbeck an Stelle einer Begrüßung. „Und ich sorge persönlich dafür, dass du ins Gefängnis wanderst! Ach, und Magnus kannst du natürlich ab sofort vergessen. Mit einer solchen Verbrecherin ..."

„Wovon redest du?"

„Das weißt du genau!"

„Ach, dein Wagen? Mensch, ich habe mich schon gefragt, was mit dem passiert ist. Ich wollte dich darauf ansprechen, aber unser Gespräch ging ja in eine andere Richtung."

Stille. Dann: „Ich weiß genau, dass du es warst!"

„Dann solltest du das auch beweisen können. Ach, übrigens: Wenn du mich schon eine Verbrecherin nennst und drohst, mir mein Kind zu entziehen, dann sieh lieber zu, dass kein Polizist neben dir steht." Sie legte auf.

„Jawoll", sagte Jam und hielt Caro die Hand hin. „So gefällst du mir!"

Caro schlug ein. „Du hast Recht. Jetzt geht es mir besser."

„Und sie kann nichts dagegen tun."

„Da kennst du sie schlecht. Sie wird etwas finden."

„Und was soll das sein?"

„Ich habe keine Ahnung. Aber sie ist viel zu stur, um eine Niederlage einzustecken. Du wirst es merken, wenn es soweit ist."

Es war bereits am nächsten Morgen soweit.

Caro und Jam hatten lange geschlafen und ausgiebig gefrühstückt. Sie traten aus der Haustür, und das Unheil brach in Form eines Blitzlichtgewitters über sie herein.

Eine Traube von Reportern belagerte den Hauseingang und stieß jetzt auf sie nieder wie ein Hornissenschwarm.

„Jam, warum haben Sie Ihre Firma in den Konkurs getrieben?"

„Stimmt es, dass du pleite bist?"

„Seid ihr beide ein Liebespaar?"

„Warum bist du untergetaucht?"

„Wieso hast du deine Band im Stich gelassen?"

Caro schob Jam hinter sich. „Rückzug!"

Sie schafften es zurück ins Treppenhaus. Das Klicken der Kameras verstummte, als sie die Haustür zuschlug und hinter Jam die Treppe hinaufhastete. In der Wohnung angekommen knallte sie die Tür heftig zu, schloss zweimal ab und legte den Riegel vor. Keuchend standen sie im Flur und sahen einander an.

„Scheiße", sagte Jam, „wir sitzen in der Falle."

„Ich habe dir doch gesagt, die findet einen Weg, es uns heimzuzahlen."

„Das nächste Mal geht ihr Drecksporsche in Flammen auf."

„Überlege lieber, wie wir hier ungeschoren rauskommen."

Jam sah durch den Türspion. „Meinst du, die gehen irgendwann wieder?"

„Du bist der Superstar. Sag du es mir."

„Niemals. Wir sitzen fest."

„Und es ist nur eine Frage der Zeit, bis die Polizei auch zur Party kommt."

„Hast du nicht einen Hinterausgang? Oder einen Fluchttunnel? Du bist doch in Wirklichkeit so eine verkappte Superagentin!"

„Die in einem Mietshaus in Hamburg-Wandsbek lebt. Klar. James Bond wohnt gegenüber, und der Typ über mir glaubt, er heißt Jason Bourne."

„Der Balkon!"

„Wir sind im dritten Stock."

„Wir könnten uns abseilen. Du hast doch Bettlaken?"

„Und du glaubst, die Paparazzi sind zu blöd, um den Innenhof im Blick zu haben?"

Jam spähte durch die Gardine. „Nein. Sieht nicht so aus."

Caro stellte sich zu ihm. Hier, auf der Innenseite des Wohnblocks, standen weniger Menschen mit Kameras, doch das würde sich in Sekunden ändern, wenn sie auf den Balkon träten.

„Dann nach oben", sagte Jam. „Über das Dach. Oder meinst du, die stehen vor allen Eingängen?"

Caro folgte seinem Blick. Der Häuserblock hatte ein Flachdach. Ungefährlich zu begehen und schwer einsehbar. Wenn sie es schafften, den Innenhof auf dem Dach zu umrunden …

„Ja, das ist einen Versuch wert."

„Ernsthaft?"

„Klar. Los."

Caro öffnete vorsichtig die Wohnungstür. Das Treppenhaus war leer. Sie schloss ab, dann huschten sie nach ganz oben. Über ihnen war die milchig-trübe Kunststoffkuppel, die als Oberlicht und Ausstiegsluke diente. Eine Leiter an der Wand führte hinauf. Caro kletterte voraus, stieß die Kuppel auf und schwang sich ins Freie.

„Caro", krächzte Jam, „hilf mir!" Er klammerte sich an den Rand der Luke, unfähig, sich zu bewegen.

Caro zog ihn aufs Dach. „Was ist los mit dir?"

„Höhenangst", ächzte er. Seine Stirn glänzte feucht.

„Ich glaub's nicht. Komm mit." Sie huschte gebückt über das Dach. Jam folgte ihr ebenso, auch wenn es schien, dass es nicht die Angst vor Entdeckung war, die ihn nahe am Boden bleiben ließ.

Als sie die andere Seite des Wohnblocks erreichten, klebte Jam das Haar schweißnass im Gesicht. Mit einem Seufzer ließ er sich neben der Ausstiegsluke zu Boden fallen.

„Du bist mir ja ein Held", spottete Caro. „Wolltest du dich nicht vorhin noch vom Balkon abseilen?"

„Beschissene Idee", keuchte er.

Caro legte sich auf den Bauch und schaute über die Kante hinunter auf die Straße. Eine alte Frau mit Rollator, ein Radfahrer, zwei Kinder. Niemand mit einer Kamera.

„Die Luft ist rein. Machen wir, dass wir runterkommen." Sie zog am Griff der Kuppel. Nichts.

„Lass mich mal", sagte Jam. Er zerrte mit aller Kraft am Griff. Ohne Erfolg. „Scheiße", keuchte er. „Die müssen doch offen sein, oder? Als Fluchtweg?"

„Na ja, unsere ist offen, damit wir uns auf dem Dach sonnen können."

„Das kann doch nicht wahr sein." Er gab der Kuppel einen Tritt. „Also zurück."

„Kommt gar nicht in Frage." Jam trat wieder nach der Kuppel. „Ich lasse mich doch nicht von so einem Teil verarschen."

„Du kannst gerne versuchen, das Schloss zu knacken – wenn du eins findest. Das Ding ist von innen verriegelt, da gibt es nichts zu machen."

„Ich will aber nicht zurück." Ein Tritt. „Ich will nicht noch einmal über dieses fürchterliche Dach laufen ..." Noch ein Tritt. „... Und ich will auch nicht wieder in die Wohnung." Noch einer.

„Diese Arschlöcher werden mich nicht bekommen!" Tritt. „Und dieses Oberarschloch von Schwiegermutter wird nicht gewinnen!" Jam kam in Rage. Immer weiter stampfte er mit dem Fuß auf die unschuldige Kuppel, deren Kunststoff Risse bekam. Wie von Sinnen trat er zu, wieder und wieder.

Schließlich gab es ein Krachen, und das Plastik unter Jams Fuß gab nach. Er kreischte, als sein Bein einbrach und bis zum Oberschenkel versank. Er stemmte die Arme gegen die Kuppel, versuchte, sich zu befreien, aber die scharfen Kanten des Lochs bohrten sich in seine Jeans und hakten sich wie Zähne fest.

Dafür knirschte es jetzt auch unter Jams Händen. Er sah Caro an. „Oh, Scheiße!", sagte er, dann gab die Kuppel nach und er verschwand im Loch. Eine Sekunde später krachte es dumpf. Caro hörte einen anhaltenden Schmerzensschrei.

Sie schüttelte die Schreckensstarre ab und hechtete zum Loch. „Bist du okay?", rief sie.

Jam lag auf dem Boden unter ihr und hielt sich den Arm. „Nein, verdammte Scheiße", stöhnte er.

So rasch sie konnte hangelte sich Caro durch die Öffnung und die Leiter hinab. Sie kniete sich neben ihn. „Zeig mal."

„Ich glaube, ich habe mir alle Knochen gebrochen!"

Rasch tastete sie ihn ab. Keine Brüche, wie es schien.

„Der Arm", stöhnte Jam, „die Schulter tut höllisch weh!"

„Kein Wunder. Die ist ausgekugelt." Sie richtete sich auf. „Du musst ins Krankenhaus."

„Kommt nicht in Frage!"

„Jam, das muss eingerenkt werden!"

„Ich will nicht in den Knast."

„Du hast kein Messer im Rücken, also warum sollten die die Polizei rufen?"

„Das mit dem Einrenken kannst du machen. Ich habe im Fernsehen gesehen, wie das geht." Vorsichtig setzte er sich auf. „Siehst du, geht schon wieder."

„Blödsinn", sagte Caro, zog das Mobiltelefon heraus und wählte den Notruf.

Einige Minuten später kamen zwei weiß-rot gekleidete Männer die Treppe herauf. Sie untersuchten Jam, fixierten den ausgerenkten Arm und verfrachteten Jam vorsichtig auf die Trage.

„Kommt schon, Jungs", sagte er, „spart euch den Stress mit dem Schleppen. Gebt mir was gegen die Schmerzen und lasst mich laufen."

„Du bleibst schön, wo du bist", sagte der Mann am Kopfende und hob zusammen mit seinem Kollegen die Trage an. „Wenn du dich auf der Treppe noch mal langmachst, tust du dir noch weh."

„Das tut jetzt schon scheißweh. Gebt mir eine verdammte Spritze und hört auf, jede Ecke mitzunehmen!"

„Spritze gibt's im Krankenhaus Wandsbek. Sind keine fünf Minuten, und je weniger du zappelst, umso schneller geht es."

„Sagt mal, wisst ihr, was hier um die Ecke los ist?", fragte der Vordere. „So viele Fotografen, man glaubt fast, dass jeden Moment der Papst aus der Haustür kommt."

„Schön wär's", brummte Caro.

„Nee", sagte Jam, „keine Ahnung."

Unten angekommen traten sie ins Freie. Das Erste, was sie sahen, war eine Serie von Blitzen. Offenbar hatte ein Fotograf aus dem anrückenden Rettungswagen die richtigen Schlüsse gezogen und sich ein paar Exklusivfotos gesichert.

Caro drängte den Fotografen ab, während die Rettungsassistenten den stöhnenden Jam einluden. Dann sprang sie mit einem der beiden mit in den Wagen und knallte die Türen zu.

„Los, weg hier, bevor die Meute da ist!", rief sie.

„Und ihr habt keine Ahnung, was die Meute will, richtig?", fragte der Sani.

„Ihr habt keine Ahnung, und das ist auch gut so", sagte Caro. „Reicht, wenn ihr es morgen in der Zeitung lest."

„Wie du meinst."

Der andere Retter schwang sich auf den Fahrersitz. „Geht los!"

Caro hatte eine Idee, und sie gefiel ihr nicht. Einen Moment lang rang sie mit sich, dann schob sie ihren Kopf durch das kleine Fenster zur Fahrerkabine. „Bitte nach Eilbek, in die Schön-Klinik."

„Wandsbek ist aber näher."

„Ich entbinde euch auch von jeder Verantwortung."

„Entbunden wird hier an Bord schon mal gar nicht. Aber meinetwegen." Er schaltete Blaulicht und Hörner ein und fuhr an. Einige frisch eingetroffene Journalisten sprangen vor ihnen auf die Straße, machten so viele Fotos, wie sie konnten und wichen im letzten Moment auf den Gehweg zurück.

„Keine Ahnung, wer das da hinten ist, aber der Papst ist es nicht", sagte der Fahrer.

„Noch so eine Bodenwelle, und du wirst in der Hölle schmoren, mein Sohn!", rief Jam.

Der Fahrer schüttelte den Kopf. „Auf keinen Fall der Papst. Der hat mehr Humor."

Nach wenigen Minuten erreichten sie die Klinik. Während Jam in einen Behandlungsraum geschoben wurde, wendete sich Caro an die diensthabende Ärztin. „Mein Begleiter wird von Doktor Overbeck behandelt", sagte sie.

Die Ärztin sah von ihren Unterlagen auf. „Doktor Overbeck?"

„Orthopädie. Chefarzt."

„Ich weiß. Privatpatient?"

„Sozusagen."

„Sobald ich ihn untersucht habe, lasse ich ihn auf seine Station verlegen."

„Nein. Er wird von Doktor Overbeck untersucht."

Eine Falte bildete sich zwischen den Augenbrauen der Ärztin.

„Ich versichere Ihnen ..."

„Ich weiß. Nehmen Sie es nicht persönlich. Könnten Sie jetzt bitte Doktor Overbeck anpiepsen lassen?"

„Und wer, bitte ...?"

„Seine Frau."

Die Ärztin zog die Augenbrauen hoch.

Caro seufzte. „Ex-Frau."

„Ich werde sehen, was ich machen kann", sagte die Ärztin gedehnt und bedachte Caro mit einem langen Blick, bevor sie zum Telefon griff.

Zehn Minuten später schritt Chefarzt Dr. med. Gero Overbeck mit wehendem Kittel ins Behandlungszimmer, jeder Zoll ein Halbgott in Weiß, von den blankpolierten Luxusschuhen bis zu den graumelierten Schläfen.

„Das ging schnell", stellte Caro fest.

„Ich war neugierig. Was willst du?"

„Mein Klient hat sich verletzt. Du musst ihn behandeln."

„Warum sollte ich das tun?"

„Weil ich dich höflich darum bitte?"

Overbeck lachte auf. „Das ist ja etwas ganz Neues. Meine Ex-Frau bittet mich um etwas."

„Richtig. Und ich würde es nicht tun, wenn es nicht dringend wäre."

Overbeck verschränkte die Arme und hob das Kinn. „Was ist denn so dringend, dass es kein anderer Arzt behandeln kann?"

„Meine Schulter tut weh wie Hölle. Ich weiß nicht, wie du das siehst, aber ich nenne das dringend", sagte Jam.

Overbeck ignorierte ihn. „Wir haben sehr gute Ärzte hier in der Notaufnahme. Ich sehe keine Notwendigkeit, mich selbst mit deinem aktuellen Freier zu befassen."

„Freier? Sag mal, hast du den Arsch offen?"

Caro schnitt Jam mit einer Handbewegung das Wort ab. „Du meinst, weil du mich herumbekommen hast, gehe ich mit allen in die Kiste, mit denen ich arbeite? Entschuldige, aber das ist dein Stil, nicht meiner."

„Zumindest nehme ich kein Geld dafür."

„Wer würde dir dafür auch etwas bezahlen wollen? Falls du es immer noch nicht kapiert hast: Zu dir kommen die Schwestern, weil sie etwas von dir haben wollen."

„So oder so: Was soll ich hier? Willst du mich zum Komplizen eurer kleinen Bonnie-und-Clyde-Komödie machen?"

„Es ist nicht die Polizei, die uns im Nacken sitzt, es ist die Presse. Und das ist, wie ich es sehe, hauptsächlich das Verdienst deiner feinen Frau Mama."

„Mir bricht das Herz."

„Alter, dir bricht gleich noch was ganz anderes, wenn du dich nicht endlich um meinen Arm kümmerst!"

Overbeck musterte Jam. „Meine Liebe, du bist eindeutig auf dem absteigenden Ast. Mit solchen Versagern hättest du dich früher nicht abgegeben."

„Immerhin tut er nicht so, als wäre er kein Arschloch."

„Korrekt", sagte Jam und stemmte sich mühsam hoch. „Und weißt du was? Ich muss mich auch gar nicht verstellen. Mir rennen die Mädchen trotzdem die Bude ein. Alles, was ich tun muss, um eine rumzukriegen, ist, nicht Nein zu sagen. Wie lange gräbst du an einer dieser schnuckeligen Schwestern rum? Einen Monat? Zwei? Lachhaft. In der Zeit habe ich, wenn ich will, das komplette Krankenhaus leergevögelt. Und warum? Weil ich ein Rockstar bin. Weil ich ein geiler Typ bin. Weil ich mir nicht einen dämlichen weißen Kittel anziehen muss. Und weil meine Mutti mir nicht vor der Arbeit die Schuhe polieren muss. Ach ja, und das, was du im Monat verdienst, haue ich auf einer After-Show-Party an Schampus raus." Er ließ sich zurück auf die Liege sinken und versuchte sich an selbstzufrieden verschränkten Armen, was dank seiner lädierten Schulter gründlich misslang.

Overbeck sah ihn an, schüttelte den Kopf und griff nach der Türklinke. „Ich sehe keinen Grund, mich der Gesellschaft dieses Herren weiter auszusetzen."

Caro wartete, bis er fast zur Tür hinaus war. Dann sagte sie leise: „Schöne Grüße an Lady Sonja."

Overbeck stockte. „An wen?"

„Lady Sonja. Die Domina. Oder willst du etwa behaupten, dass du sie nicht mehr besuchst?"

„Ich weiß nicht, wovon du redest."

„Nein? Während unserer Ehe waren dir die Besuche bei ihr heilig. Jeden Dienstagabend. In deinem Terminkalender stand immer ,Arbeitskreis Sportmedizin'."

Jam lachte schallend. „Arbeitskreis Sportmedizin? Wie geil!"

Overbeck schob seine Brille zurecht. „Selbstverständlich war ich beim Arbeitskreis …"

„Natürlich. Das Treffen war immer am Steindamm. Du und deine Kollegen, ihr habe euch wirklich Mühe gegeben, unter euch zu bleiben. Sogar auf dem Klingelschild stand nichts von Doktor, sondern nur von Domina."

„Woher weißt du …?"

„Jeden Dienstagabend das gleiche Spiel: Kein Sex, egal, was ich anstellte. Es ist mir ein wenig peinlich, aber ich war damals ziemlich verliebt in dich, und eifersüchtige Ehefrauen sind erfinderisch."

„Seit wann weißt du es?"

„Du erinnerst dich an das eine Mal, wo nach den Doktorspielchen die Reifen deines Jaguars zerstochen waren?"

„Und das hast du die ganze Zeit für dich behalten?"

„Ein As im Ärmel kann nie schaden."

„Du bist ein durchtriebenes Biest!"

„Apropos durchtriebenes Biest: Was würde wohl deine Frau Mama dazu sagen?"

Overbeck straffte die Schultern. „Was willst du?"

122

Caro wies auf Jam. „Einmal Rundum-sorglos-Paket vom Feinsten, bitte. Keine Namen, keine Akten, keine Fragen. Und keine Rechnung."

Doktor Overbeck tobte, aber stumm. Seine Kiefer mahlten, als er Jam zum Röntgen begleitete, seine Aufnahmen begutachtete und ihn in den Behandlungsraum zurückschob.

„Nichts gebrochen", sagte er. „Normale vordere Schulterluxation. Renken wir wieder ein."

„Wird auch Zeit", brummte Jam.

„Gero", sagte Caro, „denk daran: Wenn du deinen Ärger an Jam auslässt, lasse ich meinen an dir aus."

Verachtung lag in Geros Blick, als er erst Caro und dann Jam ansah. „Hinsetzen."

Er griff Jams Ellenbogen und Handgelenk und führte den angewinkelten Arm in einer komplizierten Bewegung zur Seite und nach oben.

„Autsch", sagte Jam.

„Ich denke, Sie sind einer von den ganz Harten."

„Ich bin ..."

„Stillhalten und Zähne zusammenbeißen." Overbeck drückte gegen den Ellenbogen und führte eine weitere Bewegung mit dem Arm aus.

„Whohaaaa!", machte Jam. „Alter, jetzt langt's!"

„Schon fertig", sagte Overbeck und ließ Jam los.

„Echt jetzt?" Jam bewegte probehalber den Arm. „Wahnsinn!"

„Kinderspiel."

„Nein, ehrlich! Wenn ich mal wieder auf die Fresse kriege, komme ich zu dir."

„Bitte nicht." Overbeck legte Jam eine Armfixierung an. „So, fertig. Und jetzt verschwinde mit deinem ... Kunden."

Jam sprang von der Liege, aber Caro blieb stehen.

„Was denn noch?", fragte Overbeck gereizt.

„Wir sind im Moment finanziell ein wenig indisponiert", sagte Caro.

„Ach, doch nichts mit Champagnerpartys?"

„Zurzeit nicht. Könntest du uns etwas über die Runden helfen? Ich bin sicher, Jam wird das Geld so schnell es geht zurückzahlen. Mit Zinsen."

Overbeck zog verächtlich die Mundwinkel herab. „Meinetwegen." Er holte sein Portmonee heraus und warf einen Hunderter auf die Liege.

„Ich dachte eher an etwas Plastik."

„Kreditkarte? Du bist wohl nicht bei Trost!"

Statt einer Antwort öffnete Caro die Tür und winkte eine Schwester heran. „Mit welchen ihrer Kolleginnen vergnügt sich mein Ex-Gatte derzeit im Bett?"

„Doc Overbeck? Melinda aus der Chirurgie. Und Antje aus der Rheumatologie, wenn ich mich recht erinnere."

„Wissen die beiden voneinander?"

„Gott bewahre! Jeder, aber die beiden nicht."

„Vielen Dank!"

Die Schwester nickte, warf Overbeck einen bösen Blick zu und verschwand.

Caro hielt die Hand auf, Overbeck legte eine Kreditkarte hinein, ohne die Miene zu verziehen.

Jam klopfte ihm beim Gehen auf die Schulter. „Ich hoffe doch, die beiden Süßen sind's wert."

Draußen vor der Tür seufzte Caro. „Und wieder stehen wir dumm da: Keine Bleibe, kein Gepäck und keine Idee, wo wir hinsollen."

„Wenigstens nicht ,keine Kohle', dank der großzügigen Spende deines Ex."

„Das hält nicht lange vor. Der wird spätestens morgen mit einer von den beiden Schluss machen, und dann wird die Karte gesperrt."

„Mann, ich habe immer geglaubt, ich bin der Inbegriff eines Arschlochs, aber gegen den bin ich ein Waisenknabe."

„Der entscheidende Punkt ist, dass er so charmant ist, dass anfangs jeder glaubt, er sei keins."

„Und ich?"

„Lass uns shoppen gehen."

Sie gingen zur nächsten U-Bahn-Station. Dort streifte Jam seine Armschlinge ab und warf sie weg.

„Mit dem Ding falle ich auf wie ein bunter Hund. Ab morgen früh weiß jeder, dass ich einen verletzten Arm habe."

„Schlauer Junge. Aber das wird nicht reichen. Ab morgen früh weiß auch jeder, wie du aussiehst. Du brauchst einen kompletten Stilwechsel."

„Kommt nicht in Frage."

Caro schwieg.

Am Ende des Einkaufs war Jam den Tränen nahe. Zwar trug er noch Blue Jeans, aber das war auch alles: Schuhe von Nike, Hemden von Calvin Klein, Hoodies von Tom Tailor und eine Jacke von Camp David. Am schlimmsten waren für ihn die Haare: Er trug jetzt nicht mehr seine geliebte Strubbelfrisur, sondern einen Undercut mit topmodischem Seitenscheitel. Schlimm genug, doch was ihn an den Rand der Tränen brachte, war die Farbe: Er war strohblond.

„Und rasieren", sagte Caro streng, „ist auch nicht mehr drin. Du lässt dir einen Bart stehen."

„Ich werde wochenlang blutige Fingerknöchel haben", schimpfte Jam.

„Wieso?"

„Weil ich automatisch meinem Spiegelbild in die Fresse schlagen werde. Jeden. Verdammten. Morgen."

„Dafür wird dich garantiert niemand erkennen."

„Hoffentlich. Ich würde im Boden versinken."

„Ist nicht alles schlecht." Caro drehte sich um die eigene Achse. „Sieht toll aus, oder?"

„Du hättest doch den Minirock nehmen sollen."

„Wer von uns beiden war das jetzt mit den blutigen Fingerknöcheln?"

„Essen gehen?"

Sie mieteten im Hotel ‚Vier Jahreszeiten' eine Suite und genossen ein ausgezeichnetes Dinner im angeschlossenen Sterne-Restaurant. Caro achtete bei jedem Gang peinlich genau darauf, stets das teuerste Gericht zu wählen.

Am nächsten Morgen sah Jam die Titelseiten der Tageszeitungen und empfand mit einem Schlag tiefgreifendes Verständnis für seinen Stilwechsel. Die ‚Bild' zeigte ein seitenfüllendes Foto von ihm auf der Krankentrage und dazu die Schlagzeile ‚Rockstar auf der Flucht: Jam schwer verletzt'.

„Der Sänger der Rock-Band ‚BTL' stürzte gestern auf der Flucht vor der Polizei vom Dach eines Wohnhauses in Hamburg, wo er sich mit seiner blonden Geliebten, der attraktiven Leibwächterin Karoline K. (Name von der Redaktion geändert) verschanzt hatte", las Jam vor. „BILD wurde Zeuge der dramatischen Flucht über die Dächer von Hamburg-Wandsbek, die tragisch in einem Rettungswagen endete. Mysteriös: In keinem der umliegenden Krankenhäuser wurde die Behandlung des exzentrischen Musik-Genies registriert. Wieder einmal ist der beliebte Teenie-Star der Polizei entwischt. Doch ganz Deutschland kennt nun das ungeschminkte Gesicht des Rock-Idols. Wie lange wird er sich noch verstecken können?"

Er ließ die Zeitung sinken. „Gott, gehen diese Paparazzi mir auf den Sack. Wer will diesen Scheiß lesen?"

„Ach komm", sagte Caro und goss ihnen Kaffee nach. „So oft fallen Rockstars nicht vom Dach. Die große Frage ist: Wo können wir jetzt noch unterkommen?"

„Berlin. Es wird Zeit, dass wir bei Leuten untertauchen, denen ich wirklich vertraue."

18

Oltmann knallte die Bild-Zeitung auf den Tisch. „Wieso weiß ich nichts davon?", grollte er.

Sein Gegenüber zuckte ungerührt mit den Schultern. „Keine Ahnung. Brille vergessen?"

„Sie wissen, was ich meine."

„Sie meinen, warum ich nichts davon wusste?"

Oltmann nickte und verschränkte die Arme.

„Vermutlich, weil jemand die Presse informiert hat, aber nicht die Polizei."

„Hätten Sie getan, worum ich Sie gebeten hatte …"

„… Dann hätte ich zehn Beamte weniger gehabt, die an meinen Fällen arbeiten. Und einen Haufen Überstunden mehr. Haben Sie eine Ahnung, wie viele davon das Dezernat für Wirtschaftskriminalität vor sich herschiebt?"

„Ist es das, was Sie unter Amtshilfe verstehen?"

„Wenn Amtshilfe bedeutet, dass irgendein Steuerfahnder mir seine persönliche Vendetta aufladen möchte, dann – ja."

„Ich bin nicht irgendein Steuerfahnder, und das ist …"

„Ich weiß, Sie sind der ‚Rottweiler'. Ihr Ruf eilt Ihnen voraus. Und, doch, das ist persönlich. Sie wollen, dass ich für einen pleitegegangenen Rockstar eine Rund-um-die-Uhr-Observation der Wohnung seines Bodyguards auf die Beine stelle, weil er vor ein paar Tagen in Düsseldorf war? Kommen Sie, das ist Schwachsinn und das wissen Sie."

„Wie können Sie …"

„Ich bin der Dezernatsleiter, dies ist mein Büro. Und jetzt raus!"

Es juckte Oltmann in den Fingern, die Tür hinter sich ordentlich zuzuknallen, aber er hielt sich zurück. Es war keine gute Idee, es sich mit anderen Ermittlungsbehörden zu verderben, und er stand bei den Hamburgern schon genug in der Kreide. Spätestens jetzt.

Er schloss die Tür leise, ging ein paar Schritte den Flur hinunter und blieb dann stehen. War das wirklich er gewesen, eben in dem Büro? Es war nicht das erste Mal, dass er aus der Haut fuhr, aber normalerweise tat er das mit Berechnung. Wenn er wusste, dass jemand unter Druck einknicken würde. Oder um einen Verdächtigen zu einer unbedachten Reaktion zu provozieren. Aber niemals, weil er sich emotional nicht im Griff hatte. Und auch noch vor einem Kollegen aus einer anderen Behörde. Wie peinlich! Sollte er zurückgehen und sich entschuldigen? Er wischte den Gedanken mit einer Handbewegung beiseite. Was nun? Hamburg war verbrannter Boden, dort würden die beiden sich nicht mehr blicken lassen. Hannover? Nein, so blöd war nicht einmal ein drogenvernebeltes Musikerhirn.

Aber trotzdem … Hannover …

Er tippte sich mit dem Finger an die Lippen. Dass er darauf noch nicht gekommen war! ‚Dinglicher Arrest‘ hieß das Zauberwort. Es bedeutete so viel wie, dass Jams Vermögenswerte sichergestellt wurden. Nur für den Fall, dass der sich dem Zugriff der Gerichtsbarkeit und vor allem einer Schadenersatzforderung entzog.

Na gut, daran waren einige Voraussetzungen geknüpft, aber daraus ließe sich etwas machen. Wenn er Jam selbst schon nicht in die Finger bekam, dann konnte er ihn wenigstens tüchtig ärgern.

Und er würde sich doch zu gerne mal Jams Villa bei Hannover genauer ansehen.

19

Am späten Nachmittag erreichten sie den Berliner Hauptbahnhof und nahmen die U-Bahn nach Kreuzberg. Dort lotste Jam sie zu einem Hauseingang in einem der typischen Berliner Hinterhöfe, stieg die Treppen hinauf und blieb vor einer Tür im zweiten Stock stehen. Nervös zupfte er an seinen Klamotten herum. „Mann, ich sehe so scheiße aus!"

„Du hast ja mich, das reißt es raus. Willst du nicht klingeln?" Er holte tief Luft und drückte den Knopf. Ein bulliger Kerl Mitte vierzig öffnete die Tür.

„Hey, Kralle!", sagte Jam. „Ich bin's, Benny! Erkennst du mich noch?"

„Logisch, Alter", sagte Kralle und lachte.

Die beiden Männer umarmten einander. Jam stöhnte. „Vorsicht, bin ein bisschen angeschlagen." Er löste sich aus der Umklammerung und rieb sich die lädierte Schulter.

„Mal wieder mit den Bullen angelegt?"

„Schön wär's. Habe mich einfach nur übel aufs Maul gelegt."

„Siehst gut aus. Blond steht dir."

Jam seufzte. „Erwähne es einfach nicht, ja?"

„Wen hast du da mitgebracht?"

„Das ist Caro, meine … beste Freundin. Caro, das ist Kralle, mein bester Kumpel aus alten Tagen."

Kralle gab Caro die Hand. „Tom. ‚Kralle' ist schon lange her."

„Für mich nicht", sagte Jam.

Tom führte sie ins Wohnzimmer, wo er den beiden das Sofa anbot und sich in einen Sessel fallen ließ.

„Du musst also untertauchen, stimmt's?", fragte er rundheraus.

„Was? Wieso …?"

„Du meldest dich jahrelang nicht, dann tauchst du mir nichts, dir nichts auf, verkleidet wie ein schwuler Friseur. Um so rumzulaufen musst du echt schwer am Arsch sein."

„Ähm …"

„Er hat den Porsche meiner Ex-Schwiegermutter geschrottet", sagte Caro rasch.

„Früher hat bei so was Wegrennen gereicht. Warum untertauchen?"

„Du kennst meine Ex-Schwiegermutter nicht."

„Sollte ich die kennen?"

„Lieber nicht, glaube mir."

„Sie wollte Caros Sohn nicht fürs Besuchswochenende rausrücken, weil ich so ein schlechter Umgang für den Jungen bin", sagte Jam. „Ein kaputter Wagen war das Mindeste."

Tom zog scharf die Luft ein. „Große Scheiße. Kenne ich von meiner Ex und unserer Tochter. Hat sich aber mit der Zeit eingerenkt."

„Du hast eine Tochter?", fragte Jam ungläubig.

„Ist jetzt drei. Hat nicht hingehauen mit Doro und mir. Scheidung war letztes Jahr."

„Du warst mit Doro verheiratet?" Jams Stimme kippte.

„Ich wollte dich als Trauzeugen haben, aber an dich war ja nicht heranzukommen."

„Oh."

„Bist du auch Musiker?", fragte Caro.

„Ist lange her. Bin jetzt Sozialarbeiter. Streetworker. Schon seit über sieben Jahren."

„Hast du mir gar nicht erzählt", sagte Jam.

„Doch. Aber du hast wahrscheinlich mal wieder nicht zugehört."

„Kann sein. Oder ich hab's dir einfach nicht geglaubt."

„Du wolltest es nicht glauben."

„Richtig. Aber doch, ich erinnere mich. Du bist nach den Gigs immer gleich nach Hause, weil du morgens zur Schule musstest."

Er lachte.

„Ich hatte keine Lust mehr auf Abhängen. Und gib's zu, ‚No Future' lief nicht mehr."

„Ja, wir waren für die richtig geilen Punk-Zeiten einfach zu spät dran. Mann, wie gerne hätte ich Sid Vicious live erlebt."

Tom zuckte nur mit den Schultern.

„Gibt's das Pogo eigentlich noch?"

„Klar."

„Super! Und die Jungs, hängen die da immer noch ab?"

„Manche. Manchmal. Das ist alles schon verdammt lange her."

„Egal, lass uns da hin heute Abend. Komm schon, das wird lustig!"

„Ich bin mir da nicht so sicher."

„Alte Spaßbremse. Warum nicht?"

„Weil das alles acht, neun Jahre her ist. Meinst du wirklich, du kannst da einfach reinlatschen und sagen: ‚Hey Jungs, ich bin wieder da'?"

„Mann, du hast es doch gesagt: Das ist ewig her. Da ist jede Menge Gras drüber gewachsen."

„Wie du meinst. Aber sage nicht, ich hätte dich nicht gewarnt!"

„Super! Caro, du kommst doch mit, oder?"

Sie zuckte mit den Schultern. „Ein bisschen Ablenkung kann nicht schaden, sonst geht noch irgendwas zu Bruch heute."

„Wenn es das ist, was du willst – im Pogo lässt sich da bestimmt was arrangieren."

„Ablenkung oder Bruch?"

„Wenn sich in dem Laden nichts geändert hat – beides!"

Tom zeigte ihnen, wo sie schlafen konnten, sie richteten sich häuslich ein, und gegen neun machten sie sich auf den Weg zur Kneipe. Sie war nicht weit, also gingen sie zu Fuß. Tom – oder Kralle, wie Jam ihn beharrlich nannte – sagte, er hätte noch etwas zu erledigen, er wolle später nachkommen.

„Danke, dass du vorhin so schnell geschaltet hast", sagte Jam. „Ich war mir nicht sicher, ob er gemerkt hat, dass ich Jam bin, aber sieht ja nicht so aus."

„Keine Ursache. Was meinte Tom eigentlich damit, dass du nicht so einfach in den Laden spazieren könntest, als sei nichts gewesen?"

„Ach, das. Na ja, wir hatten damals so eine Band."

„‚Volle Breitseite'?"

„Genau. Lief ganz gut, wir hatten 'ne Menge Spaß, aber irgendwann musste ich weiterziehen."

„Und das hat Tom dir übel genommen."

„Ich glaube, eher die anderen."

„Ich nehme an, du hattest deine Gründe."

„Klar. Die Zeit war geil, die Musik hat Spaß gemacht, aber ich bin da mit der Zeit rausgewachsen. Die Ärzte haben Recht, drei

Akkorde reichen für Punk völlig, aber für mich irgendwann nicht mehr."

„Lass mich raten: Die Band war anderer Meinung."

„Das Publikum auch."

Caro lachte. „Kann ich mir vorstellen."

Jam lachte mit. „Fand ich damals ziemlich enttäuschend. Aber klar: Auf einem Punkkonzert hat nichts zu suchen, wonach du nicht Pogo tanzen kannst."

„Also habt ihr euch getrennt."

„Kann man so sagen. Sie hätten ja ohne mich weitermachen können."

„Haben sie nicht?"

„Sie hätten wen finden müssen, der ihnen die Songs schreibt."

„Super. Du hast die Band durch die Hintertür gekillt."

„Quatsch. Das war ein Spaßding. Keine Verpflichtungen und so. Punk, verstehst du? Wir hatten Bock auf Musik, also haben wir Musik gemacht. Und wenn du keinen Bock mehr hast, dann eben nicht. Kohle hat das Ganze sowieso nicht viel gebracht. So, da sind wir."

Sie waren vor einem eisernen Tor angelangt, das auf ein altes Industriegelände führte. Die meisten Gebäude waren Werkstätten oder Handwerksbetriebe und um diese Uhrzeit dunkel und verlassen. Nur aus einem Gebäude schien Licht auf den Asphalt. Über dem Eingang war ein großes Graffiti mit dem Schriftzug „Pogo" an die Wand gesprüht, und auch die anderen Wände waren bunt.

„Praktisch", sagte Caro. „Ruhige Nachbarn."

„Ja. Man muss nur hin und wieder den Besoffenen klarmachen, dass Werkstätten anpissen und Scheiben einschmeißen nicht angesagt ist. Aber dafür sorgt Kurt schon. Wenn der noch der Wirt ist. Los, komm!"

Mit dem Öffnen der Tür flutete wenig Licht und viel Lärm nach draußen. „Ja", sagte Jam, „so soll's sein!" Er trat ein.

Der Laden sah ungefähr so aus, wie Caro ihn sich vorgestellt hatte: Das Mobiliar schien aus verschiedenen Eckkneipen zusammengeklaut zu sein und stand auf nacktem Estrich, der Tresen war gemauert und gefliest, unverkleidete Rohre verliefen unter der schwarz gestrichenen Decke. In einer Ecke standen ein paar Kicker, ein Billardtisch und zwei Flipper, den hinteren Bereich nahm eine Bühne ein. Die Scheinwerfer waren heute dunkel, bis auf einige, die den Saal in fleckiges, buntes Licht tauchten. Aus den Boxen dröhnte Musik – oder so etwas Ähnliches – in einer Lautstärke, die Unterhaltungen nicht unmöglich, aber anstrengend machte.

Jam pfiff und zeigte dem Barmann zwei Finger. Der hob die Hände und zuckte mit den Schultern. Jam ging zu ihm. „Wo ist das Problem? Zwei Bier!"

„Vom Fass?"

„Alter, seit wann gibt's hier Fassbier? Zwei Knollen!"

Der Barmann, ein schlaksiger Kerl mit Nasenpiercing und ärmellosem T-Shirt, knallte zwei Astra auf den Tresen. Jam gab Caro eines und lehnte sich an die Bar.

„Scheiße, Mann. Der Laden ist voll, aber ich kenne nicht eine Menschenseele."

Caro ließ den Blick über die Menge schweifen: Normalos in Jeans und T-Shirts, vollbärtige Rockertypen, abgerissene Neuzeitpunks mit bekritzelten Lederjacken, einige von ihnen sogar mit Irokesenschnitt.

Ein Neuankömmling – Typ Normalo mit Karohemd und kurzem Vollbart – blieb mit seinem Blick erst an Caro hängen, dann an Jam. Seine Augen weiteten sich. „Benny? Benny, bist du das?"

„Flo? Alter, ich hätte dich fast nicht erkannt! Wo ist der Iro?"

Flo strich sich über die Haare. „Schon lange weg. Wo sind deine Piercings?"

„Auch lange weg. War Zeit für was Neues."

„Warst du schon bei den anderen?"

„Welche anderen? Ich habe noch keine gesehen."

„Na, da drüben! Andy, Mark und Freddie. Da, an dem Tisch!"

„Ich glaub's nicht. Ich habe die nicht erkannt. Ihr seht alle so normal aus!"

„Hast du dich mal angeguckt?"

Jam sah an sich hinunter. „Hast recht. Komm, wir gehen rüber. Caro, kommst du mit?"

Caro schüttelte den Kopf. „Lass mal."

„Komm schon, die beißen nicht."

„Das ist dein Ding. Ich bleibe lieber an der Bar. Na los, mach schon!"

Jam zuckte die Schultern und ging mit Flo zu den anderen. Caro lehnte sich an die Bar, setzte ihren Mach-mich-nicht-an-Blick auf und trank ihr Bier.

Nach einigen Minuten kam Tom herein und gesellte sich zu ihr.

„Ich sehe schon, Benny hat sie gefunden", sagte er.

Caro nickte.

„Bin gespannt, wie lange das gutgeht", sagte er und orderte ein Bier.

„Nur, weil er damals die Band verlassen hat?"

Tom lachte. „Hat er das so gesagt?"

„Wundert dich das?"

„Nein. Er hat so ein Talent, sich die Wirklichkeit passend zurechtzulegen."

Caro lachte. „Schön gesagt."

„Gelogen hat er nicht: Er hat die Band verlassen, gerade als sie anfing, einigermaßen erfolgreich zu werden."

„Mir sagte er, es sei nur ein Spaßprojekt gewesen."

„Wie man's nimmt. Geld war damit nicht zu verdienen, trotz zwei CDs und kleinen Tourneen. Aber Herzblut steckte reichlich darin. Auch wenn es nur Punk war."

„Nur Punk? Das lass nicht Jam hören." Sie stockte, als ihr der Versprecher bewusst wurde.

Tom winkte ab. „Schon in Ordnung. Ganz so blöd sind wir auch nicht, dass wir uns von einem schwarzen Streifen im Gesicht verarschen lassen."

„Warum hast du das Spiel vorhin mitgespielt?"

„Ist doch seine Sache. Vielleicht wollte ich auch nur wissen, wie weit er mir noch vertraut."

Caro nickte in Richtung der anderen. „Wissen die's auch?"

„Klar."

Sie zog scharf die Luft ein. „Du hast Recht: Das geht nicht gut."

„Es ist nicht das Problem, dass er die Band verlassen hat. Auch nicht, dass er was anderes angefangen hat."

„Was dann?"

„Dass er sich von der Plattenindustrie hat kaufen lassen. Ich habe mich schon oft mit den Jungs darüber unterhalten. Wir sehen zwar nicht mehr aus wie Punks, aber ein Stück weit fühlen wir noch so. Für die meisten ist klar: Er hat den Punk verraten."

„Wie meinst du das?"

„Punk zu sein, heißt nicht nur bunte Haare zu haben und ‚No Future' zu schreien. Punks verachten die kapitalistische Gesellschaft, den Kommerz und all die Menschen, die sich zu Sklaven des Geldes machen. Was sollen sie da wohl von einem halten, der den guten alten, dreckigen Punkrock gegen millionenschwere Plattenverträge eintauscht, hm?"

„Bist du auch der Meinung?"

Tom schüttelte den Kopf. „Ich denke, Benny hat immer nur seine Musik machen wollen. Das ist sein Leben. Ein Besessener. Er hätte seine Seele verkauft, um zu tun, was er tun musste."

Caro nickte. „Ist heute noch so."

„Ich kann es ihm nicht übel nehmen. Aber er muss sich entscheiden: Punk oder Popstar."

„Bisher konnte er sich um die Entscheidung drücken."

„Heute Abend nicht."

„Das wird ihm nicht gefallen."

Tom schüttelte wieder den Kopf und beobachtete den Tisch mit Jam und seinen früheren Kumpanen.

Jam war aufgedreht, lachte und gestikulierte. Caro sah, dass die anderem am Tisch weit weniger aufgeregt schienen. Sie redeten mit Jam, aber ihre Gesten waren knapper, der eine oder andere saß zurückgelehnt oder mit verschränkten Armen da.

Mit der Zeit wurden auch Jams Bewegungen kleiner. Er redete jetzt auf Einzelne ein, erntete aber meist nur ein Kopfschütteln. Irgendwann ließ Jam sich im Stuhl zurückfallen, steckte die Hände in die Hosentaschen und starrte auf die Tischplatte. Caro bestellte noch zwei Bier.

Jam stand mit einem Ruck auf und verließ wortlos den Tisch. Sie hielt ihm ein Bier hin, er nahm es, ohne sie eines Blickes zu würdigen, und ging hinaus. Caro rutschte vom Barhocker, um ihm zu folgen, aber Tom fasste ihre Schulter.

„Lass ihn", sagte er. „Gib ihm ein bisschen Zeit."

Eine Viertelstunde später stand sie erneut auf, orderte zwei weitere Biere und ging nach draußen. Diesmal hielt Tom sie nicht auf. Ihre Augen brauchten einen Moment, um sich an das Dunkel zu gewöhnen. An der nächsten Ecke fand sie Jam, eben noch zu sehen im Licht einer entfernten Straßenlaterne.

Sie reichte ihm eines der Biere und lehnte sich neben ihm an die Wand. Schweigend tranken sie.

„Ich dachte, sie wären meine Freunde", sagte Jam.

„Das dachten sie auch von dir."

„Bin ich doch auch."

„Na klar. Du sprengst eure Band, verpisst dich und lässt acht Jahre nichts von dir hören. Toller Freund."

„Hm."

Sie schwiegen wieder. Caro leerte ihr Bier und stellte die Flasche auf dem Boden ab.

„Arschlöcher", murmelte Jam.

„Nur weil sie es über die Jahre geschafft haben, über dich hinwegzukommen? Ich bitte dich."

„Quatsch. Sie sagen, wenn ich noch einmal behaupte, dass ich ein Punk bin, dann polieren sie mir die Fresse."

„Na klar. Ein Punk mit einer riesigen Villa und einem fetten Bankkonto."

„Ja und? Hast du dir die Gestalten da drin mal angeguckt? Schicke Frisuren statt Iro, Brilli im Ohr statt Sicherheitsnadel, Ehering statt Hundehalsband – sind das etwa noch Punks?"

„Mehr als du, schätze ich."

„Rede keine Scheiße. Ein Punk stellt sich quer. Ein Punk scheißt auf das, was ihm nicht passt. Ein Punk lässt sich nicht zurechtbiegen. Wer von uns ist also mehr Punk? Die oder ich?"

„Lässt ein Punk sich kaufen?"

„Verdammt, ich habe mich nicht verkauft. Die haben mir die Kohle doch nachgeschmissen. Ich mache nur meine Musik, und alles um mich herum macht sich zum Affen, weil sie was von mir wollen. Meine Kohle oder meine Musik oder was auch immer. Das ist doch ein feuchter Traum für jeden Punker! Du zeigst der ganzen Welt den Stinkefinger, du lachst sie alle aus, aber alle machen sie den Diener vor dir und tanzen nach deiner Pfeife. Sag mir, von wo aus kann man besser auf alles scheißen als von oben?"

Caro schüttelte den Kopf. „Ich weiß nicht, wer hier wessen Marionette ist."

„Leck mich doch am Arsch", knurrte Jam, stieß sich von der Wand ab und verschwand in der Dunkelheit.

Caro ging zurück ins Pogo. Tom war jetzt bei den anderen am Tisch und winkte Caro heran. Sie setzte sich zu ihm. Das Gespräch verstummte, und alle Augen richteten sich auf sie.

„Und, wer bist du?", wollte ihr Nachbar wissen.

„Caro", sagte sie.

„Benny sagt, du bist sein Bodyguard?"

„So was in der Art, ja."

Der Typ schüttelte den Kopf. „Ein Punk mit einem Bodyguard. Gibt's doch gar nicht. Und, lässt er wenigstens ordentlich was springen?"

„Und, was verdienst du so im Monat?", fragte sie zurück. „Ich meine nur – muss ja mächtig viel sein, wenn du ihm auf Schritt und Tritt folgst. Na ja, der Herr Popstar kann's sich leisten." Etwas platzte in Caro. Mit einem Satz sprang sie auf, griff in den Nacken des Manns und presste seinen Kopf auf die Tischplatte. „Wenn du es genau wissen willst", zischte sie, „zahlt er mir im Moment gar nichts. Ich bin hier, weil er tief in der Scheiße steckt und Freunde braucht. Genau deswegen kam er zu euch. Aber was kann man schon von diesem Haufen von Spießern hier erwarten?" Sie stieß den Kerl von sich und ging.

Jam war noch nicht zurück in Toms Wohnung, aber sie hatte keine Lust, auf ihn zu warten. Also warf sie sich auf eine der beiden Matratzen, die Tom im Nebenzimmer aufgebaut hatte, und versuchte zu schlafen. Tom kam eine gute Stunde nach ihr. Jam kehrte erst in den frühen Morgenstunden zurück, polterte ins Bad und kotzte sich lautstark aus. Dann wankte er in ihr Zimmer und ließ sich auf sein Bett fallen. Sekunden später begann er laut zu schnarchen. Caro ließ ihn.

Am nächsten Morgen begegnete sie niemandem: Tom war offensichtlich schon zur Arbeit und Jam würde seinen Rausch noch bis Mittag ausschlafen.

Ihr erster Weg führte sie zu einem früheren Kollegen, der sich in Berlin mit einer eigenen Sicherheitsfirma selbständig gemacht hatte. Sie plauderte mit ihm einige Tassen Kaffee lang über alte Zeiten, dann kam sie auf den eigentlichen Grund ihres Besuchs zu sprechen. Ihr Ex-Kollege verwies sie an eine Detektei, mit der er gelegentlich zusammenarbeitete. Dort konnte man ihr nicht helfen, wusste aber jemand anderen, der es vielleicht konnte.

Danach setzte sie sich in ein Café und ging die Kontenbewegungen durch, die der Bankangestellte in Frankfurt für sie ausgedruckt hatte. Es war, wie er gesagt hatte: Die Konten waren binnen weniger Tage leergefegt worden, und das Zielkonto der Transfers war stets dasselbe: Ein Konto bei der First Bank of Cayman Islands.

Wenn sie Jams Geld wiederbekommen wollten, gab es nur einen Weg: Sie mussten an dieses Konto herankommen. Aber wie?

Am späten Nachmittag kehrte sie in Toms Wohnung zurück, nur um dort einen missmutigen Jam vorzufinden, der auf dem Sofa hing und mit Toms Spielkonsole zockte. „Scheiße, Mann, der hat kein einziges ordentliches Ballerspiel", nörgelte er mit schwerer Zunge. Augenscheinlich hatte er die offensive Variante der Katerbekämpfung gewählt und mit dem gleichen Getränk wie am Vorabend weitergemacht. Eine ansehnliche Sammlung leerer und eine noch beunruhigendere Menge voller Bierdosen zeugte von der Ernsthaftigkeit seines Vorhabens.

„Geh duschen", sagte sie. „Und putz dir die Zähne. Du stinkst nach Kotze."

„Ach, fick dich."

Er sah den Pferdekuss nicht kommen. Bei seinen vernebelten Sinnen hätte er ohnehin nichts dagegen machen können.

„Au", sagte er und rieb sich den Oberarm. „Was soll denn der Scheiß?"

„Das weißt du genau."

„Ja, schon gut. Tschuldigung." Er richtete seinen Blick wieder auf den Fernseher und zockte weiter.

Caro sah ihm eine Weile zu. „Ist das alles, was du heute gemacht hast?", fragte sie.

„Pennen, saufen, prügeln", sagte Jam und gab seinem Bildschirmgegner den finalen Tritt. „Klar ist das alles." Er schleuderte den Controller von sich und brüllte: „Ich bin nämlich Punker!" Er riss ein Bier auf, knallte die Hacken auf den Couchtisch und setzte die Dose an den Hals.

„Ich glaube, das reicht jetzt", sagte Caro und griff nach dem Vorrat an Bierdosen neben seinen Füßen.

„Finger weg!" Er trat nach ihrer Hand.

Sie zog sie zurück. „Dir ist schon klar, dass du gegen mich verlierst, oder?"

„Scheißegal."

„Was soll der Blödsinn? Das bringt doch nichts!"

„Genau!", rief er und wedelte mit dem Zeigefinger. „Deswegen. Das bringt nichts. Ich hab mir die letzten Jahre den Arsch aufgerissen, damit es irgendwelchen Leuten irgendwas bringt, und was ist dabei rausgekommen? Einen verschissenen Haftbefehl und Ärger bis zum Abkotzen. Und dass meine Kumpels mich nicht mehr mit dem Arsch angucken. Das hat's ja wohl gebracht. Da mache ich doch lieber gleich was, das nichts bringt. Prost!" Er schüttete das restliche Bier in sich hinein.

Caro seufzte. „Und wie lange willst du das durchziehen?"

„Keine Ahnung. Frag mich das, wenn ich nüchtern bin."

„Du machst nicht den Eindruck, bald wieder ausnüchtern zu wollen."

„Ich kann das jahrelang durchziehen."

„Ich war heute ein paar Leute besuchen."

„Schön für dich."

„Ich habe einige interessante Dinge herausgefunden."

„Erzähl sie 'ner Parkuhr."

„Über Al und was er mit deinen Konten angestellt hat."

„Scheiße, das ist der letzte, der allerletzte Kerl, von dem ich heute was hören will. Geh weg! Du hast frei für den Rest des Tages."

„Aber es ist wichtig!"

„Aber es ist wichtig", äffte er sie nach. „Einen Scheißdreck ist es!"

Sie zeigte ihm den Mittelfinger, was er mit einem dreckigen Lachen quittierte, und ging.

Vor der Haustür kam ihr Tom entgegen. „Nanu", fragte er, „So spät erst hoch? Ich hätte dich für eine Frühaufsteherin gehalten."

„Man passt sich seiner Klientel an. Aber nein, ich bin nicht gerade aufgestanden. Eigentlich bin ich gerade zurückgekommen. Aber mit dem Idioten da oben ist im Moment so gar nichts anzufangen."

„Schlecht drauf?"

„Gar kein Ausdruck. Er zockt Videospiele, besäuft sich und lallt, dass er ein Punk sei."

Tom nickte. „Damit habe ich gerechnet."

„Gerechnet? Was soll das bitte heißen? Habt ihr ihn gestern mit Absicht fertiggemacht?"

„Es war unausweichlich. Er braucht das."

„Klar."

„Ich hätte es vielleicht sogar verhindern können, aber das wäre nicht gut gewesen. Er muss zu sich selbst finden. Das ist ein bisschen wie laufen lernen: Du kannst es nur, wenn du losgelassen wirst."

„Ich hatte bisher den Eindruck, dass er ganz gut weiß, wer er ist."

„Wenn das so ist: Wäre er dann so scharf darauf, immer noch Punk sein zu wollen? Popstar und Punk – fühlt sich das für dich stimmig an?"

Sie zuckte mit den Schultern.

„Gib ihm ein bisschen Zeit."

„Zeit ist genau das, was ich nicht unbegrenzt habe. Ich habe auch noch ein eigenes Leben, weißt du."

„Dann kümmere dich erst einmal darum. Benny wird in den nächsten paar Tagen ohnehin nicht sehr empfänglich für deinen Beistand sein." Sie schielte nach oben zu dem Fenster, hinter dem Jam in Selbstmitleid und Alkohol ersoff. „Meinst du?"

„Anders herum gefragt: Warum würdest du jetzt bleiben wollen?"

Sie zuckte wieder mit den Schultern. „Ist mein Job."

„Ich glaube nicht, dass er zurzeit einen Bodyguard braucht."

„Eher ein Kindermädchen."

„Und genau das ist falsch. Er kommt nie weiter, wenn er all seine Probleme auf andere schieben kann."

„Spricht der Küchentischpsychologe."

„Ich habe eine Zeitlang in einer Einrichtung für Drogenentzug gearbeitet. Weißt du, was wir mit Leuten gemacht haben, die von ihren Eltern zu uns gebracht wurden? Wir haben sie rausgeschmissen. Sie mussten aus eigenem Antrieb kommen, die Veränderung selbst wollen."

„Verstehe."

„Worum ich dich bitte, ist der finale Arschtritt, den er braucht, um etwas zu verändern. Sich zu verändern."

Sie nickte langsam. „Okay. Ein paar Tage."

„Mindestens."

„Mehr haben wir nicht. Er kann nicht ewig auf der Flucht sein."

„Ich habe von der Sache gehört. Hat er wirklich einen Konkurs verursacht?"

„Jam könnte problemlos jede Firma in den Abgrund reiten, aber mit Absicht?"

„Stimmt. Betrügen könnte er nicht, selbst wenn er wollte."

Caro seufzte. „Ich fühle mich nicht wohl dabei."

„Entspann dich. Ich habe ein Auge auf ihn."

Sie packte ihre paar Sachen und fuhr zum Bahnhof. Wohin jetzt? Nach wie vor galt: Sie hatte einen Haftbefehl am Start – wenn dieser Steuerfahnder nicht geblufft hatte. Zwar würde ihr Steckbrief nicht in jeder Polizeiwache hängen, aber wer wusste, ob nicht die eine oder andere Streife bei ihr zu Hause vorbeischaute.

Das galt grundsätzlich auch für Jams Villa in Hannover, aber die lag gut verborgen hinter Hecken und Mauern, sodass man unmöglich sehen konnte, ob jemand im Haus war. Sie würde einfach nicht an die Tür gehen. Außerdem, so hoffte sie, würde niemand annehmen, Jam wäre blöd genug nach Hause zu kommen. Stimmte ja auch.

Ganz ehrlich: Was blieb ihr übrig? Geld hatte sie kaum noch, und sie würde bestimmt nicht noch einmal auf Parkbänken schlafen.

In der Villa hatte sie alles, was sie brauchte: Einen Notvorrat an Klamotten, ein Notebook mit Internetzugang, und ihr Adressbuch hatte sie ohnehin dabei. Das war eine Macke von ihr: Jeder Name, mit dem sie beruflich Kontakt hatte, landete in diesem Buch. Man trifft sich immer zweimal. Das war ihr Motto, wenn es ums Geschäft ging.

Auf diese Weise konnte sie die nächsten Tage nutzen, um noch mehr über Al und seine miesen Tricks herauszufinden.

Im Schutz der Dunkelheit erreichte sie Jams Villa, die wie erwartet verlassen hinter den hohen Mauern lag. Es fühlte sich merkwürdig an, durch die dunklen und leeren Räume zu streifen. Bisher war sie nur mit Jam hier gewesen, und das hieß im Grunde, dass es nie ganz ruhig war. Jetzt fühlte es sich ungefähr an, wie wenn Magnus nach dem Wochenende wieder gegangen war: Die Räume waren seltsam leblos.

Sie machte sich eine Tiefkühlpizza, dann holte sie das Notebook heraus. Eine Weile versuchte sie, Als Spur weiter zu verfolgen, ein Pizzastück in der einen Hand, die Maus in der anderen. Sie kam nicht recht voran, also surfte sie ziellos durch das Internet, bis sie auch daran die Lust verlor.

Im Wohnzimmer nahm sie sich ein Wasser und zappte durch die Fernsehprogramme, blieb ein paar Minuten bei einer Doku hängen und eine halbe Stunde bei einem Spielfilm. Kurz überlegte sie, die Playstation einzuschalten, aber sie konnte mit Videospielen nicht sonderlich viel anfangen. Also ging sie schlafen.

Das Licht des nächsten Morgens brachte neues Leben in die stillen Räume. Caro schlenderte fröhlich pfeifend in die Küche, machte sich einen Kaffee und trank ihn, während sie zwei Amseln zusah, die sich auf dem Rasen um einen Regenwurm stritten.

Dann ging sie wieder nach oben und gönnte sich eine sehr lange und sehr heiße Dusche. So lange, dass ihre Gedanken abschweiften und die Ereignisse der letzten Tage Revue passieren ließen. Sie gefielen ihr alle nicht, und am wenigsten die Erinnerung daran, wie sie klamm und frierend auf der harten Parkbank gelegen hatte. Sie drehte die Dusche aus und trocknete sich ab. Das Handtuch warf sie achtlos auf den Badewannenrand, schließlich gab es hier niemanden, der sie nackt sehen konnte.

Falsch.

Als sie auf den Flur trat, stand sie direkt vor einem Mann mittleren Alters, der genauso überrascht war wie sie. Sie kreischte, dann gewannen ihre Reflexe die Oberhand, sie wirbelte um die eigene Achse und fegte den Mann mit einem Highkick von den Füßen. Er krachte gegen die Wand, verdrehte die Augen und rutschte zu Boden.

Aus den Augenwinkeln sah sie eine zweite Gestalt auf dem Treppenabsatz. „Bleiben Sie stehen! Hände hoch!", hörte sie.

Déjà-vu. Derselbe Spruch, das zweite Mal in kurzer Zeit. Nicht gut.

„Hände hoch?", fragte Caro. „Wo soll ich Ihrer Meinung nach eine Waffe versteckt haben? Nein, sagen Sie es nicht." Sie hielt die Hände vor Brüste und Schritt. „Ich werde jetzt ins Badezimmer gehen und mir ein Handtuch holen. Wenn Sie etwas dagegen haben, erschießen Sie mich."

Der Polizist machte keine Anstalten, seine Waffe zu ziehen. Im Grunde machte er keine Anstalten, irgendetwas zu tun, außer nicht zu wissen, wo er hinsehen sollte. Also ging sie ins Bad und wickelte sich in das Badelaken. Dann trat sie wieder auf den Flur, wo der Polizist sich um den anderen Mann kümmerte, der gerade zu sich kam.

„Was zum Teufel machen Sie hier?", fragte Caro. „Und wer ist der da?"

Der Mann rappelte sich auf. „Oltmann, Steuerfahndung", ächzte er. „Und das wird Ihnen noch leidtun." Er versuchte, seine Brille geradezurücken, stellte fest, dass sie hoffnungslos verbogen war, und steckte sie weg.

Richtig, der Typ aus Barcelona. Jetzt erkannte Caro ihn wieder. „Und das berechtigt Sie, in fremde Häuser einzubrechen, ja?"

Oltmann öffnete seine Ledermappe und reichte Caro ein Papier. Während sie es las, betastete er seine Schläfe und sah seine Hand an. Zufrieden stellte er fest, dass kein Blut daran war. Caro gab ihm das Blatt zurück. „Was bitte ist ein dinglicher Arrest?"

„Eine Sicherstellung von Vermögenswerten zur Absicherung von Gläubigerforderungen, einfach gesagt."

„Sie sind hier, um Jams Sachen zu pfänden?"

„Nein, eine Pfändung erfordert einen vollstreckbaren …"

„Sie brechen hier ein, um Kuckucke zu kleben?"

„Sie hören mir nicht zu, ich …"

„Sie hören mir nicht zu: Sie brechen hier ein?"

Oltmann versuchte, die Brille hochzuschieben, die nicht mehr auf seiner Nase saß. „Wir haben geklingelt."

„Super. Ich habe geduscht."

„Das sehe ich."

„Ja. Weil Sie hier eingebrochen sind."

Schweigen legte sich über den Flur, während die beiden sich anfunkelten. Schließlich räusperte sich der Polizist. „Könnte ich bitte Ihren Ausweis sehen?"

Caro warf ihm einen erbosten Blick zu. „Klar. Habe ich in meiner Hosentasche. Ach nein, wie dumm, ich habe ja gar keine Hose an!"

„Gehen Sie sich anziehen. Ich warte hier", sagte der Polizist.

„Ich würde an Ihrer Stelle lieber mitgehen", knurrte Oltmann. Erst als ihn zwei Augenpaare anstarrten – eines wütend, eines entgeistert – registrierte er, was er gesagt hatte. „Sie könnte flüchten", verteidigte er sich. „Sie neigt dazu."

Caro verdrehte die Augen und ging. Beim Anziehen überlegte sie tatsächlich, ob sie sich aus dem Fenster hangeln sollte, aber direkt darunter lag der Swimmingpool. Eine architektonische Fehlleistung ersten Ranges, doch Jam liebte sie, denn er konnte aus dem Schlafzimmerfenster eine Arschbombe machen, und tat das oft und gerne.

Also griff sie erst zu ihren Sachen und dann zum Telefon, bevor sie brav in den Flur zurückkehrte. Der Polizist war offenbar schon von Oltmann instruiert worden. Jedenfalls warf er nur einen kurzen Blick auf Caros Personalausweis, nickte und erklärte ihr, dass sie festgenommen sei. Caro sparte sich, nach dem Grund zu fragen, drehte sich um und hielt dem Polizisten die Hände hin.

Oltmann zog sein Mobiltelefon heraus. „Wissen Sie, wie man einen tollen Hecht fängt?", fragte er Caro. Die zuckte mit den Schultern.

„Man fängt einen kleinen Fisch und hält ihm den als Köder hin." Dann tippte er etwas ein, hielt sich das Telefon ans Ohr und ging.

20

Lisa räusperte sich. „Gut. Also: Hiermit eröffne ich die erste Sitzung des Komitees ‚Rettet Jam'. Vielen Dank, dass ihr da seid, und vielen Dank auch Maren, der Vorsitzenden des offiziellen Jam-Fanclubs Deutschland, dass sie per Skype teilnimmt.

Die Schwarzhaarige auf dem Notebook-Bildschirm nickte. „Ist doch selbstverständlich."

Auch die anderen Mädchen, die auf Lisas Bett, Sessel und dem Fußboden saßen, nickten.

„Wir sind uns einig, dass Jam nicht schuld an seiner jetzigen Situation sein kann. Er …"

„Wieso nicht?"

„Was?"

Ein magerer Teenager mit Zahnspange zuckte mit den Schultern.

„Warum nicht? Ich meine, woher wisst ihr das?"

„Meike, es ist Jam!"

„Na gut, aber …"

„Er wurde reingelegt!"

„Ja, aber habt ihr …"

„Wer ist der Meinung, dass Jam reingelegt wurde?"

Hände schnellten in die Höhe.

„Gegenstimmen? Keine. Enthaltungen?"

Meikes Hand.

„Gut, angenommen bei einer Enthaltung. Wir müssen das nicht mehr diskutieren, okay?"

Meike zuckte wieder die Schultern.

„Also: Es ist unsere Pflicht als seine treuesten Fans, ihm jetzt alle Hilfe und Unterstützung zu geben, die wir … ihm geben können. Also, was können wir tun?"

Ein Mädchen hob die Hand.

„Ja, Marie?"

„Ich dachte, du hättest dir was überlegt."

„Bitte, ich habe doch schon die Idee mit der Sitzung gehabt, ich kann mich doch nicht um alles kümmern."

„Oh", sagte Marie.

Stille.

„Vorschläge? Irgendjemand?"

Noch mehr Stille.

„Wir könnten eine Demo organisieren", schlug ein Mädchen vor.

„Sehr gut! Danke, Katrin."

„Und wir könnten eine Unterschriftenaktion machen."

„Super. Das machen wir. Die Liste können wir bei der Demo übergeben."

„Gegen was wollen wir denn genau demonstrieren?", fragte Meike.

„Gegen ... Gegen die unfaire Behandlung von Jam. Und gegen seine Vorverurteilung durch die Presse. Und die Justiz. Und das Steuer ... dingens ..."

„Finanzamt?"

„Ja, genau."

„Und wo?"

„Was?"

„Wo wollen wir demonstrieren?"

„Also ... Beim Finanzamt?"

„Toll. Welches? Hintertupfingen?"

„Darf ich was sagen?", fragte das Notebook.

„Maren? Ja, natürlich."

„Also, als ich das letzte Mal mit Jam geredet habe", sie machte eine dramatische Pause, um sich in der Ehrfurcht der anderen zu sonnen, „sagte er mir, dass er in der Nähe von Hannover wohnt."

Lisa wurde heiß und kalt. „Das ist ja hier!"

„Hey, irre", sagte Katrin, „dann haben wir es ja nicht weit bis zum Finanzamt."

„Ich weiß nicht, ob das eine gute Idee ist", sagte Lisa. „Mein Papa arbeitet da."

„Ist doch super! Der kann uns sagen, wer der Verantwortliche ist. Dann können wir genau an der richtigen Tür anklopfen."

„Ja", sagte Lisa, „super. Total."

21

Welches Arschloch spielte am frühen Morgen E-Gitarre? Jam wälzte sich unwillig auf dem Sofa herum. Eine Bierdose schepperte zu Boden.

„Hey! Ho! Let's go!", rief eine dünne Stimme. „Hey! Ho! Let's go!"

Er kannte den Text und er wusste, dass er jetzt etwas tun sollte. Er drehte sich um, fiel vom Sofa und krachte mit der Rippe auf die einzige noch volle Bierdose.

„Au", murmelte er.

Das Stimmchen sang weiter, aber erst bei ‚The Blitzkrieg Bop' wusste er, was los war.

Joey Ramones Stimme wies ihm den Weg zu seinem Smartphone, das irgendwo auf dem Fußboden vor sich hin blinkte. Er krabbelte unter den Couchtisch, nahm den Anruf an und rülpste hinein.

Schweigen. Dann: „Herr Kaczinski?"

Jam unterdrückte ein Würgen, denn der Rülpser hatte einen grauenvollen Nachgeschmack. „Ich kaufe nichts", sagte er.

„Oltmann hier. Steuerfahndung Hannover."

„Wie spät?"

„Was?"

„Uhrzeit."

„Elf Uhr zehn."

„Morgens?"

„Natürlich."

Jam schüttelte den Kopf, in der Hoffnung, dadurch ein wenig klarer zu werden. Fehlanzeige.

„Moment." Er ließ das Telefon fallen, wankte ins Bad, drehte die Dusche auf und hielt seinen Kopf darunter. Das kalte Wasser half.

Mit nassen Haaren kehrte er zum Telefon zurück. „Noch da?"

„Geht es Ihnen gut?"

„Nee. Muss an dir liegen." Er schluckte ein weiteres Bäuerchen im Ansatz herunter. „Was' los?"

„Nichts Besonderes. Ich wollte Sie nur in Kenntnis setzen, dass wir Ihre Komplizin soeben festgenommen haben."

„Red keinen Scheiß. Ich habe keine …" Mit einem Schlag war er wach. „Caro?"

„Wen denn sonst?", fragte Oltmann spitz. „Oder haben Sie noch mehr davon?"

„Das könnt ihr nicht machen!"

„Ich befürchte, wir haben da keinen Spielraum. Sie wird sich wegen vorsätzlicher Körperverletzung an einer Polizistin zu verantworten haben."

„Und als Steuerfahnder interessierst du dich natürlich brennend für die Geschichte."

„Ich würde sagen, sie war zur falschen Zeit am falschen Ort. Eigentlich war ich nur dabei, Ihr Studio zu beschlagnahmen."

Jam richtete sich auf. „Sag das noch mal."

„Die Wertgegenstände in Ihrer Villa unterliegen seit gestern einem dinglichen Arrest. Ich …"

„Fass. Meine. Instrumente. Nicht. An."

„Zu spät. Gerade habe ich eine Gitarre … Hoppla, runtergefallen! Kann man bestimmt kleben."

Jam biss die Kiefer fest aufeinander. „Was willst du?", zischte er.

„Ich könnte sicherlich ein gutes Wort für die Dame einlegen. Was halten Sie davon, wenn Sie vorbeikommen und wir das wie vernünftige Menschen klären? Wer weiß, vielleicht schaffe ich es sogar, Ihre Freundin aus der Sache rauszuhalten, wenn Sie mir ein bisschen helfen, die Aufmerksamkeit auf sich zu lenken."

„Du willst sie gegen mich eintauschen? Du dreckiger Hurensohn, ich werde dich …"

„Na, na, nichts sagen, was Sie später bereuen. Ich sehe Sie um siebzehn Uhr in meinem Büro. Siebzehn Uhr, hören Sie? Danach können Sie den Deal vergessen."

Ein Knacken. Oltmann hatte aufgelegt.

Jam starrte das Telefon an. „Dieser dreckige Hurensohn! Dieses miese, dreckige, hinterfotzige kleine Beamtenarschloch!"

Tom erschien im Türrahmen. „Was ist los?"

„So ein mieses, fieses, abgewichstes …"

„Ja, ja, schon kapiert. Von wem redest du?"

„Dieses räudige Schwein von Steuerfahnder. Er hat Caro, und er will, dass ich mich stelle, sonst wird sie eingebuchtet."

„Das kann er nicht machen."

„Hab ich ihm auch gesagt."

„Ernsthaft: Erpressung geht gar nicht!"

Jam warf die Hände in die Luft. „Schön, dass wir das geklärt haben! Das ist so hilfreich wie eine UN-Resolution."

„Nein, ich meine, das ist ungesetzlich."

„Bist du jetzt auf einmal Anwalt?"

„Ich nicht, aber Ringo."

„Ringo? Ringo ist … Du willst mich verarschen! Wir reden nicht von Ich-pisse-gegen-Polizeiwagen-Ringo?"

„Menschen ändern sich."

„Ja, aber …"

Tom hatte eine Nummer gewählt und brachte Jam mit einer Handbewegung zum Schweigen. „Andy? Hi, hier ist Tom. Wie schnell könnt ihr beide hier sein … Ach, schade. Ja, es ist dringend. Ein Notfall … Sage ich dir, wenn du da bist. Danke, Alter!"

Er legte das Handy auf den Tisch. „Ringo ist nicht da, aber Andy kommt. Du hast eine halbe Stunde, um nüchtern zu werden. Und zu duschen. Und dir die Zähne zu putzen."

„Mhm". Jam stand auf. „Was hat denn Andy mit Ringo zu tun?"

„Die beiden sind seit zwei Jahren verheiratet. Sag bloß, du hast nicht mitgekriegt, dass sie schwul sind."

„Hab mir nie Gedanken darum gemacht. Schwul ist okay. Aber Anwalt?" Jam schüttelte den Kopf und ging ins Bad.

Er duschte abwechselnd heiß und kalt, was grausam war, aber half. Er wusch sich die Haare, legte seinen blonden Undercut mit viel Gel und Widerwillen in etwas ähnliches wie eine Frisur und putzte sich die Zähne. Im Grunde hatte er keine Ahnung, warum er sich solche Mühe gab, aber er wusste, dass es wichtig war. Er vertraute Tom.

Er hielt mit der Zahnbürste inne. Caro und Tom. Den beiden. Mehr nicht.

Das war eine ziemlich miese Bilanz.

Er zuckte mit den Schultern und schrubbte weiter.

Einige Minuten später trat er wieder ins Wohnzimmer, immer noch nicht fit, aber wohltuend erfrischt.

Die Bierdosen waren verschwunden, dafür saß Andy neben Tom auf dem Sofa. Und Flo. Mark. Bongo.

Er hatte seine Überraschung schnell im Griff, riss die Arme hoch und hüpfte von einem Fuß auf den anderen wie weiland die Blues Brothers in der Kirche. „Die Band!", rief er, „wir bringen die Band wieder zusammen!"

Die fünf sahen ihn mit unbewegten Gesichtern an.

„Du bist peinlich", stellte Andy fest.

„Kannst du nicht ein Mal ernst sein?", fragte Bongo.

„Wieso denn? Ihr seid doch ernst genug für ein Staatsbegräbnis."

Tom hieb Bongo auf die Schulter. „Ich will ja nichts sagen, aber Benny hat sich nicht ein bisschen geändert."

Bongo öffnete den Mund und schloss ihn wieder.

„Hätte er aber sollen", sagte Flo.

Jam verschränkte die Arme. „Habt ihr mir nicht vorgestern Nacht gesagt, ich hätte mich zu sehr verändert?"

„Ja, aber … Nicht so!"

„Als ich euch vor Jahren das letzte Mal gesehen habe, habt ihr nichts ernst genommen, nicht die Welt, nicht die Band, und am wenigsten euch."

„Menschen ändern sich."

„Ich nicht."

„Du hast dich nicht verändert?" Mark lachte. „Komm schon!"

„Warum sollte ich? Ich hatte Kohle ohne Ende, ich konnte mich benehmen, wie ich wollte. Ich musste mich nicht ändern! Ich muss niemanden ernst nehmen!"

„Und für die Kohle hast du dich krummgelegt."

„Ich habe meine Musik gemacht. Das hätte ich auch ohne Kohle getan, genau das."

„Logo", sagte Andy, „die Auftritte, die Tourneen, die Interviews – alles total easy. Hättest du sowieso."

„Hättet ihr auch, wenn Volle Breitseite in den Charts gelandet wäre. Und sagt mir nicht, ihr hättet das nicht geil gefunden."

Die fünf schwiegen.

Andy kratzte sich am Kopf. „Ist was dran."

Tom schlug sich mit den Händen auf die Oberschenkel. „Schluss jetzt. Wir haben zu tun."

„Was denn?", fragte Jam.

„Caro rausboxen, was denn sonst", sagte Flo. Die anderen nickten.

„Caro?"

„Hast du Lack gesoffen? Die Blondine, mit der du hier aufgekreuzt bist."

„Ja, aber warum ..."

„Die ist cool", sagte Mark.

„Ja", sagte Bongo. „Bisschen rabiat, aber cool." Er zeigte auf sein blau angelaufenes Jochbein.

„Das war Caro?"

„Sie hat ungefähr das Gleiche gesagt wie du eben, aber ihre Wortwahl war ... nachdrücklicher."

„Aber cool", sagte Andy. Die anderen nickten.

„Ja", sagte Jam und musste sich setzen.

„Also", sagte Andy, „viele Grüße von Sven. Er wäre unheimlich gerne gekommen, aber er steigt gerade in den Flieger nach New York."

„Sven?", fragte Jam.

„Ringo", sagte Tom.

„Ah."

„Also, er lässt viele Grüße ausrichten und sagt, wir sollen nichts überstürzen. In acht Stunden ist er gelandet, und dann ..."

„Wir haben aber keine acht Stunden! Der Sack von der Steuerfahndung will mich um fünf in seinem Büro sehen, sonst wandert Caro in den Bau."

„Du willst dich doch nicht ernsthaft für sie opfern?", fragte Tom.

„Hast du eine bessere Idee?"

„Jede Idee ist besser. Am Ende vom Lied sitzt ihr beide im Knast."

„Ich werde hier nicht rumsitzen und nichts tun."

„Glaubst du, wir sind auf eine Partie Bridge hier?", fragte Bongo.

„Natürlich werden wir etwas tun."

„Und was?"

„Mann, weiß ich doch nicht!"

„Ach, Scheiße, ich werde hier nicht einfach rumsitzen!" Jam sprang auf und griff nach seiner Jacke.

„Super", sagte Andy, „der feine Herr geht seine eigenen Wege und lässt seine Kumpels sitzen. Mal wieder."

„Mann, du hast doch keine Ahnung."

„Du auch nicht", sagte Tom und zog ihn am Ärmel herunter. „Setz dich hin und halt die Klappe. Und alle anderen auch. Ich will nur konstruktive Ideen hören."

Stille.

„Okay", sagte Tom, „lasst uns mal die Fakten zusammentragen."
Er zählte an den Fingern ab. „Erstens, Caro sitzt auf einer Polizeiwache mit einem Haftbefehl wegen Körperverletzung. Zweitens,
Jam hat Beef mit der Steuer und auch einen Haftbefehl. Drittens,
der Steuerfahnder will unbedingt Jam in die Finger kriegen und dafür notfalls Caro sausen lassen. Was sagt uns das?"

„Dass ich dem Drecksack gebe, was er will, und gut ist", sagte
Jam.

„Quatsch", sagte Bongo. „Dem Typen kannste nicht trauen."

„Wir könnten dem Typen sagen, dass du dich stellst, wenn er
Caro vorher freilässt. Und dann gehst du einfach nicht hin."

„Flo, der Vorschlag ist so bescheuert, der hätte von mir sein können", sagte Jam. „Nett, aber bescheuert."

Flo verschränkte die Arme. „Irgendwer was Besseres?"

„Kaution?", fragte Andy.

„Was?"

„Wie wär's, wenn wir für Caro Kaution stellen? Einfache Körperverletzung. Kann doch nicht so viel sein."

„Ich bin pleite!", sagte Jam und hob die Hände. „Plei-te!"

„Aber wir nicht", sagte Mark. Die anderen nickten.

„Was?", fragte Jam. „Ihr wollt ... Ehrlich?"

Nicken.

„Und das würdet ihr wirklich für mich tun?"

„Scheiße, nein!", sagte Andy. „Aber für Caro."

Tom sah auf die Uhr. „Dann aber schnell, bevor die Banken zumachen."

22

Die Fahrt zum Polizeirevier verlief ruhig. Sehr ruhig. Caro war das nur recht, sie hatte keine Lust auf die selbstgefälligen Sprüche des Finanzbeamten. Der Polizist schien beschlossen zu haben, sich aus der Angelegenheit so weit wie möglich herauszuhalten. Eine weise Entscheidung.

Auf dem Polizeirevier wurde Caro als Erstes erkennungsdienstlich behandelt: Fingerabdrücke, Fotos von vorne, links und rechts, Gewicht, Körpergröße – das volle Programm.

Von dort ging es in den Vernehmungsraum, in dem sie bereits ein akkurat gescheitelter Enddreißiger im grauen Anzug erwartete. Er erhob sich, als sie eintrat, gab ihr die Hand und stellte sich als ihr Strafverteidiger vor. Dr. Peter Schmidt-Strasser stand auf der Visitenkarte, die er mit elegantem Schwung aus seiner Brusttasche zog und ihr hinhielt.

„Danke, dass Sie so schnell kommen konnten", sagte Caro und setzte sich mit ihm an den Tisch.

„Danke, dass Sie so umsichtig waren und mich gleich angerufen haben."

„Schön", sagte der Kriminalpolizist auf der anderen Seite des Tisches, „wenn jetzt jeder jedem gedankt hat, können wir dann mit der Vernehmung anfangen?"

„Meine Mandantin wird zum jetzigen Zeitpunkt keine Einlassung zum Tatvorwurf vornehmen."

Der Polizist seufzte. „Ernsthaft?"

„Ernsthaft. Kein Wort."

Er sah Caro an, die nur mit dem Daumen auf ihren Anwalt deutete.

Der Polizist klappte die Akte zu und stand auf. „Ich lasse Ihre Mandantin dann bis zur richterlichen Anhörung in den Zellentrakt verbringen."

„Gut", sagte Schmidt-Strasser und stand auf. „Ich werde mich derweil um Akteneinsicht kümmern."

Caro wurde in eine Zelle geführt, einen kargen, beige gekachelten Raum mit einem kleinen Fenster hoch oben in der Wand – natürlich vergittert.

Unter dem Fenster befand sich ein gemauerter Absatz von ein mal zwei Metern, auf dem eine gummiummantelte Matratze lag. In einer Ecke des Raums stand eine Kloschüssel aus Edelstahl ohne Brille und Deckel, in der anderen war ein ebenfalls stählernes Handwaschbecken montiert.

Eine Polizistin brachte ihr eine Decke und einen Pappbecher mit erstaunlich gutem Kaffee. Sie setzte sich auf die Matratze, lehnte sich an die Wand und zog die Beine an, dann trank sie ihren Kaffee und dachte nach.

Das war's dann wohl. So schnell kam sie hier nicht wieder raus.

Konnte sie Al von hier aus verfolgen?

Nein.

Konnte sie auf Jam aufpassen?

Nein.

Konnte sie von hier aus den Prozess um Magnus gewinnen?

Verdammt, nein.

Diese Schlacht hatte sie verloren, selbst wenn sie hier wieder rauskäme.

Sie legte die Stirn auf die Knie. Nein. Sie hatte schon verloren, als der Haftbefehl ausgestellt wurde. Als die Polizistin bewusstlos vor der Terrassentür umkippte.

Als sie den Job bei Jam angenommen hatte.

Eine Träne lief ihr über die Wange. Es fühlte sich seltsam an. Aber nicht falsch.

23

„Ich halte das immer noch für eine miese Idee", sagte Tom. „Total bescheuert."

Sie saßen in Toms VW Golf und bretterten auf der A2 Richtung Hannover, so schnell die altersschwache Kiste sie ließ, Tom und Flo vorne, Jam hinten.

Jam stützte die Unterarme auf die Sitzlehen und lehnte sich vor. „Deshalb ist es der Plan B. B wie bescheuert. B wie ‚wenn A nicht klappt'."

„Wenn A nicht klappt, macht B es nur schlimmer", beharrte Tom.

Jam ballte die Faust. „Aber ich kann nicht herumsitzen und nichts tun, während Caro für meine Fehler büßt!"

„Und da meinst du, wenn sie schon in ein offenes Messer läuft, dann läufst du am besten gleich in das nächste", sagte Flo, der auf dem Beifahrersitz saß.

„Mann, freu dich doch einfach mal, dass ich so was wie Verantwortungsgefühl zeige!"

„Würde ich ja, wenn es nicht so hirnrissig wäre. Typisch Benny."

Jam deutete nach vorne. „Da müssen wir runter auf die A7."

„Weiß ich", sagte Tom und setzte den Blinker.

„Sind die anderen schon da?"

„Weiß ich nicht."

„Andy hat Svens Mercedes. Der dürfte schon längst in Hannover sein", sagte Flo.

„Sven?"

„Ringo."

Jam schnaubte. „Ringo fährt Mercedes."

„Was fährst du denn so?"

„Das Letzte war ein Maserati."

„Ach nee."

„War geklaut."

Flo schwieg.

Knapp zwanzig Minuten später hielten sie vor dem Finanzamt und warteten auf den vereinbarten Anruf von Team A.

Team A war langsam gestartet, hatte auf der Autobahn mit Zweidrittelmehrheit entschieden, dass einhundertzwanzig als Reisegeschwindigkeit nicht zielführend war, und Andy auf die Rückbank verbannt. Mit Bongo am Steuer und Mark als Kopilot waren sie jetzt zwar jenseits der zweihundert unterwegs, wussten aber immer noch nicht genau, wo sie hinwollten. Mark und Andy telefonierten gleichzeitig und versorgten Bongo mit widersprüchlichen Informationen, sodass sie erst die Justizvollzugsanstalt im Norden Hannovers ansteuerten, dann das Landgericht am Hauptbahnhof und schließlich das Amtsgericht. Das lag zwar ganz in der Nähe, aber sie mussten ewig nach einem Parkplatz suchen.

Die drei stürzten ins Gerichtsgebäude. „Da lang!", rief Mark und sprintete zum Infoschalter. Völlig außer Atem ließ er sich gegen den Tresen fallen. „Wo ...", japste er, „wo sind die Haftprüfungen?"

„Die was?"

„Sie wissen schon. Haftbefehl, eingebunkert, Vorführung vorm Richter."

„Ach, die richterliche Anhörung. Name?"

„Mark Eisenhart."

Der Beamte tippte etwas in seinen Computer. „Haben wir hier nicht."

„Was? Ich ... Ach so, den Namen des Häftlings."

„Des Beschuldigten. Ja, natürlich, welchen denn sonst?"

„Caro."

„Und weiter?"

Mark sah sich hilfesuchend nach seinen Kumpels um, aber die zogen nur die Schultern hoch. „Moment bitte", sagte er.

„Wieso weiß keiner von euch, wie sie mit Nachnamen heißt?", fragte Bongo.

„Weißt du's denn?"

„Ich rufe Jam an."

Er stellte das Telefon auf Mithören, und die drei steckten die Köpfe zusammen. Jam ging schon nach dem ersten Klingeln dran. „Ist sie raus?", fragte er.

„Wir arbeiten dran."

„Mann, es ist schon halb fünf! Was habt ihr die ganze Zeit gemacht?"

„Wie heißt sie?"

„Wer?"

„Caro."

„Na, Caro."

„Und ihr Nachname?"

Schweigen. „Verdammt."

„Sie hat dir nie ihren Nachnamen gesagt?"

„Klar, hat sie."

„Denk nach!"

„Himmel, stress mich nicht!"

„Wer weiß den Namen sonst noch?"

„Ich habe eine Idee. Warte mal." Es knackte kurz, dann piepte es und eine freundliche Stimme sagte „Bitte warten" und wiederholte das einige Male. Dann knackte es wieder und Jam sagte: „Carolin Christensen."

„Super. Wen hast du gefragt?"

„Den Steuerfahnder."

Bongo lachte. „Den, der dich einbuchten will? Du hast Chuzpe, das muss man dir lassen."

„Quatsch keine Opern, mach los jetzt!"

Sie nannten den Namen am Infoschalter, erfuhren eine Zimmernummer und eine Zeit. Andy sah auf die Uhr. „Das war vor fünf Minuten!"

Eilig liefen sie die Treppe hinauf und stürmten den Flur entlang.

„Hier ist es!", rief Mark.

Sie klopften und traten ein.

Vier Augenpaare starrten sie an, als sie sich verlegen in den Raum stahlen: Der strenge Blick des Richters, dessen Missbilligung über die Störung ihm deutlich ins Gesicht geschrieben stand. Dann die überraschte Caro und neben ihr ein Mann mit Seitenscheitel, der nicht zu wissen schien, ob die Neuankömmlinge Gutes oder Schlechtes verhießen, ebenso wie ein weiterer Anzugträger, offenbar der Staatsanwalt.

„Dies ist eine richterliche Anhörung, und sie ist nicht öffentlich. Bitte verlassen Sie den Sitzungssaal", sagte der Richter.

Mark winkte ab und stützte sich mit den Armen auf die Oberschenkel, bis er wieder bei Atem war. „Nur ganz kurz, Euer Ehren", keuchte er.

Der Richter zog die Stirn noch weiter in Falten. Er wendete sich an den anderen Mann. „Herr Verteidiger, haben Sie diese Herrschaften bestellt?"

Der Angesprochene schüttelte den Kopf. „Natürlich nicht."

Mark hob den Finger. „Euer Ehren, dürfte ich etwas sagen?"

„Herr Vorsitzender", zischte Andy.

„Was?"

„Es heißt ‚Herr Vorsitzender', nicht ‚Euer Ehren'."

„Oh, sorry ... Herr Vorsitzender, dürfte ich ganz kurz was sagen?"

„Eigentlich nicht, aber ich glaube, vorher werde ich Sie nicht los. Was wollen Sie?"

„Wir würden für Frau ..."

„Christensen", zischte Bongo.

„... Christensen gerne Kaution stellen. Also, damit sie rauskommt. Wir haben ..."

„Zweiundzwanzigtausend", zischte Andy.

„... Zweiundzwanzigtausend Euro aufgetrieben. Das müsste doch reichen, oder?"

„Jungs, ihr habt einen Knall", sagte Caro gerührt.

Der Richter wirkte nicht gerührt, aber auch nicht mehr verärgert. Er verschränkte die Finger und legte die Hände auf den Tisch. „Ihr Vorhaben ehrt Sie, aber im vorliegenden Fall kommt das leider nicht in Frage."

„Aber warum nicht?"

„Wie ich bereits erwähnte, ist dies eine nicht öffentliche Anhörung, insofern kann ich Ihnen das leider nicht beantworten."

Caro lehnte sich zu ihrem Verteidiger und tuschelte ihm etwas zu, worauf dieser das Wort ergriff. „Herr Vorsitzender, meine Mandantin möchte darum bitten, den drei Herren die Anwesenheit im Saal zu gestatten."

Der Richter sah den Staatsanwalt an. „Einwände?"

„Nein, Herr Vorsitzender."

„Also, bitte", sagte der Richter und deutete auf den Zuschauerbereich. „Setzen Sie sich."

Nachdem die drei Platz genommen hatten, fuhr er fort: „So, wo waren wir stehengeblieben, als wir unterbrochen wurden?"

Es schien, als hätten sie gerade erst angefangen, zumindest spulte der Richter in aller Seelenruhe die Formalien ab. Bongo, Mark und

Andy saßen auf glühenden Kohlen: zehn vor fünf und kein Ende in Sicht.

Endlich kam der Richter zur Sache: „Als Haftgrund liegt Fluchtgefahr vor, und in Anbetracht der Tatsache, dass die Beschuldigte sich der Festnahme bereits durch Flucht entzogen hat, ist diese Gefahr nicht von der Hand zu weisen. Nach Paragraph einhundertsechzehn der Strafprozessordnung kann der Vollzug des Haftbefehls ausgesetzt werden, wenn weniger einschneidende Maßnahmen zum selben Zweck ergriffen werden können. Das vermag ich hier nicht zu sehen, und insbesondere die Festsetzung einer Sicherheitsleistung, und damit meine ich die Kaution" – er sah die drei über den Rand seiner Brille hinweg an – „erscheint mir nicht geeignet. Frau Christensen war gemeinsam mit einem bekannten Multimillionär untergetaucht, sodass nicht angenommen werden kann, dass die Sicherheitsleistung ausreicht, eine erneute Flucht zu verhindern." Er sah wieder in den Zuschauerraum. „Salopp gesagt: Die Zwanzigtausend zahlt der gute Mann aus der Portokasse."

Er klappte seine Unterlagen zu. „Ich verfüge hiermit, dass die Beschuldigte Carolin Christensen bis zum Beginn der Hauptverhandlung in Untersuchungshaft verbleibt. Die Sitzung ist geschlossen."

„Tut mir leid", sagte der Verteidiger zu Caro. „Ich hätte gerne etwas anderes für Sie herausgeholt."

„War wohl unter diesen Umständen nicht zu erwarten."

„Wenn Sie erlauben, werde ich an der Sache dranbleiben und schauen, was ich noch machen kann."

„Ja, aber …", rief Mark.

Der Richter sah ihn an. „Sie haben Glück, dass die Sitzung bereits geschlossen ist. Was wollen Sie?"

„Wie kommt es dann, dass Caro … Frau Christensen aus der Haft entlassen werden kann, wenn sich ihr Begleiter stellt?"

„Wer hat Ihnen denn den Blödsinn erzählt? Solche Sachen mögen in amerikanischen Gerichtsfilmen vorkommen oder meinetwegen auch bei Barbara Salesch, aber nicht hier. Frau Christensen bleibt unser Gast, und wenn Sie mir Freddy Krüger persönlich zum Tausch anböten."

„Der Steuerfahnder, der …"

„Ein Steuerfahnder? Na, der sollte es wirklich besser wissen." Er stand auf. „Ganz dünnes Eis, auf dem sich der Kollege bewegt. Ganz dünnes Eis."

„Ihr wisst, was zu tun ist", sagte Lisa. Es war eine Feststellung, keine Frage. Die anderen Mädchen nickten.

„Kein Gekreische, kein Singen, kein Krach", schärfte sie ihnen ein. „Wir fliegen sonst schneller raus, als wir drin sind. Wir gehen da zusammen rein, ich frage meinen Vater, wer für Jams Fall zuständig ist, und dann gehen wir dort hin. Alles klar?"

Die Mädchen nickten wieder.

„Was ist mit der Presse?"

Eine etwas abseits stehende junge Frau hob gelangweilt die Hand. Es war nur die Praktikantin des Lokalblatts, aber besser als nichts. Und Jessica würde Fotos für Facebook und das Fanforum machen.

„Gut. Dann los!" Sie betraten das Finanzamt und machten sich auf den Weg in den dritten Stock.

Dort angekommen postierten sie sich vor Papa Oltmanns Büro. Lisa bedeutete den Mädchen ruhig zu sein, dann atmete sie tief durch und klopfte an.

Zur gleichen Zeit auf dem Parkplatz des Finanzamts schlug Jam aufs Armaturenbrett. „Jetzt langt's", sagte er und stieß die Autotür auf. „Ich gehe rein."

„Die rufen bestimmt gleich an."

„Und wenn nicht?" Er stieg aus, die anderen beiden folgten ihm. „Fünf vor fünf. Wir müssen uns beeilen."

Sie fragten sich zu Oltmanns Büro durch. Schon vom anderen Ende des Flurs sahen sie, dass eine Gruppe von Menschen sich vor Oltmanns Tür drängte. Sie hielten Transparente und ein Spruchband. Beim Näherkommen erkannten sie Sätze wie ‚Freiheit für Jam', ‚Rettet BTL' und ‚Jam ist unschuldig'.

„Ach du Scheiße", sagte Jam. „Was wollen die hier?"

„Siehst du doch", sagte Tom, „dich retten."

„Die bringen es fertig und ruinieren alles. Wenn die mich erkennen, bin ich geliefert!"

„Mann, das sind deine Fans!"

„Die sind wie Miezekatzen: Einzeln fluffig und niedlich, aber im Rudel tödlich!"

Tom sah prüfend zu der Gruppe. „Kleines Rudel."

„Ja, geht noch. Kriege ich deinen Hoodie?"

Tom zog seine Kapuzenjacke aus und gab sie Jam. Der streifte sie über und zog die Kapuze tief ins Gesicht. Dann ging er entschlossen auf Oltmanns Büro zu, Tom und Flo dicht hinter ihm.

Jam schob sich mit gesenktem Kopf durch die Gruppe und klopfte an Oltmanns Tür. Er öffnete sie ein Stück weit, schaute hinein und schloss sie dann wieder. „Besetzt. Warten.", raunte er den anderen beiden zu. Er stellte sich dicht zu ihnen, damit sie ihn vor der Meute abschirmten.

„Weiß gar nicht, was du hast", murmelte Flo. „Die sind noch nicht mal ausgewachsen."

„Das sind die Schlimmsten", brummte Jam.

„Die Rothaarige da ist echt scharf."

„Bitte, versuch dein Glück. Aber lass mich aus dem Spiel!"

Die Bürotür ging auf und ein blondes Mädchen kam heraus. Die anderen Teenies verstummten, alle Augen richteten sich auf sie.

„Er kann mir nichts sagen, wegen Datenschutz und weil es ein schwebendes Verfahren ist."

Die Mädchen murrten, und Jam nutzte die Unruhe, um unerkannt an der Blonden vorbei ins Büro zu rutschen.

„Und was machen wir jetzt?", fragte die Rothaarige.

Die Mädchen begannen, leise zu diskutieren und entfernten sich einige Schritte von der Tür.

Toms Mobiltelefon klingelte. „Was ist?", fragte er. „Habt ihr sie raus?"

Er lauschte angestrengt. Flo versuchte mitzuhören, konnte aber über das Getuschel der Mädchen nichts verstehen.

„Oh", sagte Tom. „Dieser Drecksack!"

Flo wedelte vor Toms Gesicht, aber der beachtete ihn nicht.

„Nee", sagte Tom, „zu spät. Ist schon drin. Ja, mache ich." Er steckte das Telefon weg, riss die Bürotür auf und rief: „Benny! Der Arsch hat dich reingelegt!"

„Was?"

„Es gibt keinen Deal!"

„Sag mal, das ist doch …" Es rumpelte im Büro. Ein Stuhl fiel um. „Lass mich los, du mieser …"

„Oh nein! Sie werden hierbleiben! Sie sind festgenommen!"

„Fick dich ins Knie!"

„Kommen Sie zurück! Im Namen des Gesetzes!"

Jam kam aus dem Büro geschossen, den Mittelfinger nach hinten ausgestreckt, und pflügte durch seine Rettungsdemo. Tom und Flo hängten sich ihm an die Fersen.

Oltmann trat in die Bürotür und schüttelte die Faust. „Kommen Sie zurück, Kaczinski! Jam! Ich werde Sie drankriegen, Sie und Ihre verdammte Band, und wenn es das Letzte ist …" Er erblickte die Schar fassungsloser junger Mädchen. „Oh", sagte er.

Lisa löste sich aus der Gruppe, unverhohlene Mordlust im Blick. Sie stürmte auf ihren Vater zu und trat ihm vor das Schienbein, so fest sie konnte.

24

Da sie in Hannover nichts mehr ausrichten konnten, fuhren Jam und die anderen zurück nach Berlin und trafen sich in Toms Wohnung.

„Wir sollten warten, bis Sven zurück ist", sagte Andy. „Der ist Anwalt, der müsste wissen, was wir für Caro tun können."

„Da pfeif ich drauf", grollte Jam und warf sich auf das Sofa. „Wäre es so ein toller Anwalt, hätte er uns schon vorher gesagt, dass die ganze Aktion für'n Arsch ist."

„Woher hätte er das wissen sollen? Du kannst froh sein, dass er sich um die Sache kümmern will."

„Total. Kann er sich in den Arsch stecken. Huch, nein, das ist ja dein Job."

Andy stand einen Moment reglos da, dann schüttelte er den Kopf und lachte. „Mann, du warst schon immer ein blöder Wichser, aber das hier schlägt alles." Er drehte sich um und ging. Bongo und Mark folgten ihm wortlos.

Jam sah Flo an. „Und, was ist mit dir, worauf wartest du?"

„Dafür, dass wir dir gerade unsere gesamten Ersparnisse opfern wollten, reißt du hier ganz schön das Maul auf."

„Zwanzigtausend. Lächerlich."

„Du bist kein Punk, du bist kein Popstar, du bist einfach nur ein Arschloch." Flo erhob sich, aber Tom hielt ihn zurück.

„Ich glaube nicht, dass du es bist, der gehen sollte", sagte er.

Jam zog die Augenbrauen hoch. „Du schmeißt mich raus?"

„Du polterst nach sieben Jahren hier herein, verwüstest mir die Bude und kotzt mir ins Bad. Die ganze Wohnung stinkt nach verschüttetem Bier, das ich auch noch bezahlen durfte. Und jetzt trittst du den Leuten in den Arsch, die dir helfen wollten, trotz des Scheiß, den du damals angestellt hast? Ich hätte dich schon längst rausschmeißen sollen."

Jam schwieg für einige Sekunden. „Okay", sagte er und stand auf. Er nahm seine Gitarre und das letzte Sixpack Bier und ging.

Wäre doch gelacht, wenn er nicht auch alleine klarkäme. Er brauchte Tom nicht. Berlin kannte er wie seine Westentasche, er war immer irgendwo untergekommen.

Nur wo? Er blieb stehen.

Bongo, Andy und Konsorten schieden aus, klar. Hotte war damals schon raus aus Berlin, nach seinem Entzug. Heike?

Gute Idee. Heike, sommersprossig und stupsnasig, war nicht nur eine Augenweide, sie hatte auch eine Wohung im Zentrum.

Er zählte sein Geld. Warum so wenig? Es sollte doch noch aus Düsseldorf ...

Er seufzte. Das Geld von seinen Eltern und von der Straßenmusik in Düsseldorf hatte Caro. Natürlich.

Also schwarzfahren. Und nicht erwischen lassen. Gut, dass die Kontrolettis schon auf eine Meile zu erkennen waren.

Haltestelle Savignyplatz, um die Ecke in die Knesebeckstraße.

Fehlanzeige. Heikes Name stand nicht mehr auf dem Klingelschild. War es der richtige Eingang? Er sah bei den Nachbarhäusern nach. Nichts.

Hatte sie vielleicht geheiratet und einen anderen Namen? Dann war er als verflossener Gelegenheitslover sicher so willkommen wie die Pocken.

Er kicherte und dachte nach. Ein paar Namen fielen ihm ein, einige verwarf er sofort, die anderen recherchierte er erst einmal auf dem Smartphone.

Viele bekam er nicht zusammen – kein Wunder; seine damals besten Freunde hatte er gerade gründlich vergrault. Und die verbliebenen?

Die meisten waren nicht aufzufinden. Er erinnerte sich noch an zwei Adressen in der Nähe, aber die führten zum gleichen Ergebnis wie bei Heike.

Jam setzte sich auf eine Bank im winzigen Park am Savignyplatz und dachte nach. Gut, dann eben alleine. Kein Problem.

Er schlenderte zum Ku'damm, stellte sich mit der Gitarre an die Kaiser-Wilhelm-Gedächtniskirche und sang, ‚Americal Pie‘.

Die Passanten eilten vorüber. Mancher schenkte ihm einen flüchtigen Blick, kaum einer blieb stehen.

Er sang unverdrossen weiter, aber je länger er das tat, umso mieser fühlte er sich. The day the music died – der Tag, als die Musik starb.

Er hielt das Lied bis zum Ende durch und versuchte es dann mit ‚Safety Dance' von den Men Without Hats. Das klappte, weil es einigermaßen emotionslos gesungen wurde, aber Spaß machte es nicht. ‚Flieger, grüß mir die Sonne' funktionierte, aber auch hier blieben kaum Leute stehen. Lag es an den Berlinern? Quatsch. Jam konnte Steine zum Tanzen bringen.

Es lag wohl an ihm.

Er versuchte noch zwei, drei Songs, dann gestand er es sich ein: Er hatte sein Mojo verloren.

Aber warum? Nur weil er keine Kohle mehr hatte?

Blödsinn.

Es begann zu regnen. Er griff sich seine Gitarrentasche, in der nur wenige Münzen gelandet waren, und ging in eine U-Bahn-Unterführung. Dort setzte er sich an die Wand und begann, gedankenverloren auf der Gitarre zu klimpern.

Also, woran lag es?

Seine Freunde? Wohl kaum, die hatte er die letzten Jahre auch nicht gesehen. Caro? Er vermisste sie, klar, aber er kannte sie doch erst ein halbes Jahr.

Er gab es auf, starrte auf die gekachelte Wand ihm gegenüber und überließ es der Gitarre, über die Schlechtigkeit der Welt zu klagen.

Irgendwann schmerzte sein Hintern vom Sitzen auf dem harten Boden. Er stand auf und stellte verwundert fest, dass sich auf der Gitarrentasche eine Menge Münzen angesammelt hatte. Genug auf jeden Fall für einen Döner und ein Bier.

Es regnete immer noch, und so hastete er mit eingezogenem Kopf durch die Nebenstraßen, auf der Suche nach einem billigen türkischen Imbiss. Er fand einen, aß lustlos, trank ein Bier dazu und suchte ein Quartier für die Nacht. Er versuchte es auf einer Bank in einer U-Bahn-Station, wurde vertrieben, fand einen offenen Hauseingang und schlief im Flur, den Kopf auf der Gitarre.

Am nächsten Tag war es trocken, also setzte er sich vor das Europa-Center und überließ wieder seinen Fingern die Arbeit. Es reichte für eine Pizza mittags, ein Burgermenü abends und ein Sixpack. Wenig, aber er hatte sich auch nicht viel Mühe gegeben. Abends versuchte er es im Hauseingang vom Vortag, aber diesmal war abgeschlossen. Er schlief auf einer Parkbank und fror.

Am dritten Tag setzte er sich auf den Alexanderplatz. Es kam kaum etwas zusammen, und es dauerte Stunden, bis er merkte, dass er gar nicht spielte. Mit knurrendem Magen rollte er sich in einem Kaufhauseingang zusammen, wurde von einem Penner vertrieben und schlief im Sitzen auf einer Bank am Ku'damm ein.

Am vierten Tag achtete er darauf, dass er wirklich spielte, denn er hatte Hunger. Kaum hatte er ein paar Euro beisammen, lief er zur nächstens Discountbäckerei, kaufte ein belegtes Brötchen und schlang es hinunter.

Am Abend stellte er fest, dass er den ganzen Tag lang kein einziges Wort gesagt hatte. Er sagte: „Scheiße". Zum einen, weil das seine Lage ganz gut beschrieb, zum anderen, um sich etwas sagen zu hören.

Der fünfte Tag war wie der vierte, nur beschissener.

Am sechsten Tag ging es ihm besser, bis er merkte, dass er nur abgestumpft war.

Am siebten Tag spielte er ganz ordentlich, aber trotzdem kam kaum jemand zu ihm, um eine Münze hinzuwerfen. Er fragte sich, warum.

Jemand sagte: „Du stinkst erbärmlich!"

Das mochte der Grund sein.

„Los, komm schon, steh auf."

„Lass mich", krächzte er.

„Eine Rasur brauchst du auch, und deine Klamotten können wir nur verbrennen."

Er spielte weiter, ließ seine Finger über die Gitarre tanzen. Toccata und Fuge in d-Moll. Drama, Baby.

„Willst du hier ewig sitzen?"

Er verhaspelte sich bei den Arpeggios. Mist.

Er blinzelte in die Sonne, um zu sehen, wer ihn nervte.

Fata Morgana.

Er zwinkerte und schüttelte den Kopf.

Immer noch Fata Morgana.

Er wollte etwas sagen, hatte aber einen Frosch im Hals. Er räusperte sich. „Du bist im Knast!"

„Nicht mehr."

Jam ließ die Gitarre sinken. „Caro?"

„Wer denn sonst?"

Er stemmte sich hoch. „Caro! Was machst du hier?"

„Dich suchen! Hast du eine Ahnung, wie lange ich schon durch Berlin laufe?"

„Aber … Wie … Oh Gott, bin ich froh, dich zu sehen!"

Er fiel ihr um den Hals, doch sie wehrte ihn ab. „Bin ich auch, aber du müffelst wirklich furchtbar. Los, komm mit."

Er sah an sich hinunter: Die Jeans speckig und stinkend von verschüttetem Bier, das T-Shirt ausgeleiert und fleckig, der Jackenärmel halb abgerissen von einem wütenden Penner, und seine Hände so dreckig, als hätte er einen Friedhof mit bloßen Händen umgegraben.

„Tschuldigung", sagte er, „hab mich wohl ein bisschen hängen lassen."

Caro seufzte. „Gehen wir."

„Aber wir können nirgends hin. Tom hat mich rausgeschmissen."

„Mit Recht. Also sei ihm dankbar, dass er dich jetzt wieder reinlässt."

Jam nickte und war es. Ganz ehrlich.

Tom war nicht zu Hause, worüber Jam froh war. Er wäre ihm nach seinem letzten Auftritt nicht gerne unter die Augen getreten. War das wirklich erst eine Woche her?

Er duschte sehr lange und sehr heiß, genoss die Wärme und den Luxus von Duschgel, Shampoo und einem weichen Handtuch. Dann rasierte er sich, und mit jedem Streifen Bart, der ins Waschbecken fiel, wurde er weniger Penner und mehr er selbst.

Seine Reisetasche war bei Tom geblieben, und so konnte er zu guter Letzt sogar in saubere Klamotten schlüpfen. Die anderen stopfte er in einen Plastiksack, verschnürte ihn und warf ihn in den Müll.

„Und, geht's jetzt wieder?", fragte Caro.

Jam zuckte lässig mit den Schultern. „So schlimm war's nicht."

„Du bist ein schlechter Lügner."

„Warum bist du nicht mehr im Knast?"

„Hatte keine Lust mehr."

„Du bist eine schlechte Lügnerin."

„Mein Anwalt hat sich ordentlich reingehängt. Er hat die beiden Polizisten aufgetrieben, die uns vor Als Villa gestellt haben, und sie in die Zange genommen. Die Polizistin musste zugeben, dass ich sie nicht niedergeschlagen habe, sondern dass sie gegen die Türkante gerannt ist, und der Polizist, dass ich ihm zwar die Waffe abgenommen habe, aber ihn nicht damit bedroht habe."

„Und damit bist du jetzt aus dem Schneider?"

„Das nicht, aber der Richter hat entschieden, dass das nicht mehr reicht, um mich einzusperren."

„Cool."

Sie saßen eine Weile schweigend auf dem Sofa.

„Sag mal", sagte Caro, „habt ihr wirklich zwanzigtausend Euro für meine Kaution gesammelt?"

Jam nickte. „Jup. Also, ich nicht, aber die anderen."

„Du weißt schon, dass du echt gute Freunde hast?"

„Ich nicht, du. Sie haben das nur für dich gemacht."

„Natürlich. Ist klar."

„Egal. Spätestens jetzt habe ich es eh vergeigt."

„Mit einer Tafel Schokolade kriegst du das auf jeden Fall nicht aus der Welt geschafft."

„Kiste Bier?"

„Idiot."

Sie schwiegen wieder.

„Mein Mojo ist weg", sagte Jam.

Caro sah auf. „Was?"

„Mein Mojo ist weg."

„Mojo?"

„Futsch."

„Was ist ein Mojo?"

„Meine Seele. Meine Musik."

„Du meinst, du kannst nicht mehr spielen?"

„Spielen schon. Aber es sind nur noch Töne. Sie leben nicht."

„Oh. Das kommt bestimmt wieder. Oder?"

„Keine Ahnung. Ist mir noch nie passiert."

„Woran liegt's?"

Jam zuckte mit den Schultern.

Wieder eine Pause. Caro rutsche nervös von einer Seite auf die andere, bis sie herausplatzte: „Ich weiß, wo Al ist."

„Echt?" Er wirkte nicht sonderlich interessiert.

„Ja, echt. Er sitzt in einem kleinen, aber exklusiven Ort in der Schweiz und lässt es sich gutgehen."

„Schweiz. Aha."

„Du rastest ja richtig aus vor Begeisterung."

„Klar. Juhu."

„Mann, jetzt haben wir ihn am Wickel!"

„Einen Scheiß haben wir. Du glaubst doch nicht, dass der das Geld freiwillig rausrückt? Ich habe praktisch keine Beweise, dass es meins ist."

„Die brauchst du nicht. Das Geld ist auf einem Nummernkonto auf den Cayman Islands. Kennst du die Geheimnummer, hast du die Kohle."

„Und du meinst, dann besuchen wir Al in seinem schnuckeligen Hotel in der Schweiz und fragen ihn höflich nach der Nummer."

„So in der Art." Sie öffnete ihre Reisetasche und zog zwei schwarze, gut daumendicke Stäbe heraus. Ungefähr zwei Handbreit vom Ende entfernt setzte ein Quergriff an, an dem Caro die Stäbe hielt. Die langen Enden der Stäbe lagen an ihren Unterarmen an, das kürzere Ende ragte über ihre Fäuste hinaus.

„Bullenknüppel?", fragte Jam.

„Tonfas. Mehrzweck-Einsatzstöcke." Sie schwang die Arme in einer fließenden Bewegung und ließ die Stöcke vor ihrem Oberkörper wie Propeller um die Griffe kreisen, so schnell, dass die Stöcke sirrten und Jam sie nur noch schemenhaft erkennen konnte. Dann riss sie einen Arm nach oben und den anderen nach vorne. Der obere Stock lag wie zuvor an ihrem Unterarm, während der untere mit dem langen Teil nach vorne ragte. Sein Ende befand sich einen Fingerbreit vor Jams Nase. Er zuckte keinen Millimeter zurück.

„Er wird es rausrücken.", wiederholte sie und ließ die Tonfas sinken. „Glaub mir."

„Wow", sagte er. „Du siehst aus wie die Braut aus Kill Bill, wenn du so was machst. Ohne Scheiß."

„Also, bist du dabei?"

„Nee." Er stand auf und holte ein Bier aus den Vorräten, die er bei seinem Rausschmiss hinterlassen und die Tom sorgfältig an der Wand aufgestapelt hatte. „Auch eins?"

„Was heißt das? Willst du es Al nicht heimzahlen?"

„Mann, was soll das denn bringen? Du brichst ihm den Kiefer, ich trete ihm in die Eier. Er rückt das Passwort raus, und wenn wir zehn Minuten später bei der Bank anrufen, wird das Konto leer sein. Oder glaubst du, der Mann hat keinen Plan B? Das Einzige, das dabei rauskommt, ist, dass wir im Knast sind und die Kohle ist ganz weg. Jippie."

„Aber wir können ihn doch nicht einfach davonkommen lassen!"

„Glaub mir, ich habe mir den Kopf mehr als einmal zerbrochen, aber es bleibt dabei: Ich habe keine Chance. Der Typ hat's einfach zu schlau angestellt. Und ich mich zu blöd." Caro ließ sich neben ihn auf das Sofa fallen und legte die Füße hoch. „Ich brauche ein Bier."

„Sage ich doch." Er holte eine Dose, riss sie auf und gab sie ihr. „Prost."

„Prost." Sie tranken die Dosen auf Ex, Jam verteilte eine neue Runde.

„Aber ..."

Jam stöhnte. „Was denn noch?"

„Willst du Al wirklich damit durchkommen lassen?"

Er zuckte mit den Schultern. „Nein. Aber wie soll ich es verhindern, kannst du mir das sagen?"

„Keine Ahnung."

„Exakt. Prost!"

Sie tranken und schwiegen.

Das zweite Bier auf nüchternen Magen machte Caro zu schaffen. „Weißt du", nuschelte sie, „du musst ihn echt bei den Eiern packen!"

„Hat der überhaupt welche?"

Caro wiegte den Kopf hin und her. „Das – oder ein Paar Socken in den Jeans."

Sie lachten.

„Das Leben ist Mist", murmelte Caro. „Und so verdammt ungerecht."

„Nur wenn du keine Kohle hast. Sonst kaufst du dir einfach Gerechtigkeit."

„Aber wir haben keine Kohle. Wir sind beide pleite. Arm wie die Kirchenmäuse."

„Keine Gerechtigkeit für uns. Nur Bier."

Sie wedelte mit der Hand. „Ich werd's morgen bereuen, aber gib her das Zeug."

Sie tranken.

„Der Arsch muss doch einen Schwachpunkt haben", sagte Caro.

Jam kicherte. „Wir könnten ihn zwingen, wieder zu singen. Der Schadenersatz würde ihn arm machen."

„Al hat mal gesungen?"

„So was Ähnliches. Er fand's toll, aber da war er wohl der Einzige."

Sie tranken.

„Ich finde immer noch, wir sollten hinfahren und ihm ordentlich eins aufs Maul geben", sagte Caro mit schwerer Zunge.

„Sei doch nich so unprfss … umprofess …"

„Hast du noch eins?"

Aus dem einen wurden viele. Sie malten sich in leuchtenden Farben aus, wie sie es Al heimzahlen könnten, und fanden das beide sehr erbaulich. Je höher der Pegel stieg, umso alberner wurden die Ideen, und irgendwann war beides nicht mehr steigerbar.

25

„Guckt mich nicht so an", sagte Lisa, „ich kann doch nichts für meinen Vater." Vom Bildschirm ihres Notebooks starrten sie rund ein halbes Dutzend vorwurfsvoller Augenpaare aus ebenso vielen Mini-Videofenstern an.

„Du musst doch gewusst haben, woran er arbeitet", sagte Meike. „Weißt du, woran dein Vater gerade arbeitet?"

„Sparkasse, Filiale Aegidiendamm. Siehst du?"

„Und, wer sind seine Kunden?"

„Keine Ahnung."

„Ha!", sagte Lisa. „Woher weißt du, dass Jam nicht dabei ist?"

„Hätte er mir gesagt. Mein Vater tut so was nämlich, weißt du."

„Meiner nicht. Steuergeheimnis, weißt du."

„Und du guckst nie in seine E-Mails?"

„Um Himmels willen, nein! Du etwa?"

„Klar. Hat mir schon einen neuen Motorroller verschafft."

„Wie das denn?"

„Willst du nicht wissen. Aber seitdem benutzt er für private Mails einen anderen Account. Und wenn ich den Namen der Bitch rausfinde, habe ich auch das Kennwort."

„So was würde ich nie machen."

Der Ausdruck in den Augenpaaren veränderte sich.

„Ihr meint doch wohl nicht ..."

Kopfnicken in jedem Fenster.

„Aber das sind Dienstgeheimnisse! Dafür kann ich ins Gefängnis kommen. Und er auch!"

„Um ihn mach dir lieber keine Sorgen", sagte Jessica, „oder hast du vergessen, was er Jam angetan hat?"

„Was soll schon passieren?", fragte Maren. „Glaubst du, dein Dad wird seine eigene Tochter verpfeifen?"

„Aber ich kenne nicht einmal sein Passwort!"

„Kein Problem", sagte Meike, „ich komme nachher mal vorbei."

26

Am nächsten Tag – es musste Tag sein, denn die Sonne schrie ihr ins Gesicht – wachte Caro von hämmernden Kopfschmerzen auf. Kaum hatte sie sich aufgerichtet, überflutete sie eine heftige Welle von Übelkeit. Sie sprang auf und kämpfte sich durch Schwindel und leere Bierdosen ins Bad, wo sie im letzten Moment das Klo umarmte.

Eine Ewigkeit später stolperte sie ins Wohnzimmer zurück, wo Jam unter einer Decke auf dem Sofa lag und sie verschlafen anblinzelte. „Du klingst wie ein sterbendes Kamel", stellte er fest.

„So fühle ich mich auch."

„Mann, muss ich schiffen." Jam schlug die Decke zurück und schwang seine Beine vom Sofa.

Caro kreischte und drehte sich taumelnd um. „Zieh dir um Gottes willen was an!"

„Würde ich ja gerne, aber die einzige Unterhose, die hier liegt, ist für Mädchen."

„Was?" Hektisch schob sie die Hand in ihre Jeans. „Wieso zum … Wo ist …?"

„Soll ich suchen helfen?"

„Du kriegst deine Hand nicht in meine Hose, und wenn morgen die Welt untergeht."

„Sicher? Wie kommt dann dein Slip hierher? Nettes Modell übrigens."

„Gib her!" Sie streckte die Hand nach hinten aus.

„Kannst dich ruhig umdrehen, gibt nichts mehr zu sehen."

Erleichtert stellte sie fest, dass er sich die Decke um die Hüften gewickelt hatte. Sie riss den Slip aus seiner Hand – es war tatsächlich ihrer. Rasch stopfte sie ihn in die Hosentasche.

„Glaubst du wirklich, wir … Also …"

Jam streckte die Beine aus und verschränkte die Hände hinter dem Kopf. „War doch klar, dass du mir nicht ewig widerstehen kannst."

173

Sie trat nach seinem Fuß, zuckte zusammen und hielt sich den Kopf. „Gott, tut das weh!"

Jam setzte sich aufrecht hin und fuhr sich durch die Haare. Er räusperte sich. „Was glaubst du? Haben wir …?"

„Keine Ahnung."

„Ich auch nicht."

Caro ließ sich an der Wand zu Boden rutschen.

„Bitte nicht. Nicht schon wieder."

„Nicht schon wieder?"

„Gero. Der eine Fehltritt reicht für den Rest des Lebens."

„Hm."

„Es gibt doch sicher eine einfache Erklärung. Oder?"

„Hoffe ich doch."

„Komm schon. Wäre doch eine Kerbe mehr am Bettpfosten."

„Aber doch nicht du! Du bist ein Kumpel, und mit Kumpels vögelt man nicht. Das ist, als wenn man seine Schwester … Nein, ehrlich nicht."

„Also, wenn du nicht … Und ich nicht … Wie können wir dann …?"

„Weißt du was? Dann haben wir auch nicht. Du weißt von nichts, ich weiß von nichts, und sonst auch niemand. Und von verloren gegangenen Klamotten lassen wir uns nicht ins Bockshorn jagen. Klar?"

„Klar."

„Und wir erwähnen es nie wieder."

„Nie wieder."

Er hielt seine Faust hin, sie stieß ihre dagegen.

Sie schwiegen eine Weile und vermieden es, einander anzusehen.

„Wo ist eigentlich Tom?", fragte Jam.

„Der ist für ein paar Tage auf Fortbildung."

Caro schluckte trocken. „Gott, ist mir schlecht!"

„Denke an Eisbein mit Bratkartoffeln", empfahl Jam und sah ungerührt zu, wie Caro ins Bad stürzte und wieder das sterbende Kamel gab.

„Du bist so ein Sadist!", ächzte sie, als sie zurückkam.

Jam zuckte mit den Schultern. „Draußen ist draußen. Und, besser jetzt?"

Caro nickte schwach und ließ sich in den Sessel sinken. „Ein Sadist bist du trotzdem."

„Das musst du gerade sagen. Du hast mir siebenundvierzig verschiedene Wege aufgezählt, Al ein Gelenk zu brechen, einer blumiger als der andere.

Wenn ich mich recht erinnere, musste ich in dem Moment kotzen, in dem du gesagt hast: ‚Das knirscht, als wenn man einem halben Hahn die Keule rausdreht'."

„Und du wolltest ihn eine ganze Tournee lang in einer Bassbox einsperren, sogar bei den Auftritten."

„Vor allem bei den Auftritten."

„Und du wolltest ihn dazu zwingen zu singen."

„Wollte ich das?"

„Oh ja. Weil das Schmerzensgeld ihn arm und dich reich machen würde."

„Dafür wolltest du ihn bei den Eiern packen."

„Igitt. Warum sollte ich das wollen?" Caro stöhnte. „Gibt's hier Aspirin oder so?"

„Spiegelschrank. Badezimmer."

Caro stand langsam auf und hangelte sich wieder ins Bad.

„Ich schätze, du meintest das im übertragenen Sinn."

„Sicher. So besoffen kann ich nicht gewesen sein, dass ich das wörtlich meinte. Ah, hier." Sie fischte eine Blisterpackung aus dem Schrank, drückte drei Tabletten heraus und schluckte sie mit Wasser aus einem Zahnputzbecher. Dann warf sie Jam die Packung zu. Er spülte die Tabletten mit einem Rest Bier hinunter. „Wir waren sehr kreativ", sagte er, „und sehr albern."

Caro runzelte die Stirn. Da war was. Klar, ihre Einfälle waren einer bescheuerter als der andere gewesen, aber an einer der zutiefst albernen Ideen war irgendetwas dran gewesen. Genug zumindest, dass die paar Gehirnzellen, die sich dem Besäufnis verweigerten, sich ihrer angenommen und sie gut verstaut hatten. „Nicht alles", sagte sie langsam.

„Komm schon, Tom und Jerry war dagegen eine Reality-Show. Wir wollten groß in die Ketchup-Produktion einsteigen, mit den ganzen Tomaten, die sie auf Al geworfen hätten."

Ja, das war bescheuert. Und urkomisch. Ha, ha.

Wenn sie nur wüsste, was es war ... Es hatte mit Al zu tun, natürlich, und mit ...

Die Nebel lichteten sich langsam.

„Hm", sagte sie.

„Du brütest doch was aus, oder?"

„Ich brauche ein Telefon."

„Wen willst du anrufen?"

„Den besten Produzenten, den ich kenne."

„Den … Dingsda? Deinen vorigen Kunden?"

„Ich bevorzuge den Ausdruck Klient, aber ja, genau den."

„Der wird begeistert sein."

„Da muss er durch." Sie zog ihr Mobiltelefon aus der Hosentasche und wählte. „Thomas? Hallo, hier ist Caro. Hör mal, ich muss dich dringend spre… hallo?" Sie sah ihr Handy beleidigt an. „Aufgelegt!"

„Sollte dein geradezu sprichwörtlicher Charme doch einmal versagt haben? Nein, dass ich das noch erleben darf!"

„Ach, halt die Klappe."

„Und, hast du noch einen Produzenten in deinem Telefonbuch, dem zu zufällig noch nicht in die Eier getreten hast?"

„Nein."

„Habe ich mir gedacht."

„Würde auch nichts nutzen. Wir brauchen Thomas."

„Hieß der nicht anders?"

„Ich werde doch wissen, wie meine Kunden heißen."

„Klienten."

„Egal. Los, pack deine Sachen!"

„Warum?"

„Weil ich einen Plan habe."

„Du gehst da von einer ganz falschen Voraussetzung aus, nämlich dass ich die Kohle zurückhaben will."

„Es ist mir scheißegal, ob du deine Kohle zurückwillst. Ich will mein Geld. Genau wie hundert andere Leute auch."

„Mann, ich will mein Mojo zurückhaben! Ich will diese blöde Verantwortung nicht haben, ich will Musik machen!"

„Das Leben ist kein Ponyhof."

„Oh Mann. Erzählst du mir, was du vorhast?"

„Mache ich. Auf dem Weg nach Hamburg."

Sie brauchten doch noch länger zum Aufbruch, denn jede plötzliche Bewegung verschaffte Caro einen heftigen Schwindelanfall. Es war ihr schleierhaft, wie Jam den Kater so locker wegstecken konnte. Übung vermutlich.

Während der Kater also sie und sie wiederum die Kloschüssel fest im Griff hatte, lichtete Jam das Chaos in der Wohnung und packte ihre Sachen.

Am nächsten Vormittag standen sie irgendwo östlich von Hamburg vor einem zwei Meter hohen eisernen Gartentor, das in eine noch höhere Hecke eingefügt war. Hinter dem Tor führte eine breite Auffahrt zu einer blendend weißen Villa, die – soweit man es vom Tor aus sehen konnte – knapp die Ausmaße des Taj Mahal hatte.

Caro drückte den Klingelknopf und lächelte in die Videokamera darüber.

Es knackte in der Sprechanlage. „Sachma, was willst du denn hier? Hab ich dir nicht gestern am Telefon gesagt, dass du bleiben kannst, wo der Pfeffer wächst?"

„Du hast gar nichts gesagt, du hast gleich aufgelegt."

„Ist das nicht deutlich genug?"

„Thomas, es ist dringend."

„Ach was."

„Und es ist geschäftlich."

„Wie kommst du auf die Idee, dass ich mit dir Geschäfte machen würde?"

„Gut, ich könnte auch mit Sandra reden. Ist sie da?"

„Nein, sie ist zum Shoppen ... Was willst du mit Sandra besprechen?"

„Ich bin mir sicher, da gibt es so einiges, das sie interessiert."

Es knackte in der Sprechanlage, dann war sie stumm.

„Super", sagte Jam, „du hast es mal wieder verbockt."

Die Torflügel schwangen mit leisem Summen auf.

Caro grinste. „Ich kenne doch meine Pappenheimer."

Sie gingen die geschwungene Auffahrt zum Hauseingang hinauf. Zu ihrer Rechten befand sich eine Garage, in der eine beeindruckende Sammlung von Luxuskarossen stand. Zur Linken erstreckte sich ein weitläufiger, akkurat gepflegter Rasen, der nur gelegentlich von ebenso gepflegten Blumenbeeten und weiter hinten von einem Swimmingpool in Olympiagröße unterbrochen wurde.

Die Haustür öffnete sich, und Thomas trat heraus. Jeans, hellblaues, etwas zu weit aufgeknöpftes Hemd, Goldkette, blond und braungebrannt. Sein Gesicht wirkte wetter- oder zumindest solariumsgegerbt, strahlte aber immer noch einen jungenhaften Charme aus. Wenigstens hätte es dass, wenn er Caro nicht aus bösen blauen Augen angefunkelt hätte. „Was soll der Blödsinn", herrschte er sie an. „Ich verzichte auf eine Klage, und zum Dank erpresst du mich."

177

„Klar, ich bin dir ja so zum Dank verpflichtet. Zu Erinnerung: Du hast auf die Klage verzichtet, weil ich im Gegenzug meine fallengelassen habe."

„Quatsch. Du hättest keine Chance gehabt."

„Bei der Riege von Belastungszeuginnen? Ich bitte dich."

„Wenn Sandra nicht schwanger wäre ..."

„Kinder", mischte sich Jam ein, „könnt ihr das Gezanke nicht woanders abhalten? Irgendwo in diesem Park findet ihr bestimmt einen Sandkasten."

Thomas musterte Jam. „Wer ist denn die Witzfigur?"

Caro seufzte. „Das ist mein derzeitiger Klient. Jam, Thomas. Thomas, Jam."

„Jam? *Der* Jam?"

„Jup, bin ich. Willst'n Autogramm?"

„Wenn ich 'n Autogramm will, schreib ich mir selber eins. Ich habe gehört, du brauchst einen neuen Manager?"

„Was? Scheiße, nein! Ich habe von den Verbrechern die Nase voll."

„Kommt davon, wenn man sich einen Schwachmaten wie Alex Binder an die Backe nagelt."

„Und du bist besser, Opa?"

„Opa? Alter, ich werde noch die Nummer eins sein, wenn kein Schwein mehr deinen Namen kennt!"

„Jungs", unterbrach Caro sie, „wollt ihr nicht die Hosen runterlassen und das gleich hier klären? Ich habe heute noch was vor!"

Thomas sah Jam an. „Macht sie das mit dir auch? Dieser Kasernenhofton?"

„Die ganze Zeit."

„Arme Sau. Willst'n Bier?"

„Das erste vernünftige Wort heute."

Sie folgten Thomas hinein. Er holte einige Flaschen Bier aus dem Kühlschrank der Palastküche und lotste sie in das überraschend gemütliche Wohnzimmer.

„Neu", sagte Caro.

„Sandra. Quasselt irgendwas von Nestwärme und Feng Shui und so'n Scheiß. Ich lass sie machen, gibt sonst nur Stress."

„Siehst du", sagte Jam, „das ist der Grund, warum bei mir keine Frau ihren Fuß in die Bude kriegt."

Thomas winkte ab. „Solange sie mein Studio in Ruhe lässt, ist mir das scheißegal."

„Komm schon. Paar Blümchen, freundliche Tapeten, vielleicht ein Duftbäumchen ..."

„Duftbäumchen. Klar, Alter."

„Bei mir im Studio hängt ein ganzer Wald. Geschmacksrichtung kalte Kippen und verschüttetes Bier." Die beiden lachten. Thomas öffnete die Biere und verteilte sie. „Du gefällst mir. Sicher, dass du keinen Manager brauchst?"

„Ganz sicher."

„Schade." Er wendete sich an Caro. „Leg los. Du hast zehn Minuten."

Caro legte los, und nach den zehn Minuten sagte Thomas: „Okay, ich bin dabei."

Was nicht hieß, dass sie die zehn Minuten gebraucht hätte, um den Plan auszubreiten. Die meiste Zeit ging drauf, damit Thomas sich wieder einkriegte.

„Und, meinst du wirklich, das klappt?", fragte Jam.

Thomas klatschte ihm auf die Schulter. „Ist doch scheißegal. Aber das wird so abgefahren! Die geilste Aktion ever. E-ver! Wann geht's los?"

„So schnell wie möglich."

„Kein Drama, ich lasse den Jet startklar machen."

Jam sah Caro vorwurfsvoll an. „Wieso habe ich keinen Jet?"

„Weil du pleite bist. Du kriegst nicht mal einen Tretroller."

„Nein, vorher!"

„Weil du einfach keinen Style hast?", schlug Thomas vor.

„Kein Style? Und das sagt mir der Fatzke mit der Goldkette um den Hals."

„Ey, die ist ein Geschenk!"

Bevor Jam antworten konnte, krachte die Eingangstür zu. „Schatzi, ich bin wieder da-ha!" Die Stimme erinnerte Caro jedes Mal an Kreissäge auf Edelstahl.

Auch Jam zuckte zusammen. „Ich denke, du bist Musiker. Wie kannst du das aushalten?"

Thomas zuckte die Schultern. „Sie hat andere Qualitäten."

Sandra kam um die Ecke gestöckelt, erst der Babybauch, dann der Rest.

„Jep", sagte Jam, „hat sie."

179

„Germany's Next Topmodel", sagte Thomas. „Endrunde, vorletztes Jahr."

„Und du warst in der Jury."

„Scheiße, nein. Sehe ich aus wie ein schwuler Modedesigner?"

„Öhm …"

Sandra hatte die Gäste entdeckt. Ihr Lächeln gefror. „Was will die hier?", zischte sie.

„Alles in Ordnung, Schatz. Caro ist geschäftlich da."

„Sie soll verschwinden."

„Schatz, ich …"

„Sofort!"

„Wir müssen …"

Sandra ließ die Einkaufstaschen – Dior, Gucci, Jil Sander – fallen und hielt sich mit dramatischer Geste den Bauch. „Wieso denkt nie jemand an mich und meinen Zustand? Alles, was ich verlange, ist ein bisschen Ruhe und Geborgenheit, aber du kennst ja nur deine Arbeit. Wozu bekommen wir eigentlich ein Kind?" Sie machte auf dem hohen Absatz kehrt und klapperte die Marmorstufen zu den oberen Gemächern hinauf.

„Frage ich mich auch", sagte Jam.

„Wa?"

„Flachlegen, okay. Aber musstest du Miss Piggy gleich einen Braten in die Röhre schieben?"

„Hey, du redest von meiner Frau!"

„Auch das noch. Du weißt wohl gar nicht, wann Schluss ist, oder?"

„Sag mal, hast du eigentlich schon mal frontal einen in die Fresse gekriegt wegen deiner blöden Sprüche?"

„Einmal? Alter, ich habe schon so oft in die Fresse gekriegt, ich müsste schlimmer aussehen als du."

„Du siehst schlimmer aus als ich!"

„Genau. Wo dir doch das Eheglück aus allen Knopflöchern sprießt. Hast du noch'n Bier? Du siehst aus, als bräuchtest du eins."

„Nee, lieber nicht. Ist vielleicht besser, wenn ihr geht. Ich muss mich jetzt erstmal um Sandra kümmern. Wir treffen uns morgen früh am Flughafen. Caro, du weißt wo. So um neun?"

27

Lisa stand vor der Badezimmertür und lauschte. Gerade hatte ihr Vater die Klospülung betätigt, gleich würde er die Dusche aufdrehen. Sekunden später hörte sie Wasser in die Wanne prasseln. Die Duschtür ging, und ihr Vater ächzte wohlig. Gut. Sie hatte jetzt mindestens fünfzehn Minuten. Darunter ging es bei ihm nicht ab.

Rasch lief sie in sein Arbeitszimmer. Ihre Mutter war schon zur Arbeit, das vereinfachte die Dinge.

Sie klappte das Notebook ihres Vaters auf, drückte den Einschaltknopf und wartete eine Ewigkeit, bis es hochgefahren war. Sie lauschte. Ihr Vater sang unter der Dusche, wie immer. Laut und falsch, wie immer. Klassik. Irgendwas über ein Mobile.

Wie konnte er es nur wagen, sich an jemandem zu vergreifen, der so viel besser war als er? Jam sang besser – klar. Er sah besser aus, er war cooler, er war einfach … der Größte.

Lisa seufzte.

Der Anmeldebildschirm poppte auf. Der Username OLTMANNJ war schon eingetragen, es fehlte nur das Kennwort. Sie zog den Zettel aus der Hosentasche, den sie und Meike gestern vorbereitet hatten, und ging die Kennwörter eines nach dem anderen durch:

‚Oltmann' tippte sie – nein. Wäre zu einfach gewesen.

‚Oltmann2305' – sein Name und Geburtstag. Auch nicht.

‚Oltmann_2305'. Auch nicht.

Sie wischte sich die schwitzigen Hände an der Jeans ab und versuchte das Nächste. Und das Nächste. Und …

Duschte er noch? Sie lauschte. Ja. Nur der Soundtrack hatte gewechselt, er sang jetzt „Freude schöner Götterfunken". Keine große Verbesserung.

Hastig tippte sie den nächsten Versuch ein. Fehlanzeige.

So schnell der Computer sie ließ, arbeitete sie sich durch die Liste, Fehlermeldung folge auf Fehlermeldung. Eines dieser blöden Passwörter musste doch klappen!

Jetzt sang er wieder etwas anderes. Sie hörte nicht hin, aber sie wusste, dass er bald die Dusche abdrehen würde.

Noch eins. Und noch eins. Und …

Die Passworteingabe verschwand, der Desktop erschien. Sie war drin!

Ihr Finger zeigte noch auf das letzte Kennwort, das sie eingetippt hatte: ‚Lisa'. Sie war gerührt. Also, fast.

Hastig doppelklickte sie auf das E-Mail-Programm, aber die Hand zitterte zu sehr. Noch einmal, dann öffnete sich das Fenster.

Sie nestelte einen USB-Stick aus der Hosentasche und steckte ihn an das Notebook. Dann klickte sie sich durch den Posteingangsordner.

Zum ersten Mal in ihrem Leben hätte sie ihren Vater dafür küssen können, dass er so ein Korinthenkacker war: Alle Mails waren fein säuberlich in Ordner einsortiert, und jeder Ordner war mit einem Nachnamen betitelt.

Nur: Welcher war der Richtige? Einen Ordner ‚Jam' gab es nicht, ebenso wenig einen mit Namen ‚BTL'.

Der Gesang ihres Vaters verstummte und mit ihm das Rauschen. Sie hatte nur noch wenige Minuten.

Sie ging durch die Liste von Ordnern. Ackermann, Adams, Dobkowitz, Fahl, Friedmann, Gerber, Guntheim – da klingelte nichts.

Hatte ihr Vater Jam nicht einen Namen nachgerufen? Irgendwas mit G. Oder K?

Sie sah unter K nach. Kahn, Kaczinksi, Kröhn … Kaczinski! Das war der Name, den er gerufen hatte! Hastig tat sie, was Meike ihr eingetrichtert hatte: Sie klickte auf den Ordner, markierte alle Mails darin und zog sie auf das Symbol des USB-Sticks.

Eine Fortschrittsanzeige erschien, der Balken füllte sich langsam von links nach rechts.

Quälend langsam.

Sara huschte zur Tür und lauschte auf den Flur. Ihr Vater musste sich wohl gerade abtrocknen. Dann anziehen. Dann …

Sie huschte zurück. Vierundzwanzig Prozent.

Sie lief zur Badezimmertür und horchte. Das Geräusch eines Reißverschlusses. Zu früh! Sie würde es niemals schaffen. Worauf hatte sie sich nur eingelassen?

Auf Zehenspitzen rannte sie zurück ins Arbeitszimmer, riss den USB-Stick heraus. Gerade als sie das Notebook zuklappen wollte, hörte sie ein neues Geräusch: den Rasierer. Gut. Fünf Gnadenminuten. Sie steckte den Stick wieder an und startete den Kopiervorgang von Neuem. ‚Datei vorhanden‘, erklärte ihr der Computer. ‚Überspringen?‘. Sie klickte auf ‚Ja‘. Nächste Datei, selbe Meldung. Ja. Nochmals. Ja. Jajajaja. Verflucht, wie strunzdoof war das Ding? Nach einer Ewigkeit verschwanden die Nachfragen und der Fortschrittsbalken bewegte sich wieder.

Der Computer kopierte, Papa rasierte. Gut, dass er in restlos allem, was er tat, gründlich war.

Im selben Moment, als der Balken die hundert Prozent erreichte, verstummte der Rasierer. Sie riss den USB-Stick heraus, klickte auf ‚Herunterfahren‘, knallte das Notebook zu und rannte hinaus.

„Lisa!"

Sie blieb wie angewurzelt stehen. „Ja?"

„Ich bin spät dran, du musst alleine frühstücken. Und denk dran: Gleich nach der Schule kommst du heim. Du hast noch Hausarrest!"

Sie überlegte, ihm den Mittelfinger zu zeigen, aber dieses Mal – dieses eine Mal! – sollte er ruhig glauben, auf der Gewinnerseite zu sein. „Ja, Papa."

28

Pünktlich am nächsten Morgen standen Jam und Caro mit Reisetasche und Gitarrenkoffer vor dem Geschäftsfliegerzentrum des Hamburger Flughafens. Ein Porsche Cayenne hielt schlitternd am Bordstein. Thomas sprang heraus und warf den Schlüssel einem wartenden Bediensteten zu.

„Kein Gepäck?", fragte Jam.

Thomas schüttelte den Kopf. „Habe immer was für ein paar Tage im Flieger."

Gemeinsam gingen sie hinein. Thomas genoss als Inhaber eines eigenen Jets offensichtlich VIP-Status, und so saßen sie nach wenigen Minuten in einer Limousine, die sie zum Flieger brachte, einem schneeweißen Learjet. Der Pilot begrüßte sie an der Tür, schloss sie hinter ihnen und zog sich ins Cockpit zurück. Während er die Triebwerke anließ, machten die drei es sich in breiten Ledersesseln gemütlich.

„Schick", sagte Jam und nickte. „Dekadent, aber schick."

„So dekadent ist das gar nicht", erklärte Thomas. „Ich benutze die Kiste mindestens drei Mal pro Woche. Bin lieber abends zu Hause bei meiner Süßen als in einem scheiß Hotel."

„Dreimal pro Woche auf Achse? Wieso das? Ich dachte, du bist der große Zampano in der Branche."

„Mann, du musst nur ein bisschen auf deiner Gitarre rumklimpern, aber ich bin Geschäftsmann! Ich kann nicht den ganzen Tag im Studio sitzen und es mir gutgehen lassen."

„Blöder Job. Wozu dann die ganze Kohle, wenn du doch nicht tun kannst, was du willst?"

Thomas stutzte, dann zuckte er mit den Schultern. „Weiß nicht. Ist so. Kannst du denn tun, was du willst?"

„Im Moment schon. Solange es nichts kostet und die Bullen mich nicht finden."

„Und als du noch reich warst?"

„Doch, klar. Ich wollte immer nur Musik machen."

Thomas lehnte sich vor, soweit es der Anschnallgurt zuließ. „Und, hat dir da keiner reingeredet?"

„Nee. Die wissen genau: Wenn sie mich in Ruhe lassen, gibt's die besten Songs. Und damit die meiste Kohle."

„Und sonst? Interviews, Promotions, Fototermine?"

Jam rutschte hin und her. „Na klar, kennst du ja. Ist Stress. Immer nett sein, auch wenn du lieber pennen würdest. ‚Besauf dich nicht, morgen ist Fotoshooting'. ‚Hau dem Pressefritzen nicht schon wieder in die Fresse, der will dich nur provozieren'. ‚Natürlich musst du zu dieser Late-Night-Show, das ist voll wichtig für die Verkäufe'. Der ganze Scheiß."

Thomas lehnte sich zurück. „Also, so viel besser finde ich deinen Job nicht."

„Wenigstens muss ich mich nicht mit dem Geschäftskram rumschlagen."

„Siehst ja, was dabei rausgekommen ist. Wer Kohle hat, der hat Verantwortung. So ist das eben."

Jam schwieg und kaute nachdenklich auf seiner Unterlippe, während die Triebwerke aufheulten und der Jet in den wolkenverhangenen Hamburger Himmel startete.

Al residierte standesgemäß in einem der besten Hotels von Gstaad. Thomas buchte kurzerhand eine Suite für sich und zwei Einzelzimmer für Jam und Caro. Jam versprach, das Geld bald zurückzuzahlen, aber Thomas winkte ab. „Lass mal. Ich hab genug Kohle, und ich komme viel zu selten dazu, sie für Sachen auszugeben, die echt Spaß machen. Kannst mich ja mal zu einem Konzert einladen."

„Klar. Auf die Bühne."

„Ich nehme dich beim Wort!"

„Das wird dich die Hälfte deiner Fans kosten."

„Ist in Ordnung, solange es dich die Hälfte deiner kostet."

Die beiden lachten.

Caro hatte derweil einen Karton geöffnet, der an der Rezeption schon bereitgestanden hatte, eine Expressbestellung vom Vortag. Sie winkte die Männer zu sich.

„Ich habe hier ein paar hübsche kleine Spielzeuge", sagte sie.

Die beiden Männer sahen sich an und begannen zu kichern.

„Himmel, ihr seid so kindisch, dass mir jeden Moment die Milch einschießt. Ich meine die Sorte Spielzeuge, die ich mag."

„Also Waffen", sagte Jam.

„Fast." Sie holte ein Etui aus dem Karton und öffnete es.

„Hörgeräte?", fragte Jam.

„Quatsch", sagte Thomas. „Das sind so Dinger, weißt schon. Knopf im Ohr. Geheimagentenmäßig und so."

„Genau. Das und noch ein paar andere Nützlichkeiten: Richtmikrofone, Wanzen, Minikameras – lauter Sachen, die man braucht, um untreuen Gaunern ein Bein zu stellen."

Thomas schreckte hoch. „Was? Hast du etwa ...?"

„Blödsinn. Mein Geld habe ich immer von dir bekommen, und was anderes wollte ich nicht von dir."

„Ist mir nicht entgangen."

„Dann solltest du auch wissen, dass es Dinge gibt, die ich einfach nicht sehen will."

Sie setzten die Funkgeräte probehalber ein, vergewisserten sich, dass sie einander gut hören konnten, und beschlossen dann, im Hotelrestaurant zu Mittag zu essen. Der Kellner hatte ihnen kaum die Karten gereicht, als Caro scharf die Luft einzog. „Ach du meine Güte", sagte sie und versteckte sich hinter der Karte. Mit der Hand bedeutete sie den anderen, es ihr gleichzutun.

„Al?", flüsterte Thomas.

Caro nickte.

Thomas spähte über den Rand der Karte. „Okay, so sieht der also aus. Eigentlich ganz nett."

„Guckt er rüber?"

„Nein, er redet mit dem Kellner. Jetzt setzt er sich hin. Blöd. Er hat uns genau im Blickfeld."

„Okay. Rückzug." Caro ließ sich vom Stuhl gleiten und schlich geduckt davon, die Tische als Deckung nutzend. Jam und Thomas folgten ihr auf allen vieren. Der Kellner sah verwundert auf die beiden hinunter, einen Brotkorb in der Hand.

Thomas blickte an ihm hoch und lächelte. „Schon wieder so einer von der Presse. Total nervig. Was können Sie denn so empfehlen?"

„Das Filet Mignon ist heute ganz ausgezeichnet."

„Ja, super. Dreimal in Medium auf Zweihundertvierzehn."

Wieder oben in Thomas' Suite ließ sich Caro auf das Sofa fallen. „Mann, wie blöd war das denn? Beinahe wären wir schon aufgeflogen, bevor wir überhaupt angefangen haben. Wie kann man sich nur so dämlich anstellen?"

Jam hob die Hände. „Was habe ich denn nun schon wieder falsch gemacht?"

„Gar nichts. Ich bin die, die nachlässig war. Was, wenn ich einen Schutzauftrag so vergeigt hätte? Das hätte Tote geben können."

„Hat es aber nicht. Komm wieder runter."

„Das sagt ausgerechnet der, dessen Arsch zu retten meine Aufgabe ist."

Jam lehnte sich vor. „Caro, ich kann dich doch im Moment gar nicht bezahlen. Du bist hier, weil du meine beste Freundin bist, nicht mein Bodyguard."

Caro runzelte die Stirn und schwieg.

Thomas stöhnte. „Ich krieg gleich Pipi in die Augen. Wollt ihr euch noch Freundschaftsbänder flechten?"

Jam machte den Mund auf, aber Caro war schneller. „Hotelrestaurant ist ab sofort tabu für Jam und mich. Jedes andere Luxusrestaurant auch ... Was ist?"

Jam winkte ab. „Da reden wir nachher drüber, wenn keine Heulsuse dabei ist."

„Meinetwegen. Aber was jetzt?"

Es klopfte. „Kann ich dir sagen", sagte Thomas. „Mittagessen."

29

„Schick mir die Daten, ich werde sie an Jam weitergeben", sagte Maren.

Lisa holte tief Luft. „Nein."

„Wer ist die Vorsitzende des offiziellen Jam-Fanclubs Deutschland?"

Lisa seufzte. „Du."

„Wer ist von Jams Management offiziell als Kontaktperson zwischen Fans und Band benannt worden?"

„Du."

„Und wem hat man unter Strafe verboten, Jams Kontaktdaten weiterzugeben?"

„Dem Papst."

„Was?"

„Komm schon, ich kann dir die Daten nicht geben! Sie sind vertraulich. Ich und mein Dad stehen auch so schon mit einem Bein im Gefängnis."

„Ich bin eine Vertrauensperson. Und ich …"

„Du bist ein Idiot!"

„So kannst du nicht mit mir reden! Du wirst mir jetzt die Mails geben, damit ich Jam retten kann, sonst …"

Lisa kappte die Skype-Verbindung. Egozentrische Schlampe. Sie, Lisa, hatte alles aufs Spiel gesetzt, um an die Daten zu kommen, und jetzt wollte diese Bitch sich damit bei Jam einschleimen? Nur über ihre Leiche.

Aber in einem hatte sie Recht: Maren hatte Jams Nummer. Sie nicht.

Sie knetete die Unterlippe zwischen Daumen und Zeigefinger. Wie konnte sie Jam erreichen?

Laut Website über sein Management. Ha ha, sehr witzig. Sie hatte die gekaperten Mails nur kurz überflogen, aber dass Jams Manager ein falsches Spiel spielte, war ihr schnell aufgefallen.

Jams Nummer war nicht zu kriegen. Was Tausende von Fans seit Jahren nicht geschafft hatten, würde ihr nicht in ein paar Stunden gelingen.

Wo war er? In einem Hotel könnte sie eine Botschaft für ihn hinterlassen, aber in welchem? Konnte sie jemand anderen erreichen, der ihre Nachricht weitergeben konnte?

Aber klar doch!

Sie öffnete die Fan-Webseite und klickte sich ins Forum durch, zum Thread ‚Blondes Biest'.

Das Thema war rund ein halbes Jahr alt. Damals war praktisch über Nacht eine Blondine aufgetaucht, die fortan nicht mehr von seiner Seite gewichen war.

Die Reaktionen im Forum reichten von „Ach, die ist doch nur ein Bodyguard" über „Nein, unmöglich! Zwischen denen läuft bestimmt nichts" bis zu „Diese Bitch muss weg!" Nur – keiner wusste, wer sie war.

Eigentlich interessierte es auch niemanden, solange man sie im Auge hatte und sie nicht mit Jam anbandelte. Denn wenn sie, die Fans, Jam schon nicht haben konnten, dann sollte es auch keine andere. Und schon gar nicht so eine blonde Schlampe. Mit dem perfekten Body. Und einer Ausstrahlung wie Lara Croft. Nein, auf diesen Typ stand er bestimmt nicht.

Am Anfang des Threads fanden sich nur einige Schnappschüsse und die Frage: Wer ist die Frau? Weiter hinten im Thread kamen noch einige, wahrscheinlich ausgedachte, Real-Life-Lovestorys dazu: „Das Miststück hat mich nach dem Konzert umgerissen, weil sie voll eifersüchtig war. Natürlich ist Jam gleich gekommen und hat sie verscheucht. Dann hat er mir wie ein Gentleman aufgeholfen und ein Foto mit mir gemacht. Er sagte, dass er leider gleich zum Tourbus müsste, aber er hat mich total süß angelächelt." Lisa betrachtete das Profilbild. Klar, Moppelchen, träum weiter.

Auf den folgenden Seiten wurde wild spekuliert, wer sie war, aber erst auf Seite siebzehn warf Maren unter beiläufiger Erwähnung ihres Status als offizielle Fanbeauftragte lässig ein, dass sie natürlich wüsste, wer die Blondine sei. Sie hieße Caro. Ja, und weiter? Lisa blätterte vor. Nichts. Hatte Maren wahrscheinlich bei einem Konzert aufgeschnappt.

Lisa nahm einen Zettel und schrieb auf, was sie wusste. Caro – blond – Bodyguard – seit einem halben Jahr bei Jam.

Nicht viel. Bodyguards schlug man schließlich nicht einfach in den Gelben Seiten nach.

Lustlos blätterte sie weiter durch das Forum und stieß auf den Scan eines Artikels aus der ‚Bild': ‚Der Sänger der Band ‚BTL' stürzte … bla, bla, bla …, wo er sich mit seiner blonden Geliebten, der attraktiven Leibwächterin Karoline K. (Name von der Redaktion geändert) verschanzt hatte. BILD wurde Zeuge der dramatischen Flucht über die Dächer von Hamburg-Wandsbek …'

Sie zoomte näher an das Foto, das Jam auf der Krankentrage zeigte. Es war grob und pixelig, also schlug sie den Artikel auf der Webseite der ‚Bild' nach. Und tatsächlich: Im Hintergrund fand sich an einer Häuserecke ein Straßenschild. Den Namen konnte man kaum erkennen, also benutzte sie einen Kartendienst, um die Straßen Hamburg-Wandsbeks zu durchsuchen. Verdammt, wie groß war dieser Stadtteil? Da gab es ja mehr Straßen als in ganz Hannover!

Endlich fand sie die Straße. Nur: Dort gab es laut Telefonbuch niemanden mit einem passenden Namen. Sollte diese Caro sich nicht eingetragen haben? Das wäre Pech.

Aber so schnell gab Lisa nicht auf. Sie erweiterte die Suche auf die umliegenden Straßen. Und tatsächlich: Sie fand eine Carolin Christensen. Warum hatte das noch keiner aus dem Fanforum herausgefunden? Wahrscheinlich war es einfacher, über jemanden zu lästern, der keinen Namen hatte.

Oder sie waren einfach zu doof.

Jetzt musste sie nur noch an die Mobilnummer kommen. Aber nach allem, was sie bisher geschafft hatte, war das ein Kinderspiel.

30

Nach dem Essen verkabelte Caro Thomas mit Ohrstöpsel und Minikamera. Auf dem Monitor konnten sie und Jam beobachten, wie er sich auf den Weg ins Restaurant machte, wo Al gerade einen Kaffee trank.

„Al?", sagte er, „Alex Binder? Ich bin's, Thomas!"

„Thomas? Oh, natürlich! Wie geht's?"

„Du, super! Und dir?"

„Bin ganz überrascht, dass du mich erkannt hast. Sind wir uns schon mal über den Weg gelaufen?"

„Logisch! Beim Dingsda, na, Bambi oder Echo oder irgendwie sowas."

„Kann ich mich gar nicht dran erinnern."

„Kein Wunder, die Aftershow-Party war der Hammer!"

Al lachte. „Bin eigentlich nicht so das Party-Animal. Auch einen Kaffee?"

Die Männer tauschten eine halbe Stunde Belanglosigkeiten aus und verabredeten sich zum Abendessen. Einige Minuten später trat Thomas in die Suite. „Na, wie war ich?"

Jam reckte den Daumen hoch, Caro applaudierte. „Du hättest Schauspieler werden sollen."

„Ja", sagte Jam, „das hätte der Welt viel Leid erspart. Aber ehrlich, das war ganz großes Kino!"

Am Abend verfrachteten Caro und Jam ihre Ausrüstung in den Mietwagen und fuhren Thomas zum Treffpunkt, einem Nobelrestaurant etwas außerhalb.

„Lass es langsam angehen!", schärfte Caro Thomas ein, während sie das Kabel der Minikamera abwickelte. „Nicht mit der Tür ins Haus fallen. Du musst sein Vertrauen gewinnen."

„Logisch, kein Ding. Der frisst mir jetzt schon aus der Hand."

„Und er muss von sich aus vorschlagen, dass du ihn produzieren sollst." Sie nestelte mit der Kamera an Thomas' Jackenaufschlag herum.

„Ja doch! Glaubst du, ich renne rum und biete Leuten Verträge an? Und hör auf, an mir rumzufummeln, ich brauch den Scheiß nicht."

„Klar brauchst du das. Wie sollen wir dir sonst Anweisungen geben?"

„Gar nicht. Ich komme prima ohne eure Anweisungen aus."

„Aber wenn ihr zu früh fertig seid …"

„Dann rufe ich euch an."

„Ich fühle mich nicht wohl dabei."

„Du fühlst dich nie wohl, wenn du jemandem vertrauen musst."

„Da ist was dran", sagte Jam.

„Aber …"

„Nix aber. Heute Mittag sagtest du noch, ich bin der geborene Schauspieler. Glaub mir, ich habe schon ganz anderen Flachköppen eingeredet, dass sie supergeile Sänger sind."

„Denke dran: Von dir hängt es ab, ob Jam seine Millionen zurückbekommt oder im Gefängnis landet."

„Super. Jetzt bin ich schon viel entspannter."

„Apropos entspannt", sagte Jam. „Al steht auf Gin Tonic, aber er verträgt nicht viel. Sieh zu, dass die an der Bar euch doppelte machen."

„Damit kann ich doch mal was anfangen." Er öffnete die Tür. „Wünscht mir Glück!"

Jam und Caro sahen ihm nach, wie er im Restaurant verschwand.

„Wenn das mal gutgeht", sagte Caro.

„Wird schon", sagte Jam. „Solange er nicht anfängt zu singen."

Gegen Mitternacht taumelte Thomas wieder in die Suite. „Der Knabe macht mich wahnsinnig", stöhnte er.

Caro schaltete den Fernseher aus. „Hat's geklappt? Hat er angebissen?"

„Er will auf jeden Fall mit mir zusammenarbeiten. Ich glaube, am liebsten würde er bei mir einziehen."

„Das ist großartig!"

„Ein Scheiß ist das. Der Typ hat mir mit tausend Ideen und Projekten eine Kante ans Bein gelabert. Diesen will er promoten, aus jenen eine geile Band machen, und aus der Konkursmasse unseres Pleitegeiers hier will er die Songrechte aufkaufen."

„Was?", rief Jam. „Meine Songs? Bei dem hackt's wohl! Die gehören mir!"

„Sicher?"

„Natürlich!"

„Und die Verträge hast du sorgfältig gelesen, oder?"

Jam sackte in sich zusammen, dann hieb er mit der Faust auf das Sofa. „Dieses miese kleine Arschgesicht! Dieses miese, dreckige …"

„Bin voll bei dir, Mann", sagte Thomas, „Kohle ist die eine Sache, aber die Songs wegnehmen – geht gar nicht."

„Was ist mit seiner eigenen Gesangskarriere?", fragte Caro. „Habt ihr darüber gesprochen?"

„Du wolltest, dass er das von sich aus vorschlägt. Hat er aber nicht."

„Hast du ihm gesagt, dass du auf der Suche nach neuen Talenten bist?"

„Mädchen, ich bin Produzent. Ich muss das nicht sagen, das weiß man."

„Dann … dann … Musst du irgendwas anders machen. Ändere deine Taktik."

„Und wie?"

„So, dass sie Erfolg hat."

„Super. Dass ich darauf nicht selbst gekommen bin!"

„Caro, gib ihm mehr Zeit. Vertrauen kommt nicht von jetzt auf gleich."

Thomas nickte. „So ist es. Morgen Mittag treffen wir uns wieder, dann versuche ich es noch einmal. Das muss klappen, weil, dann nehme ich Schmerzensgeld von euch. Der Typ ist echt nicht zu ertragen!"

Am nächsten Mittag nahm Caro einen erneuten Anlauf, Thomas vor dem Treffen zu verkabeln, aber er lehnte wieder ab. Nein, keine Chance, er könne nicht frei aufspielen, wenn er ständig das Gefühl hätte, unter Beobachtung zu sein. Jam fand das nachvollziehbar, aber Caro schilderte in leuchtenden Farben die Möglichkeiten, die eine Standleitung zur Knopflochkamera ihnen eröffnete.

Thomas schüttelte nur den Kopf. Bis sein Mobiltelefon klingelte. Er sah auf die Nummer und sprang auf. „Schatzi, hallo!", trällerte er. „Was? Nee, gestern ging nicht mit anrufen. Ich hab tierisch lange gearbeitet und wollte dich nicht wecken. Kann schon mal vorkommen, kennst du ja … Du, auf die Idee bin ich gar nicht gekommen. Klar, 'ne WhatsApp-Nachricht wäre gegangen, aber auf die Idee bin ich … Klar hab ich an dich gedacht! Ich find das voll Scheiße, wenn ich woanders pennen muss, weißt du doch."

Jam verdrehte die Augen.

„Nee, heute kann ich noch nicht zurück. Total wichtiges Dinner hier. Morgen vielleicht, muss ich mal gucken … Klar hab ich dir das versprochen, aber das geht nun mal nicht immer."

Caro versuchte, die Gunst der Stunde zu nutzen und dem wehrlosen Thomas die Minikamera anzustecken. Der schob sie fort. „Wirst du wohl aufhören, am mir rumzugrabbeln! … Was? Nicht du, Schatz. Nein, hier ist keine andere … Ich … ich bin hier beim Schneider, der nimmt gerade Maß. Was heißt hier ‚nicht arbeiten'? Klar arbeite ich. Ist so'n Gala-Dinner heute Abend, da kann ich nicht mit so 'nem Anzug von der Stange … Nein! Nee, bloß nicht, das ist nichts für dich in deinem Zustand. Bleib mal schön zu Hause! Ist auch stinklangweilig, nur so alte Knacker … Komm schon, ich würde dich niemals anlügen! Die Zeiten sind vorbei. Du weißt doch, ich liebe nur dich."

Jam steckte sich demonstrativ einen Finger in den Hals.

„Du, Schatzi, ich muss jetzt Schluss machen, das Meeting geht bald weiter. Ja Schatz, ich dich auch. Küsschen!" Er sandte einen Schmatzer hinterher, dann legte er auf und gab Jam einen Tritt. „Hör auf, dich über Sachen lustig zu machen, von denen du nichts verstehst! Und du, Caro, hör auf, mich in Teufels Küche zu bringen! Mann, ihr seid echt Pfeifen, alle beide!" Er griff sich seine Jacke und stürmte hinaus.

Caro und Jam sahen einander an, dann brachen sie in Lachen aus.

„Gott, muss die Frau gut im Bett sein", sagte Jam. „Anders kann ich mir das nicht erklären."

Caro zuckte mit den Schultern. „Manche wollen das so. Ein Häuschen im Grünen, ein Frauchen, das einen dort erwartet, ein oder zwei Kinder …"

„Wäre nichts für mich."

„Kann noch kommen."

„Mag sein. Und wie steht's mit dir?"

„Ich hab's versucht. Das Ergebnis kennst du."

„Du hättest es nicht versucht, wenn du es nicht gewollt hättest."

„Vielleicht sind nicht alle, die es wollen, auch dafür geeignet."

„Vielleicht lag's auch nur am falschen Kerl."

„Ich habe ein Talent dafür, die falschen zu erwischen."

„Sag bloß."

Die Titelmelodie von Indiana Jones ertönte, und Jam summte mit. Caro zog das Handy heraus und warf einen Blick auf das Display. „Hm. Eine Mobilnummer aus Deutschland. Kenne ich nicht."

„Könnte dieser Steuerbulle sein."

Caro drückte den Anruf weg.

„Meinst du, Thomas packt es diesmal?", fragte Caro.

„Wenn nicht, dann ist es wieder mal Zeit für Plan B."

Die Zeit verging, Thomas kam zurück, und seine Laune war keinen Deut besser. Al hatte ihm den letzten Nerv geraubt, ohne dass Thomas das Gespräch in die richtige Richtung lenken konnte.

„Also Plan B", sagte Jam. „Habt ihr euch für heute Abend verabredet?"

„Nee. Ich brauche eine Pause."

„Brauchst du nicht. Ihr macht heute Abend eine Jam-Session."

„Wa?"

„Eine Marmeladen-Sitzung, falls du kein Englisch kannst. Ich habe mich umgeschaut: Es gibt hier ein, zwei Clubs mit Bühne und Instrumenten. Ihr geht da heute Abend hin und macht Musik, oder was du dafür hältst."

Thomas stöhnte. „Tu mir das nicht an."

„Ihr könnt auch weiter zweimal am Tag essen gehen, bis es euch zu den Ohren rauskommt."

„Oh Mann … Ist der Knabe wirklich so ein schlechter Musiker?"

„Verglichen mit dir oder mit mir?"

„Verglichen mit mir ist jeder schlecht."

„Dann ist er ein hundsmiserabler Musiker."

Thomas runzelte die Stirn. „War das jetzt ein Kompliment oder eine Beleidigung?"

„Ich … Das … Ach, mach einfach."

„Lust habe ich null, aber die Idee ist nicht schlecht."

„Die Idee ist brillant!"

Caro rief bei einem Club an und vergewisserte sich, dass am Abend keine Live-Band geplant war und dass Instrumente zur Verfügung standen. Der Besitzer war wenig begeistert von der Idee einer geplanten spontanen Jam-Session. Hätte er gewusst, wer ihn da am Abend besuchen wollte, hätte sich das sicher schnell gegeben, aber Caro befürchtete, dass er es an die große Glocke hängen würde – das durfte nicht passieren. Thomas löste die Situation, indem er eine Zahl und ein Euro-Zeichen auf einen Zettel schrieb und Caro hinschob. Caro las die Zahl vor, und sie hatten einen Deal.

Als sie den Anruf beendet hatte, sah sie auf das Telefon und runzelte die Stirn. „Fünf verpasste Anrufe, alle von derselben Nummer."

„Der Steuerfahnder?", fragte Jam.

„Kann sein. Soll ich zurückrufen?"

„Bloß nicht!"

Der Abend rückte näher. Thomas genehmigte sich einen vorweggenommenen Frustkiller aus der Minibar, dann verabschiedete er sich und stieg mit Al in ein Taxi.

„So", sagte Jam und rieb sich die Hände, „auf geht's!"

„Essen gehen?"

„Quatsch. Glaubst du, ich lasse mir die Show entgehen?"

„Jam, du kannst da nicht …"

„Klar kann ich. Sieh mich an! Meine eigenen Eltern würden mich nicht erkennen."

„Kommt nicht in Frage. Viel zu gefährlich."

„Caro, ich will mich nicht auf seinen Schoß setzen. Ich suche mir einen Platz in einer dunklen Ecke, trinke ein Bier und filme mit dem Smartphone. Und ich habe das hier." Er setzte sich ein Basecap mit der Aufschrift ‚Gstaad – Come up, slow down' auf.

„Nein!"

„Komm schon! Lass mich auch mal Spaß haben."

„Wie es aussieht, wenn du in einer Kneipe Spaß hast, wissen wir."

„Jetzt tu mal nicht so."

„Das ist unsere allerletzte Chance, die Kohle zurückzubekommen, und die wirst du nicht aufs Spiel setzen. Ende der Diskussion."

Jam ließ sich seufzend aufs Sofa fallen. „Kriege ich wenigstens ein Bier?"

Caro öffnete die Minibar. „Ist alle."

„Im anderen Zimmer auch?"

„Im Schlafzimmer ist auch eine Minibar?"

„Klar."

Sie ging hinüber. „Hier ist gar keine …"

In dem Moment, in dem die Tür zuschlug, wusste sie, dass sie einen Fehler gemacht hatte. Sie sprintete in den Flur hinaus und sah gerade noch, wie sich die Fahrstuhltüren hinter Jam schlossen. Sie überlegte kurz, die Treppe zu nehmen, ließ es dann aber. Keine Chance.

Konnte sie Jam vertrauen, dass er keinen Mist baute? Der bloße Gedanke ließ sie auflachen. Jam zog das Chaos noch mehr an als die Groupies.

Sie musste ihm nach und versuchen, das Schlimmste zu verhindern. Aber wie? Jam hatte recht: Er war kaum wiederzuerkennen. Sie hingegen hatte sich nur mäßig verändert: die Haare etwas kürzer, andere Klamotten … Genug, um sich ein paar Paparazzi vom Leib zu halten, aber nicht genug, um Al zu täuschen.

Sie stellte sich vor den Spiegel, raffte die Haare auf dem Kopf zusammen. Spitzte die Lippen. Doch, da konnte man was machen.

Zwanzig Minuten nach Jams Verschwinden verließ auch sie das Hotel, in den engsten Jeans und mit den höchsten Absätzen, die ihr Gepäck hergegeben hatte. Im Gesicht hatte sie eine unanständig große Menge Schminke verteilt: die Lippen rot, die Augen dunkel, und die Wangenknochen stark betont. Auf dem Kopf trug sie eine modische Beanie, die sie im Shop in der Hotellobby erstanden hatte, und statt der üblichen Kontaktlinsen trug sie ihre Brille.

Zufrieden stellte sie fest, dass der Portier seine Augen kaum von ihr lassen konnte. Unauffällig ging anders, aber je besser jemand sie kannte, umso weniger würde er sie wiedererkennen.

Bereits am Eingang des Clubs hörte sie die Musik. Zumindest einer der beiden Gitarristen verstand eindeutig sein Handwerk, aber dass es nicht Jam war, hörte sie sofort. Nicht rotzig, nicht lebendig genug. Sie musste lächeln, als sie an das erste Mal dachte, dass sie ihn spielen gehört hatte.

Wie versprochen fand sie Jam in einer dunklen Ecke an einem Stehtisch, vor sich ein Bier und in der Hand ein Smartphone, dessen Kamera er auf die Bühne gerichtet hielt.

Zu ihm durchzukommen gestaltete sich nicht einfach: Der Laden war eng und voll. Drei Kerle boten ihr einen Drink an, einer legte ihr die Hand auf die Schulter und einer sogar auf den Hintern. Ein Blick von Caro genügte, und er zog sie zurück, als hätte er eine heiße Herdplatte angefasst.

„Du bist ein mieser Verräter", sagte sie, als sie Jam erreicht hatte.

„Normalerweise würde ich dir nicht widersprechen, aber in diesem Fall ist es geradezu meine Pflicht als Musiker und Ehrenmann, diesen eklatanten Niedergang der abendländischen Kultur filmisch zu dokumentieren. Die Nachwelt hat ein Anrecht darauf." Er warf einen kurzen Seitenblick auf sie, zog die Augenbrauen hoch und schwenkte das Smartphone zu ihr.

„Was soll das?" Sie schob es beiseite.

„Baby, du siehst heiß aus. Und ich sage das nicht nur, weil du mir hier keine reinhauen kannst."

Caro nickte in Richtung Bühne. „Wie machen sie sich?"

Jam schwenkte die Kamera zurück auf die Musiker. „Hörst du ja. Thomas ist kein zweiter Jimi Hendrix, aber er reißt es zumindest soweit raus, dass keiner mit Flaschen nach Al schmeißt."

Sie sah zu, wie die beiden in bester Angus-Young-Manier über die Bühne hüpften. „Spaß haben sie ja."

„Spaß – na ja. Aber Thomas ist ein verdammt guter Schauspieler. Allmählich kapiere ich, warum er Erfolg hat." Er hielt die Kamera wieder auf sie. „Los, Baby, zeig's mir! Tanz für mich in Pumps und Minirock!"

Eine Gruppe junger Männer hinter ihnen johlte und pfiff. „Ja, los!", rief einer. „Ab auf die Bar und tanzen!"

Caro tippte sich an die Stirn.

„Tan-zen! Tan-zen!", skandierten die Jungs. Zwei griffen nach Caro und wollten sie auf den Tresen heben.

„Finger weg!", rief sie.

„Komm schon, Süße, sei kein Spielverderber!"

„Ihr hört doch, sie will nicht", rief Jam. „Lasst sie in Ruhe." Er warf einen nervösen Blick auf die Bühne, aber die beiden dort vorne waren vollauf mit sich beschäftigt.

Das Gleiche galt für die Männer, die die strampelnde Caro immer noch auf die Bar heben wollten. Also steckte er das Mobiltelefon weg und trat einem der beiden in die Kniekehle.

Das Ergebnis war halbwegs vorhersagbar: Das Bein knickte ein, der Kerl ging zu Boden.

Was Jam nicht ausreichend vorhergesehen hatte: Caro wurde jetzt nur noch von einem Mann in der Luft gehalten, und auch das nur kurz. Zwar hatte sie schon einen Fuß auf dem Tresen gehabt, aber der spitze Absatz rutschte ab, traf eine Champagnerflasche und katapultierte sie hinter die Bar, wo sie krachend zersplitterte. Caro kreischte und suchte Halt. Das Einzige, was sie zu fassen bekam, war ein Stehtisch, der mit ihr gemeinsam zu Boden ging. Biergläser entleerten ihren Inhalt über Caro, ihre Ex-Träger und die umstehenden Gäste.

Der Wirt schäumte vor Wut und Champagner. „He, Mädchen, det wirst du mir bezahlen! Uff Heller und Pfennich!"

Eine Handvoll von Caros Gehirnzellen wunderte sich über den Berliner Dialekt, die restlichen waren damit beschäftigt, oben und unten neu zu sortieren und den Rest ihrer Anatomie wieder auf die Beine zu stellen.

„Einen Scheißdreck werde ich!", rief sie. „Die Flachzangen da sind schuld!" Sie deutete auf die beiden Männer, die sich ebenfalls aufrappelten.

„Der da hat mich von den Beinen getreten!", zeterte der eine.

Jam hob die Hände. „Habt ihr nicht gehört, dass sie nicht von euch begrabbelt werden wollte? Meint ihr, ich gucke nur zu, wenn eine Jungfrau in Nöten ist?"

Der Mann lachte. „Jungfrau? Ich fresse einen Besen, wenn das eine …"

„Oh, oh", sagte Jam und sah zu, wie Caro dem Kerl einen Pferdekuss verpasste.

„Au!", brüllte der, rieb sich den Oberarm und starrte Caro wütend an.

„Ich bin eine Dame, du Arsch", zischte sie. Dann bemerkte sie, dass etwas fehlte. Es war die Musik. Verstohlen blickte sie zur Bühne, von wo Thomas und Al neugierig zu ihnen herübersahen. Für einen Augenblick traf ihr Blick auf den von Thomas, der in rascher Abfolge Amüsement, Erkennen und Panik zeigte. Dann riss er die Gitarre hoch und stimmte ein Solo an, das sämtliche Aufmerksamkeit im Saal wieder auf ihn zog, auch die von Al.

„Hey", sagte Jam, „das kenne ich! Das ist das Solo aus ‚Let's Go Crazy' von Prince!"

„Ick scheiß drauf, von wem det is", sagte der Wirt. „Ick will Kohle sehen, und zwar jetze!"

„Ja, super. Wenn du welche siehst, dann sag Bescheid. Ich bin blank."

Caro stellte wieder einmal fest, dass Polizeiwachen überall auf der Welt im Grunde gleich aussahen. Gstaad machte da keine Ausnahme: So nobel der Ort auch war, so nüchtern war die Polizeiwache. Nicht, dass sie Marmorböden und goldene Wasserhähne erwartet hätte, aber etwas mehr als ein Schreibtisch und einige abgewetzte Bürostühle hätten es sein dürfen.

Sie saßen seit einer knappen Stunde in einem Vernehmungszimmer und harrten der Dinge, die da kommen mochten.

„Hat die Schweiz mit Deutschland eigentlich ein Auslieferungsabkommen?", fragte Jam.

Caro zuckte mit den Schultern. „Keine Ahnung."

„Ich hab keinen Bock auf Knast."

„Woher sollen die denn wissen, dass du in Deutschland einen Haftbefehl laufen hast?"

Sie schwiegen noch einige Minuten, dann klingelte Caros Telefon. Gerade wollte sie den Anruf annehmen, als ein Polizist hereinkam, sich setzte und sorgfältig einige Papiere vor sich ausbreitete.

„Ich wäre Ihnen dankbar, wenn Sie jetzt nicht telefonieren würden", sagte er im singenden Tonfall der Schweizer. Caro drückte den Anruf weg und schaltete das Telefon ab.

„Also", begann, „Ihnen wird zur Last gelegt, in einem hiesigen Musiklokal eine erhebliche Sachbeschädigung begangen zu haben. Ebenso wurde uns von einem tätlichen Angriff durch Sie beide auf einen Gast des Lokals berichtet. Der Geschädigte in letzterem Fall verzichtet auf eine Anzeige, der geschädigte Wirt im ersteren Fall allerdings nicht. Er hat aber durchblicken lassen, dass er das täte, wenn Sie den entstandenen Schaden umgehend begleichen."

„Mann", sagte Jam, „das habe ich Ihnen doch schon vor der Kneipe gesagt: Wir waren das nicht. Ich habe nur meine Freundin verteidigt, und zwar gegen genau den Typen, den ich angeblich angegriffen haben soll. Wenn da was zu Bruch gegangen ist, dann ist das deren Schuld."

Der Polizist zuckte mit den Schultern. „Das können Sie gerne zu Protokoll geben. Ich sage Ihnen nur, was Ihnen vorgeworfen wird."

„Und deshalb", sagte Jam und stieß mit dem Zeigefinger auf die Tischplatte nieder, „werden wir auch keinen Schilling bezahlen."

„Franken."

„Meinetwegen. Holen Sie sich die Kohle von den beiden Idioten, die mit dem Scheiß angefangen haben."

Der Polizist lehnte sich zurück. „Die Herren beschreiben die Situation erheblich anders. Sie sagten aus, dass Sie die Dame bereits aufgefordert hätten, ich zitiere: ‚Tanz für mich in Pumps und Minirock'."

Caro fand, dass dieser Satz in Schwitzerdütsch erheblich an Sex-Appeal verlor, behielt ihre Meinung aber für sich.

„Es ist doch wohl was anderes, ob ich das zu meiner Freundin sage oder ob ein paar wildgewordene Holzhackerbuam das wörtlich nehmen", sagte Jam.

Der Polizist setzte zu einer Erwiderung an, als die Tür aufging und ein Kollege ihn herauswinkte. Keine zwei Minuten später kam er zurück. „Sie können jetzt gehen."

„Na endlich", sagte Jam. „Wurde auch Zeit, dass hier einer zur Vernunft kommt."

Der Polizist zog die Augenbrauen hoch. „Der Schaden wurde bezahlt, und der Wirt hat wie angekündigt auf eine Anzeige verzichtet. Damit liegt nichts strafrechtlich Relevantes mehr gegen Sie vor."

„Bezahlt? Was …"

Caro schubste ihn zur Tür.

Im Hinausgehen wendete er sich noch einmal um. „Gibt es eigentlich ein Aus…"

Caro stieß ihn aus dem Zimmer.

Vor der Wache wartete Thomas.

„Was soll der Scheiß?", fuhr er sie an. „Was ist das für eine Verarsche? Erst lässt du mich hier den Affen machen, und dann tust du alles, um deinen eigenen Plan zu sabotieren. Kannst du mir das mal erklären?"

„Ja", sagte Caro, „das würde mich auch mal interessieren."

Jam wollte protestieren, aber Thomas winkte ab. „Quatsch. Jam hätte niemand erkannt, selbst wenn er mit auf die Bühne gesprungen wäre. Ich rede mit dir, Mädchen! Was soll der Scheiß, und warum siehst du so nuttig aus?"

„Ich … ich … ich sehe nicht nuttig aus!"

„Ach nein? Dir fehlt doch nur noch ein Preisschild auf'm Arsch!"

„Und, hättest du mich so wiedererkannt?"

„Erst, als du den Tresen abgeräumt hast. Aber das ist nicht der Punkt. Warum zum Teufel bist du überhaupt aufgekreuzt?"

„Jam ist mir entwischt, und einer musste dafür sorgen, dass er keine Scheiße baut."

„Das hast du super geschafft. Die Scheiße, die du gebaut hast, war ja kaum zu toppen."

Caro zeigte auf Jam. „Hätte er nicht …"

„Hätte, hätte, Fahrradkette. Weißt du, was das Problem ist? Dass du nicht lockerlassen kannst. Immer musst du alles unter Kontrolle haben."

„Das ist nicht wahr, ich …"

„Ach nein? Und der Schwachsinn mit dem Verkabeln? Gib's zu, es war dir ganz recht, dass Jam gekommen ist, weil du dann einen Grund hattest, auch da zu sein."

Caro verschränkte die Arme und schwieg, Thomas schwieg zurück.

„Und, wie war's?", fragte Jam nach einiger Zeit.

„Was?"

„Wie ist es mit Al gelaufen? Hat er endlich angebissen?"

„Ja, hat er. Morgen steigt die Sache."

„Super. Danke. Und auch für's rauspauken."

„Wenigstens einer weiß hier, was sich gehört." Thomas drehte sich um und ging zurück zum Hotel. Caro und Jam folgten ihm schweigend, und schweigend ging jeder auf sein Zimmer.

31

Am nächsten Morgen trafen sie sich nach dem Frühstück in Thomas' Suite. Keiner erwähnte den vorangegangenen Abend. Das war einfach, denn sie hatten genug zu planen und zu besprechen. Dieser Tag würde darüber entscheiden, ob Jam sein altes Leben zurückbekam.

„Gut", sagte Thomas. „Hier sind die Entwürfe für meinen Vertrag mit Al. Gerade vom Anwalt bekommen."

Caros Handy klingelte.

„Kannst du das Ding nicht ausmachen? Das nervt! Also, wenn ich es nicht besser wüsste, dann würde ich sagen, der Vertrag ist wasserdicht. Ist er aber nicht. Das Schlimmste, das mir passieren kann, ist, dass ich tatsächlich mit Al ein Album produzieren muss."

„Schlimm genug", sagte Caro. „Das könnte echt peinlich werden."

„Tja … Entscheidend ist, was in dem Vertrag nicht drinsteht. Zum Beispiel, dass das Album auch auf den Markt kommen muss."

Thomas zeigte sein fröhlichstes Zahnpastagrinsen mit einem Hauch Gehässigkeit.

„Und hier sind die wirklich wichtigen Papiere." Jam wedelte mit einer Handvoll Blättern. „Auch gerade frisch von meinem Anwalt, auch wenn der sich gewunden hat wie ein Aal. Scheint ihm nicht zu behagen, jemanden in die Pfanne zu hauen."

„Ein Anwalt mit einem Gewissen?", fragte Thomas. „Ist mal was ganz Neues."

„Strafverteidiger. Ist besser im Raushauen als im Reinhauen."

„Und was steht drin?"

„Im Großen und Ganzen, dass Al die Verträge widerruft. Ihr wisst schon, die, dass er die Kohle nimmt und ich die Verantwortung. Dann eine Bankvollmacht, mit der ich an meine Kohle rankomme, und zusätzlich überträgt er die Rechte an meinen Songs zurück an mich. Und er übernimmt den Job als Geschäftsführer bei der BFK Konzertagentur, mit Datum von vor einem Jahr."

„Super."

„Außerdem gibt er zu, dass er stinkt, ein Xavier-Naidoo-Fan ist und die Klitschkos zu einem Kampf auf Leben und Tod herausfordert."

„Ein cleverer Schachzug."

„Meinst du, du kannst ihm das einfach so unterjubeln?" Thomas nickte und lehnte sich mit einem sehr selbstzufriedenen Grinsen zurück.

„Was, wenn er alles sorgfältig durchlesen will?"

„Wer käme denn auf solche verwegenen Ideen?", fragte Caro.

„Ich zum Beispiel."

„Sag bloß."

„Die letzten Wochen haben mich sehr verändert. Wenn ich wieder zu Hause bin, werde ich einen Bausparvertrag abschließen, lesen lernen und einen Goldhamster adoptieren."

„Ich bin gerührt."

„Schaffe ich", sagte Thomas. „Überlass das mir. Aber ohne Minikameras!"

Der Vormittag zog sich hin. Es war nicht mehr viel vorzubereiten, die Anspannung war greifbar.

Caro ging noch einige Male die Details durch, aber das machte sie eher nervöser als ruhiger.

Thomas schnappte sich Telefon und Notebook und erledigte Geschäftliches.

Jam tat, was er schon viel zu lange nicht getan hatte: Er holte die Gitarre heraus und spielte, was immer ihm in den Sinn kam.

Der Mittag kam. Thomas packte seinen Aktenkoffer mit den vorbereiteten Papieren. Caro versuchte gar nicht erst, ihn zum Tragen der Minikamera zu überreden. Stattdessen reservierte sie einen Tisch in einiger Entfernung zu dem von Thomas und Al, sodass sie beobachten konnten, wie er sich schlug.

Thomas fuhr zuerst mit dem Fahrstuhl nach unten. Fünf Minuten später folgten ihm Caro und Jam.

Sie traten aus dem Fahrstuhl in die Lobby und passierten die Rezeption, als sie jemanden nach Thomas fragen hörten. Eine Frauenstimme, die Caro die Nackenhaare sträubte, wie es sonst nur Kreide auf einer Schultafel konnte. Sofort griff sie nach Jam und zog ihn beiseite.

„Sandra?", fragte er.

Caro nickte.

„Wie zum Teufel …?"

„Egal. Wir müssen Thomas warnen!"

„Und wie sollen wir das anstellen?"

„Mann, wieso muss der Idiot so stur sein? Hätte er einen Knopf im Ohr, wäre das alles kein Problem."

„Los, komm mit!"

Sie lief Jam nach, der die Rezeption im Bogen umrundete und das Restaurant ansteuerte. Sie ignorierten den Kellner, der sie nach ihren Wünschen fragte, und näherten sich Thomas' Tisch so, dass sie in Als Rücken blieben. Beide winkten Thomas zu, deuteten auf den Eingang und machten Zeichen, dass er verschwinden sollte – vergebens. Thomas war so ins Gespräch mit Al vertieft, dass er sie nicht bemerkte. Jam war drauf und dran, ihn mit Brotstücken zu bewerfen, doch Caro zog ihn nach unten: Sandra hatte das Restaurant betreten und steuerte geradewegs auf Thomas' Tisch zu.

„Auf der anderen Seite", flüsterte Jam, „was kann sie schon anrichten?"

„Du kennst sie nicht. Wenn es etwas gibt, in dem sie wirklich talentiert ist, dann darin, Chaos zu stiften."

Sandra baute sich vor Thomas auf. „Hier bist du also", sagte sie statt einer Begrüßung und stemmte die Arme in die Hüften. „Ich denke, du arbeitest?"

Thomas verschluckte sich an einem Brotstück und hustete. „Machstn du hier?", krächzte er.

„Das frage ich dich. Immerhin erklärst du mir seit Tagen, dass du so furchtbar beschäftigt bist. Das heißt, wenn du dich überhaupt meldest."

„Aber Schatz, ich arbeite wirklich."

„Das sehe ich."

„Das nennt sich Arbeitsessen."

„Natürlich. Und abends gehst du auf Gala-Empfänge."

„Du, in meinem Job …"

„Soll ich dir mal was sagen? Hier gab es gar keinen Gala-Empfang. Nicht im Umkreis von hundert Kilometern."

„Ja, glaubst, du, die werden in der Bild-Zeitung …"

„Also, wo ist sie?"

„Wer?"

„Hör auf, du weißt genau, wen ich meine. Dieses Flittchen."

„Ich kenne keine Flittchen."

„Sei nicht albern. Dein früherer angeblicher Bodyguard, diese Carolin. Mit der wolltest du doch schon immer was anfangen."

„Sie aber nicht."

„So, du gibst es also zu. Für wie blöd hältst du mich eigentlich?"

„Also ..."

„Da taucht diese Blondine vor ein paar Tagen bei uns zu Hause auf, und mein lieber Mann hat nichts Besseres zu tun, als Hals über Kopf in die Schweiz zu fliegen und die Frau zu Hause zurückzulassen, die so blöd war, ihn zu heiraten."

„Du siehst Gespenster! Ich habe nichts mit der Frau! Ich hatte dringende Termine und ..."

„Dringende Termine?", fragte Al. „Ich denke, du bist hier, um Urlaub zu machen?"

„Ja, auch. Ein paar Termine hier und da und ein paar Tage ausspannen."

„So", sagte Sandra, „das hörte sich für mich aber ganz anders an."

Thomas knallte die Serviette auf den Tisch. „Schatzi, es ist mir egal, wie sich das für dich anhört. Du hast nicht irgendeinen Jet-Set-Fuzzi geheiratet, der seine Kohle am Strand von Saint-Tropez verjubelt, sondern Deutschlands Pop-Mogul. Ich arbeite immer." Er zeigte auf Al. „Ich arbeite, wenn ich esse. Ich arbeite, wenn ich auf Partys bin, denn die hängen mir schon seit zehn Jahren zum Hals raus. Ich arbeite, wenn ich beim Skifahren bin. Und wenn ich penne, dann arbeite ich auch, denn dann fallen mir die besten Songs ein."

„Wo ist sie?"

„Ich sage dir doch, sie ist nicht hier."

„Dein Pilot sagt was anderes."

„Mein Ex-Pilot."

„Seit wann?"

„Gerade eben."

„Du bist mit Carolin Christensen gekommen?", fragte Al.

„Was geht dich das an?"

„Eine Menge, und das weißt du."

„Sie hat mal für mich gearbeitet, ich habe sie gefeuert, sie arbeitet jetzt für wen anders. Punkt."

„Genau. Für Jam."

„Und?"

Al faltete seine Serviette sorgfältig zusammen und legte sie auf den Teller. „Zufälle sind eine wichtige Sache in unserem Geschäft, und ich war gerne bereit, an einen Zufall zu glauben, der uns zusammengebracht hat. Ich habe keine Ahnung, was du im Schilde führst, aber zufällig ist hier gar nichts." Er sah Sandra an. „Meinen Sie nicht?"

Sandra blickte von Thomas zu Al und zurück und wiederholte das mehrfach. „Wo ist sie?", sagte sie schließlich, aber wohl nur, weil der Satz sich bislang bewährt hatte.

Thomas ignorierte sie. „Also", fragte er, „willst du den Vertrag oder nicht?"

Al schüttelte den Kopf.

„Mann, das ist die Chance! Ich bringe dich ganz groß raus! Für jeden Euro, den wir da reinstecken, kriegen wir mindestens …"

„Lass es. Wie sagt man? ‚Wenn etwas zu schön scheint, um wahr zu sein, dann ist es das meistens auch nicht'. Du steckst mit Caro und Jam unter einer Decke, das musst du gar nicht leugnen."

„Mann, du bist ein Hornochse! Hier drin", Thomas klopfte auf seinen Aktenkoffer, „steckt alles, was du brauchst, um richtig durchzustarten. Nur ein paar Unterschriften, und dir steht die Welt offen!"

„Komm schon", flüsterte Jam, „mach hin jetzt! Schmeißt die blöde Kuh raus und zieht das Ding durch!"

Al stand auf und deutete eine Verbeugung vor Sandra an. „Sie glauben gar nicht, wie froh ich bin, Sie kennengelernt zu haben. Thomas, mach's gut. Wir werden uns sicher wieder über den Weg laufen."

„Alter, überleg dir das! Lass uns beim Abendessen nochmal drüber reden!"

„Das denke ich nicht. Ich habe mir schon länger überlegt, in eine wärmere Gegend zu ziehe. Jetzt scheint mir ein guter Zeitpunkt zu sein."

„Du haust ab?"

„Ich haue ab." Al verließ das Restaurant.

Thomas funkelte Sandra an. „Super. Das hast du toll gemacht."

„Wo ist sie?"

Caro stieß Jam an und winkte ihm zu gehen. Gebückt kurvten sie zwischen den Tischen hindurch und stießen fast gegen den Kellner. „Die lästige Presse wieder, vermute ich?", fragte er.

Jam nickte.

Der Kellner beugte sich vor und reichte ihnen beiden mit form-vollendeten Bewegungen die Speisekarten. „Falls Sie wieder auf dem Zimmer zu speisen wünschen, wählen Sie einfach die neun-undneunzig. Der fangfrische Loup de Mer ist heute ganz fabel-haft."

Als sie wieder in die Lobby traten, stieß Al sich von der Rezep-tion ab und ging zum Fahrstuhl.

„Das Taxi ist in zehn Minuten da", rief ihm der Rezeptionist nach.

„Zehn Minuten", sagte Caro tonlos. „Verdammt."

Jam nickte. „Wir brauchen einen Plan, und zwar schnell."

Caro warf die Arme in die Luft. „Einen Plan! In zehn Minuten? Wir haben tagelang am letzten gesessen!"

„Dann muss dieser eben schneller gehen."

„Meinst du, wir bekommen Thomas dazu, ihm hinterherzurei-sen?"

Jam sah ins Restaurant, wo Sandra immer noch stand, die Arme in die Hüften gestemmt. Durch die Glastür war nichts von ihrem Redeschwall zu hören, aber Gäste und Milchgetränke im Umkreis von zehn Metern waren mittlerweile vermutlich sauer. „Nee. Der braucht zwei Wochen, bis er unterm Pantoffel wieder raus ist."

„Aber wie willst du das alles in zehn Minuten schaffen?"

„Irgendwer muss ihm die Unterschriften abluchsen, und Thomas wird es nicht sein."

„Ich würde selber dafür sorgen, aber die Blutflecken auf dem Papier wären verräterisch."

„Dann bleibe wohl nur noch ich."

„Bist du irre?"

„Das fragst du noch? Bin gleich wieder da!"

Er rannte ins Restaurant. Caro folgte ihn, blieb aber an der Tür stehen, um Sandra nicht zu begegnen. Der Tag lief auch so schon mies genug.

Jam rannte schnurstracks zu Thomas. „Koffer!", rief er.

Thomas reagierte pfeilschnell und hielt ihn Jam hin. Der griff zu, wollte wenden und geriet auf dem glatten Parkett ins Schlittern. Um Haaresbreite verfehlte er Sandra, die mit einem Kreischen bei-seite sprang und auf Thomas' Schoß landete. Jam bekam die Kurve und schlitterte zurück zum Ausgang. Der Kellner eilte herbei und hielt ihm die Glastür auf.

Jam blieb keuchend in der Lobby stehen. „Du", sagte er leise, „hast genau eine Minute, um dich zu erinnern, wie man einen Mann abschleppt. Und ich meine nicht die Methode mit der Keule."

„Was?"

Er zeigte mit dem Daumen zur Rezeption. „Der da muss weg."

„Warum?"

„Mach einfach!"

Er drehte sich um und ging bis zum Ende der Rezeption. Dort tat er, als wolle er zum Fahrstuhl abbiegen, blieb aber hinter der Ecke stehen und winkte Caro auffordernd zu.

Caro sah sich den Rezeptionisten genauer an: Schwarze Haare, scharf geschnittene Wangenknochen und eine sportliche Figur, die selbst die grässliche graue Hoteluniform nicht entstellen konnte. Nicht schlecht. Bei dem lohnte das Angraben wenigstens. Aber unter Zeitdruck?

Sie schluckte und ging hinüber. „Hallo", sagte sie und lehnte sich so an den Tresen, dass ihr Busen dekorativ darauf platziert war.

Der Mann schaute zu ihr auf und durchlief in zwei Sekunden die üblichen drei Stufen des Erkennens: Mensch – Frau – attraktive Blondine. Er lächelte. „Was kann ich für Sie tun?"

„Tja", sagte sie, warf ihre Haare zurück und lachte. „Wenn ich das nur genau wüsste."

Immerhin hatte sie jetzt seine volle Aufmerksamkeit. „Ein bisschen müssen Sie mir schon auf die Sprünge helfen", sagte er und lehnte sich vor.

„Ich bin hier im Urlaub", begann sie und hatte keine Ahnung, was daraus werden sollte.

„Wie schön."

Aus dem Augenwinkel sah sie, wie Jam geduckt hinter den Tresen schlich und durch eine der Türen schlüpfte, die nach hinten führten.

„Und es ist der erste Urlaub seit langer Zeit, den ich ohne Begleitung … Also, ganz alleine …"

Der Mann nickte verständnisvoll.

„Kurz gesagt: Was muss ich anstellen, um hier … Bekanntschaften zu schließen?"

„Na, hören Sie! Eine schöne Frau wie Sie – setzen Sie sich einfach in eines der Straßencafés und lächeln Sie so hübsch wie jetzt."

„Tolle Idee. Kommen Sie mit?"

„So meinte ich das eigentlich nicht."

„Ich schon." Sie zwinkerte ihm zu.

„Na ja", sagte er und sah sich um. „In einer Dreiviertelstunde habe ich Feierabend. Wenn du …"

Mist. Da hatte sie sich selbst ein Bein gestellt.

„Nein, jetzt."

„Jetzt? Aber ich …"

„Jetzt sofort."

„Warum kann das nicht noch eine Stunde warten?"

Sie holte tief Luft. „Weil ich seit fast einem halben Jahr keinen …"

„Da ist sie ja!" Caro brauchte sich nicht umzudrehen, um die Stimme zu erkennen. Das Ziehen in den Plomben sagte ihr alles.

Auch der attraktive Rezeptionist zuckte zusammen. „Oh Gott, die schon wieder", sagten sie beide gleichzeitig und mussten lachen.

„Hast du nicht gerade Stein und Bein geschworen, dass sie nicht hier ist?"

„Schatz, ich wusste nicht …"

„Natürlich wusstest du es! Kaum drehe ich dir den Rücken zu, schon springst du durch die Betten!"

„Schatz, das ist doch …"

„Willst du das etwa abstreiten? Dass ihr gemeinsam hergeflogen seid? Dass ihr im selben Hotel wohnt? Dass sie hier steht und auf dich wartet?"

Caro sah den Rezeptionisten an, der sie mit gehobener Augenbraue fixierte. Sie hob die Hände und schüttelte heftig den Kopf.

„Jetzt spiel nicht die Unschuld vom Lande", fuhr Sandra sie an. „Oder willst du etwa bestreiten, dass ihr euch hier hinter meinem Rücken trefft?"

„Natürlich nicht", sagte Caro.

Thomas schnappte nach Luft.

„Wir wollten uns in aller Ruhe zusammensetzen, um zu schauen, wie wir diese leidige Sache mit den Klagen aus der Welt schaffen können."

„Das kannst du deinem Friseur erzählen!"

„Wo, meinst du, hätten wir das sonst machen sollen? Bei euch im Wohnzimmer? Wir haben es versucht, aber das war dir auch nicht recht."

„Die Klagen habt ihr doch beide fallenlassen!"

„Nee du, nicht alle", sagte Thomas.

„Was?"

„Du, Schatz, ich wollte dich nicht aufregen, in deinem Zustand. Ich habe gedacht, Mensch, das kriegst du auch gebacken, ohne deine Süße zu nerven."

„Und das soll ich dir glauben?"

„Würde ich dich anlügen?"

An Stelle einer Antwort hielt Sandra die Luft an, krallte sich in Thomas' Hemd und gab ein Stöhnen von sich, das einige – viele! – Oktaven unter ihrer üblichen Stimme lag.

„Schatz, alles in Ordnung?"

Sie japste. „Nichts ist in Ordnung. Das war eine Wehe!"

„Sach mal, wenn das Kind hier geboren wird, ist es dann Schweizer?"

Sandra krallte sich jetzt mit beiden Händen in Thomas' Brust.

„Ist das alles, was dir dazu einfällt?", ächzte sie.

„Sie braucht Ruhe", sagte Caro. „Los, ab auf euer Zimmer!" Sie winkte dem Rezeptionisten. „Komm schon, hilf ihm, schnell!"

„Sollen wir nicht einen Krankenwagen …"

„Doch nicht bei der ersten Wehe. Aber sie muss sich jetzt hinlegen. Soll sie das hier auf dem Teppich machen?"

Das leuchtete ihm ein, und er beeilte sich, mit Thomas zusammen Sandra in den Fahrstuhl zu bugsieren.

„Und bleib oben bei den beiden!", rief sie ihm hinterher. „Besorge Handtücher. Und heißes Wasser!"

Kaum dass sich die Fahrstuhltüren geschlossen hatten, kam ein anderer Hotelangestellter mit der gleichen grässlichen Uniform aus dem Hinterzimmer. „Kann ich Ihnen behilflich sein?", fragte er mit Schweizer Akzent.

„Nein danke, ich … Du?"

Jam grinste breit. Zusätzlich zu der geklauten Uniform hatte er eine Brille mit dicken schwarzem Rahmen aufgetrieben und die blond gefärbten Haare nach hinten gekämmt. „Gut, oder?"

„Jam, Al war dein Manager! Er kennt dich besser als ich!"

„Niemand kennt mich besser als du, und nicht mal du hast mich erkannt. Und außerdem: Was habe ich zu verlieren? Jetzt hau ab, er kann jeden Moment kommen."

Ein „Bling" zeigte an, dass der Fahrstuhl eintraf. Caro überlegte nicht lange und hechtete aus dem Stand über den Tresen.

„Alle Achtung", murmelte Jam.

Jemand trat an die Rezeption. „Was kann ich für Sie tun?", fragte Jam freundlich.

Es war nicht Al, sondern eine ältere Dame, die sich nach dem Weg in den Ort erkundigte. Jam erklärte ihn geduldig und wünschte ihr einen schönen Tag.

„Das machst du gut", sagte Caro. „Schon mal über einen Jobwechsel nachgedacht?"

„Klappe da unten. Showtime!"

Caro presste sich an das dunkle Holz des Tresens.

„Grüezi", flötete Jam, „was kann ich für Sie tun?"

„Dreihundertvierzehn. Die Rechnung bitte." Die Stimme von Al.

„Selbstverständlich. Wenn Sie hier bitte unterschreiben würden."

„Die Rechnung unterschreiben? Wozu das denn?"

„Für die Kreditkartenabbuchung. Das Kartenterminal ist leider ausgefallen."

„Na gut."

„Und hier, bitte."

Das Geräusch von Kugelschreiber auf Papier.

„Dann noch einmal hier …"

„Alles wegen der Kreditkarte? Kann doch nicht sein."

„Nein, mein Herr. Das hier ist wegen des neuen Beherbergungsgesetzes. Ist nur eine Formalie, aber leider müssen wir von jedem Kunden das Formular abzeichnen lassen. Möchten Sie es vorher durchlesen?"

„Nein, geben Sie her."

Wieder das Kritzeln von Kugelschreiber auf Papier.

„Und noch einmal hier. Und hier."

„Ist jetzt bald Schluss?"

Caros Mobiltelefon vibrierte. Hastig fummelte sie es aus der Hosentasche, aber es war zu spät: Die Titelmelodie von Indiana Jones schmetterte durch die Lobby.

Schlagartig hörte das Kratzen des Stifts auf. „Was zum …"

Caro blickte nach oben. In das Gesicht von Al, der über den Tresen lehnte. Fassungslosigkeit lag in seinen Zügen. Er hob den Kopf. „Jam!"

Jam packte Al beim Kragen. „Du wirst jetzt sofort die restlichen Papiere unterschreiben, oder …"

Eine Sekunde lang stand Al der Schrecken ins Gesicht geschrieben, dann riss er sich los, schnappte die Papiere und rannte hinaus, seinen Rollkoffer im Schlepptau.

Caros Telefon klingelte unbeirrt weiter. Unwirsch hämmerte sie auf den Touchscreen. „Was ist?", schnauzte sie. Stille. Dann eine verschreckte Jungmädchenstimme. „Ist da Frau Christensen?"

„Wer will das wissen?"

„Ja, also … Ich bin Lisa Oltmann. Ich habe hier so ein paar Mails zwischen meinem Papa und Jams Manager, und ich dachte, vielleicht könnte ich damit Jam helfen."

„Dich schickt der Himmel. Bleib dran!"

Caro stand auf und rannte nach draußen, Jam dicht dahinter.

„Al", rief sie.

Al winkte wild nach einem Taxi und beachtete sie nicht.

„Du steckst mit Oltmann unter einer Decke."

Er stockte. „Ich weiß nicht, wovon du redest."

Caro hob das Handy. „Klar weißt du das. Und ich habe hier jemanden am Telefon, die weiß es auch. Wenn du nicht sofort zurückkommst, bist du erledigt."

„Du bluffst. Du hast nichts."

Caro grinste.

„Ernsthaft?", fragte Jam.

„Aber so was von."

„Gib mal her." Er nahm Caro das Telefon ab. „Hi, hier ist Jam. Du hast ernsthaft Beweise, dass die unter einer Decke stecken? Ich könnte dich knutschen!" Er lauschte angestrengt. „Hallo? Hallo! Nicht hyperventilieren jetzt!"

32

Oltmann stieg aus dem Taxi und betrachtete das Hotel. Ein palastähnlicher Protzbau, die perfekte Unterbringung für die Schönen und Reichen.

Er knurrte unwillig. Musste das sein? Schlimm genug, dass er mit einem Steuerbetrüger zusammenarbeiten musste, um diese musikalische Landplage von der Bildfläche zu tilgen. Aber war es wirklich nötig, dass Binder seine ergaunerten Millionen auch noch derart schamlos zur Schau stellte?

Und was überhaupt fiel dem Kerl ein, ihn einfach hierherzuzitieren? Dieser Binder konnte froh sein, dass er zu neugierig war, um die Einladung auszuschlagen.

Außerdem, so musste er eingestehen, steckte er in der Sackgasse. Seit Jams Flucht aus seinem Büro hatte er die Fährte verloren. Er hatte alles versucht, sogar eine Mobilfunk-Ortung beantragt, aber die hatte der Richter abgeschmettert.

Und dann hatte er auch noch herausfinden müssen, dass diese blonde Personenschützerin aus der U-Haft entlassen wurde. Ein weiterer herber Rückschlag. Ein peinlicher dazu: Er hatte wie ein Idiot in der Justizvollzugsanstalt dagestanden, als er sie noch einmal in die Zange nehmen wollte.

Wenn also dieser Binder jetzt neue Informationen hatte, dann war es die Reise wert. Und wehe, wenn nicht.

Er straffte die Schultern und betrat das Hotel. Ein überaus freundlicher Rezeptionist fragte nach seinen Wünschen und führte ihn in ein Konferenzzimmer.

Dort saß bereits Alex Binder am Tisch, vor sich ein Glas Wasser.

Das war in Ordnung.

Alles andere war falsch.

Denn Binder schaute drein wie ein Schaf im Schlachthof. Und er war nicht allein: Mit am Tisch saßen Jam, diese Christensen und ein anderer Mann, den Oltmann irgendwie aus dem Fernsehen kannte, aber nicht einordnen konnte. An der Stirnseite saß ein verschlossen aussehender Mann in schwarzem Maßanzug und goldgemusterter Krawatte.

Für einen würdevollen Rückzug war es jetzt zu spät, also schloss er die Tür und stellte seine Aktentasche auf den Tisch. „Würde mir bitte jemand erklären, was hier vorgeht?", fragte er.

Binder sah zur Seite, Jam lehnte sich obszön grinsend zurück. Christensen ergriff das Wort: „Es gibt da Einiges, das wir im beiderseitigen Interesse besprechen sollten."

„Ich wüsste nicht, was das sein sollte."

Jam zeigte auf ihn. „Du bist geliefert, Alter. Wenn du nicht mitspielst, kannst du einpacken. Wir haben dich am Arsch."

Oltmann hob die Augenbrauen. „Erstens kann ich mich nicht erinnern, Ihnen das ‚Du' angeboten zu haben. Zweitens ist die Sachlage doch eher umgekehrt."

„Du steckst mit ihm da unter einer Decke." Jam nickte zu Binder hinüber.

„Ich kenne den Mann nicht."

„Dann sind Sie also auf die Nachricht eines Unbekannten hin in die Schweiz gekommen?", fragte Christensen.

„Na gut, ich habe mit Herrn Binder im Rahmen der Ermittlungen gesprochen. Das ist kein Geheimnis."

„Auch die Mails nicht?"

„Es gibt keine Mails."

„Doch, die gibt es. Und wir haben sie", sagte Jam. „Und du warst auch noch so bescheuert, sie über deine Behördenadresse laufen zu lassen." Sein Grinsen wurde noch breiter.

Oltmann schob seine Tasche beiseite und stützte sich auf den Tisch. „Haben Sie gerade eingestanden, meinen Mail-Account bei der Behörde gehackt zu haben? Mann, Sie haben sich gerade ein richtig tiefes Loch gegraben."

Jam schüttelte langsam den Kopf. „Habe ich nicht."

„Wer dann?" Oltmann fixierte die anderen beiden Männer. „Einer von Ihnen? Gewöhnen Sie sich schon mal an Häftlingskleidung."

Der TV-Typ zeigte ihm seine blendend weißen Zähne, der Maßanzug verzog keine Miene.

„Herr Oltmann, ganz im Ernst: Lassen Sie das bleiben", sagte Christensen. „Bitte."

„Ach, und warum sollte ich das tun?"

„Weil Sie es bereuen werden. Lassen Sie es gut sein."

Oltmann lehnte sich vor. „Ihr Bluff versagt, und Sie verlegen sich aufs Bitten? Das ist armselig."

Caro seufzte und tauschte einen Blick mit Jam aus. Der runzelte die Stirn, überlegte einen Moment und nickte dann.

„Wir hätten das gerne vermieden, aber wenn Sie darauf bestehen …", sagte Caro, griff zum Mobiltelefon und tippte eine Nachricht ein.

Kurz darauf öffnete sich die Tür hinter ihm. Er drehte sich um – und sah in Lisas Gesicht. Sie schaute zu ihm auf wie ein Kaninchen in den Lauf einer Panzerhaubitze.

„Du?" Seine Stimme drohte zu kippen. „Was machst du hier? Wie hast du … Du warst doch heute Morgen noch zu Hause, als ich …"

„Ich hab sie mit meinem Jet abholen lassen", sagte der TV-Typ lässig. „Ich hätte dich ja auch mitgenommen, aber ich dachte mir, du, das geht nicht gut." An der Stimme erkannte Oltmann ihn. Was in Gottes Namen machte Deutschlands Pop-Mogul in diesem Komplott?

Lisa rutschte die Wand entlang an ihm vorbei, flüchtete um den Tisch und setzte sich neben Christensen, ganz vorne auf die Stuhlkante. Alle paar Sekunden schickte sie einen verstohlenen Blick zu Jam. Der zwinkerte zurück, und Lisa errötete, wie sie es sonst nur tat, wenn sie eine Fünf in Mathe gestand.

Oltmann stach seinen Zeigefinger in ihre Richtung. „Mein liebes Fräulein, kannst du mir erklären, was du hier machst?"

Lisa blickte hilfesuchend zu Christensen, die ihr sanft die Hand auf die Schulter legte. „Ich wollte doch nur Jam helfen", sagte sie und schluckte.

Oltmann wurde kurz schwarz vor Augen. Er setzte sich. „Du hast meine Mails gestohlen."

„Na ja, nicht wirklich, nur kopiert. Und auch nur ein paar."

„Weißt du nicht, dass das eine schwere Straftat ist?"

„Aber die bekommt doch keiner zu sehen! Ich lösche sie alle wieder, und dann ist es doch, als wäre nie etwas passiert!"

„Außer dass du meine Ermittlungen sabotierst. Das an und für sich ist schon strafbar."

Lisa sprang auf, die Hände zu Fäusten geballt. „Aber du hast nicht ermittelt, du hast ihn reingelegt! Jam ist unschuldig, und du wolltest ihn unbedingt fertigmachen! Warum?"

Fünf Augenpaare hefteten sich auf Oltmann.

Er schüttelte den Kopf. „Herr Kaczinski ist Geschäftsführer der BFK Konzertagentur und damit in vollem Umfang verantwortlich für alles, was dort geschehen ist. Ich hatte einen Anfangsverdacht, ich bin ihm nachgegangen. Ich habe mir nicht das Geringste vorzuwerfen."

„Das sehe ich anders", sagte der Mann im Maßanzug. „Der Mailverkehr zwischen Ihnen und Herrn Binder legt nahe, dass Sie sehr genau wussten, wer hinter der Sache steckt."

„Die Mails können Sie sich sonst wohin stecken", knurrte Oltmann. „Sie werden nie im Leben als Beweismittel zugelassen werden, so illegal wie sie beschafft wurden." Er warf einen scharfen Seitenblick auf seine Tochter. Lisa schluckte.

„Vollkommen richtig. Deswegen habe ich ein Papier vorbereitet, in dem ich Ihre Dienststelle über den Verdacht der falschen Anschuldigung zum Nachteil von Herrn Kaczinski und der Strafvereitelung im Amt informiere und ihrem Amtsleiter nahelege, zur Beweissicherung Ihren E-Mail-Verkehr zu beschlagnahmen. Kopie an die Staatsanwaltschaft. Wenn Sie selbst lesen möchten." Er schob Oltmann einen Zettel zu. „Ich brauche den Namen Ihrer Tochter nicht einmal ins Spiel zu bringen. Oder möchten Sie das etwa?"

Oltmann warf nur einen kurzen Blick auf das Blatt. „Was wollen Sie?"

„Weltfrieden", sagte Jam und grinste noch ein bisschen selbstzufriedener. Oltmanns Wunsch, aufzuspringen und ihm die Hände um den Hals zu legen, wurde größer als je zuvor.

„Ich habe die Punkte aufgelistet", sagte der Maßanzug-Mann, der offensichtlich Jams Anwalt war. Er zog einige Blätter aus seiner Mappe und verteilte sie. „Im Grunde läuft es darauf hinaus, dass Herr Oltmann die offensichtlich grundlosen Anschuldigungen gegen Herrn Kaczinski fallenlässt und die Ermittlungen einstellt. Herr Binder wird sämtliches unterschlagene Geld zurückzahlen und die volle Verantwortung für den betrügerischen Bankrott übernehmen."

„Aber ...", stammelte Binder, „wovon soll ich denn das alles bezahlen?"

„Hat dich interessiert, wie ich das schaffe?", knurrte Jam.

Binder warf die Hände in die Luft. „Natürlich schaffst du das nicht. Du hast doch gar keine Ahnung von geschäftlichen Dingen!

Du schreibst ein paar Songs, spielst sie einige tausend Mal, kassierst dafür obszön große Summen und machst den dicken Larry. Und wer hat die ganze Arbeit davon? Ich! Und soll ich dir noch was sagen?"

„Lass nur", sagte Jam, „du findest meine Musik scheiße und meinst, du hättest die Kohle sowieso mehr verdient als ich. Tja, die Welt ist ungerecht." Er überlegte kurz. „Nein, ist sie nicht. Deine Musik ist grottenschlecht." Er wendete sich an den Anwalt. „Können wir das in den Vertrag aufnehmen?"

Binder winkte ab. „Ach, mach doch, was du willst."

„Sowieso."

Der Anwalt faltete die Hände. „Herr Oltmann, ob Sie statt gegen Jam nun gegen Herrn Binder ermitteln, ist Ihre Sache. Ich persönlich würde Ihnen davon abraten, sonst werden Sie vermutlich einige unbequeme Fragen von Ihren Vorgesetzten zu beantworten haben. Das Intelligenteste für alle Beteiligten wird sein, über diese Vereinbarung Stillschweigen zu bewahren, denn was immer Sie zu sagen haben, wird Sie in eine schwierige Situation bringen. Fräulein Oltmann hat im Vorgespräch betont, dass sie nicht möchte, dass irgendjemand" – er schaute Oltmann in die Augen – „für diese Sache ins Gefängnis wandert. Ich halte das für eine sehr kluge Idee."

Er blickte in die Runde. „Das war es im Großen und Ganzen. Hat jemand noch etwas zu ergänzen?"

Jam meldete sich. „Straffreiheit für Lisa."

„Wie bitte?"

„Die Kleine hat sich mächtig für mich ins Zeug gelegt und ist auf volles Risiko gegangen. Ich will nicht, dass sie deswegen Stress bekommt."

Oltmann sah seine Tochter an, die gebannt auf Jam starrte und jeden Moment zu schmelzen schien. „Das soll heißen?"

„Wenn ich von ihr höre, dass du sie wegen dieser Sache blöd anmachst oder sie Stubenarrest bekommt oder kein Abendbrot, dann könnte es sein, dass mir die eine oder andere Mail entweicht. Nur so theoretisch gesprochen."

Oltmann schnaubte unwillig. „Sonst noch was?"

„Sie kriegt Freikarten auf Lebenszeit, und du lässt sie zu jedem Konzert fahren."

Oltmanns Kiefer mahlten. „Meinetwegen", zischte er.

„Ach, Al?"

„Ja?"

„Dein Maserati steht in Ulm an der Autobahnraststätte. Blöde Sache."

33

Sie saßen zu dritt auf der Terrasse des Hotelcafés, auf dem Tisch eine Flasche Champagner.

„Gratuliere", sagte Thomas, „du bist ein freier Mann. Und stinkreich."

Jam nickte und machte ein nachdenkliches Gesicht.

„Was habt ihr jetzt vor?"

„Zurück nach Deutschland", sagte Caro. „Nach Hannover zum Gericht. Jams Anwalt wird uns erwarten."

„Tut mir leid, dass ich euch nicht mit dem Flieger mitnehmen kann, aber ihr wisst ja – Sandra ..."

„Wie geht es ihr?"

„Viel zu gut, wenn du mich fragst. Der Arzt sagt, es ist alles in Ordnung. Sie ruht sich noch etwas aus, und nachher fliegen wir zurück."

„Danke, dass du den ganzen Stress unseretwegen mitgemacht hast."

Er winkte ab. „Kein Ding. Ich hatte schon lange nicht mehr solchen Spaß."

„Du hast ein seltsames Verständnis von Spaß."

„Ist ja nicht so, dass mein Leben langweilig wäre. Aber das hier, das war mal was ganz anderes. Und auch wenn ich Al nicht selbst drangekriegt habe – war schön, dass ich helfen konnte."

„Kriegst du das mit Sandra wieder auf die Reihe?"

„Ach, logisch. Mal ehrlich: Ich habe doch eigentlich gar nichts ausgefressen, oder? Ich war ihr nicht untreu, ich habe so was Ähnliches gemacht wie arbeiten – und deine Idee mit den Klagen hat mir den Arsch gerettet."

„Sorry, dass ich dich überhaupt in solche Schwierigkeiten gebracht habe."

Thomas winkte ab. „Das ist nichts gegen die Schwierigkeiten, die du mir letztes Jahr gemacht hast."

„Die hast du dir selbst eingebrockt."

„Dann sind wir wohl quitt, oder?"

Er streckte ihr die Hand hin, sie schlug ein. Dann hielt er auch Jam die Hand hin. „Sicher, dass du keinen Manager brauchst?"

Jam schreckte aus seinen Gedanken auf. „Ja, ganz sicher. Ich brauche keinen Manager mehr."

„Keinen Manager mehr? Mach keinen Scheiß, Alter. Willst du mit der Musik aufhören?"

„Oh, und ob ich Musik machen werde." Jam lachte und schlug ein. „Ich glaube, mein Mojo ist wieder da."

„Dein was?"

„Ohne Mojo keine Musik. Mit Mojo ist alles möglich. Und wenn ich ‚alles' sage, dann meine ich ‚alles'."

„Halte mich auf dem Laufenden!"

„Klar."

„So, Leute." Thomas klopfte auf den Tisch. „Ich muss dann mal nach meiner Süßen sehen, sonst gibt's noch mehr Stress."

Am nächsten Morgen brachen sie auf. Sie hatten beschlossen, die Bahn zu nehmen – es dauerte kaum länger als ein Linienflug, und die Gefahr von Grenzkontrollen war geringer. Oltmann hatte sie informiert, dass er einige Tage bräuchte, um den Haftbefehl rückgängig zu machen, und ihnen geraten, so lange in der Schweiz zu bleiben. Doch beide wollten lieber das Risiko eingehen und nach Hause fahren: Caros nächstes Wochenende mit Magnus stand bevor.

„Die machen hier sowieso nichts", sagte Jam, als sie es sich in ihrem Abteil bequem gemacht hatten. „Unseren Tourbus haben sie nie kontrolliert."

„Zum Glück. Euer persönlicher Dope-Vorrat wäre ziemlich schnell aufgeflogen."

„Du weißt davon?"

„Für wie blöd hältst du mich?"

Trotzdem wurde Jam zusehends nervöser, je näher der Zug der deutschen Grenze kam.

„Die kontrollieren uns nicht", sagte er. „Oder sehen wir aus, als ob wir einen Koffer Bargeld hätten?"

„Du siehst auf jeden Fall nicht so reich aus, wie du bist."

„Weißt du, was die größte Scheiße bei dem ganzen Finanzgerangel ist? Dass ich jetzt weiß, wie viel Kohle ich habe. Das ist echt traumatisierend."

„Deine Sorgen möchte ich haben."

„Wenn die den Ausweis kontrollieren, checken die dann, ob ein Haftbefehl vorliegt?"

Caro winkte ab. „Entspann dich."

Jam öffnete die Schiebetür des Abteils. „Da kommen welche."

„Kaffeeservice?"

„Grenzbullen."

Caro stand auf und sah nach. „Die kontrollieren nicht."

„Eben haben sie einen kontrolliert. Ob ich mich auf dem Klo einschließe?"

„Raffiniert. Da kommen die nie drauf."

„Die kontrollieren uns nicht."

Caro wusste in dem Moment, dass die Sache schiefgehen würde, als die Grenzbeamten ihnen in die Augen blickten. Es war nicht die Art und Weise, wie sie das taten. Es war vielmehr die Art und Weise, wie Jam das nicht tat. Er sah kurz die Beamten an, wendete sich rasch ab und sah stur aus dem Fenster.

Caro war überrascht: Freiburg im Breisgau war zwar kein Nobelort wie Gstaad, aber ihr Zimmer im Polizeipräsidium machte deutlich mehr her: Frisch renoviert in freundlichen Farbtönen, ein weißer Schreibtisch, ergonomische Sitzmöbel. Jam schenkte dem allen herzlich wenig Beachtung, denn auch die Zivilpolizistin auf der anderen Seite des Schreibtischs machte deutlich mehr her als ihr Schweizer Kollege: Lange rote, zu einem Pferdeschwanz gebundene Locken, Anfang Dreißig, tolle Figur und der obere Knopf ihrer etwas zu engen Bluse bettelte darum, platzen zu dürfen.

„Herr Kaczinski", sagte sie, „gegen Sie liegt ein Haftbefehl vor wegen des Verdachts des betrügerischen Bankrotts nach Paragraph zwohundertdreiundachtzig Absatz eins Strafgesetzbuch, erlassen durch das Amtsgericht Hannover. Ist Ihnen das bekannt?"

„Wa?" Jam löste den Blick vom Knopf und bemühte sich, ihr in die Augen zu schauen.

„Ob Ihnen bekannt ist …"

„Ja, ja, ist es. Dumme Sache."

„Dumme Sache?"

„Ist ne lange Geschichte. Und ich bin unschuldig."

„Was unser hormonvernebelter Freund sagen möchte", mischte sich Caro ein, „ist, dass der zuständige Steuerfahnder sämtliche Ermittlungen einstellt und den Haftbefehl zurückziehen wird."

„Hormonvernebelt?"

Caro deutete auf den Knopf, der wieder Jams volle Aufmerksamkeit besaß.

„Ach so. Entschuldigung. Kleiner Fehlgriff am Kleiderschrank heute Morgen. Ich hatte mich schon gewundert, warum die Kollegen so seltsam gucken." Sie legte die Hand auf ihr Dekolleté und lachte verlegen.

„Schon okay", sagte Jam.

„Und Sie sind die Rechtsvertretung von Herrn Kaczinski?"

„Nein, ich bin seine Personenschützerin. Carolin Christensen."

„Dann muss ich Sie leider bitten, draußen zu warten. Es geht um vertrauliche ..."

„Nee", sagte Jam, „die kann ruhig bleiben."

Die Polizistin blätterte in ihren Unterlagen. „Jetzt muss ich doch mal nachfragen: Manager, Personenschützerin – das klingt alles ein wenig seltsam. Es geht bei dem Bankrott doch um eine Konzertagentur, richtig?"

Jam sagte nichts.

„Herr Kaczinski?"

„Ja?"

„Möchten Sie, dass ein Kollege das Gespräch weiterführt?"

„Äh – Nein!"

„Ich kann ihn auch bitten, das Hemd ein Stück aufzuknöpfen."

„Igitt. Okay, verstanden. Was war die Frage?"

„Konzertagentur pleite?"

„Ja. Konzertagentur pleite. Die hat mein Manager auf meinen Namen gegründet. Und dann ist er abgehauen, mitten in der Europatournee. Mit meiner ganzen Kohle."

„Europatournee?"

„Ja, soll ich die Fans in Bussen zu mir nach Hause karren?"

„Entschuldigung, aber muss man Sie kennen?"

„Ernsthaft jetzt?"

„Was machen Sie denn so für Musik?"

„Sie kennen BTL nicht?"

„B ..." Sie erstarrte. „Dann sind Sie ..." Sie blätterte hektisch in ihren Unterlagen. „Oh mein Gott!"

„Nicht ganz."

„Einen Moment!" Sie sprang auf und rannte hinaus.

Jam und Caro sahen einander verdutzt an.

„Was war das?", fragte er.

„Ich glaube, sie mag dich."

„Ja, aber dann rennt man doch nicht weg."

Kurz darauf kam sie zurück, und sie verschlug Jam buchstäblich den Atem. Der Pferdeschwanz war einer Lockenmähne gewichen, sie hatte Rouge und Lidschatten aufgefrischt, die Lippen waren rot und der Knopf offen. Jam brauchte einige Sekunden, um Grundfunktionen wie Atmung und Herzschlag wieder in Betrieb zu nehmen. „Oha", sagte er.

Die Polizistin sah jetzt aus wie ein Vamp, benahm sich aber mehr wie ein Schulmädchen. Verlegen strich sie den Rock glatt, bevor sie Platz nahm.

Jam lehnte sich zurück und verschränkte die Arme. „Wenn du mir jetzt sagst, dass dein Kollege die Vernehmung weiterführt, werde ich mich ins nächstbeste Messer stürzen."

„Das ist keine Vernehmung", sagte sie und schob die Locken aus dem Gesicht. „Ich kläre Sie lediglich über die nächsten Schritte auf, insbesondere die Überstellung nach Hannover."

„Aufklären musst du mich wirklich nicht", sagte Jam.

Die Polizistin wurde rot.

„Und nach Hannover wollten wir sowieso. Genau gesagt: Wenn die Jungs an der Grenze uns nicht aus dem Zug gefischt hätten, wären wir schon da. Setzt uns einfach in die nächste Bahn, die Tickets sind schon bezahlt."

„Das ist nicht möglich, uns liegt ein Haftbefehl vor. Ich befürchte, Sie werden bis zum Transport unser Gast bleiben müssen."

Jam lehnte sich vor und stützte die Ellenbogen auf den Tisch. „Aber nur, wenn ich mich revanchieren darf."

„Was?"

„Wenn ich hier dein Gast sein soll, dann musst du auch mal bei mir vorbeikommen."

„Sie kommen hier in eine Zelle. Nichts anderes."

„Kann ich bei mir auch arrangieren, wenn du darauf stehst."

Die Polizistin seufzte. „Sie machen mir den Job nicht einfacher. Glauben Sie, das macht mir Spaß?"

„Mir schon."

Sie knallte ihren Kuli auf den Schreibtisch. „Meine Güte, können Sie nicht aufhören, die coole Sau raushängen zu lassen? Ich bin letztes Jahr fünf Stunden nach München gefahren, um auf Ihr Konzert zu gehen. Fünf Stunden! Ich habe alle Ihre CDs und beide Konzert-DVDs. Verdammt, ich war so kurz davor, mir Ihren Bravo-Starschnitt übers Bett zu hängen. Mit dreiunddreißig! Ich habe mich ewig gefragt, wie es sein könnte, Ihnen zu begegnen, was für ein Mensch wohl hinter dem Genie steckt. Und jetzt kommen Sie hier hereingeschneit und geben den Neandertaler? Haben Sie so wenig Stil? Meine Güte, was für eine herbe Enttäuschung."

Jam nahm die Ellenbogen vom Schreibtisch. Dann öffnete er den Mund. Dann schloss er ihn wieder. „Aber ich wollte wirklich in Hannover gleich zum Gericht."

Die Polizistin stöhnte und legte das Gesicht in die Hände.

„Weil, die Ermittlungen werden wirklich eingestellt."

„Toll."

Jam sah Caro hilfesuchend an.

Sie erbarmte sich. „Den Neandertaler gibt er nur, wenn er unsicher ist."

„Ach ja?", fragte die Polizistin und hob den Kopf.

„Bitte?", fragte Jam.

„Von Stil kann man zwar sonst auch nicht reden, aber er ist normalerweise ganz umgänglich. Wenn er sich nicht gerade für einen Punk hält. Oder für einen Popstar."

„Aber ich bin doch …", begann Jam und sah die Polizistin verstohlen an.

„Aber er ist doch …", begann die Polizistin und sah Jam verstohlen an.

Caro lehnte sich zurück. „Ich kenne ihn jetzt ein gutes halbes Jahr, und ich habe von Genie bis Vollidiot alles gesehen."

„Sind Sie beide …" Die Finger der Polizistin nestelten am offenen Blusenknopf.

„Nein", sagte Caro entschieden. Jam schüttelte heftig den Kopf.

„Ach", sagte die Polizistin und ließ den Knopf los.

Schweigen breitete sich aus, die Sorte, bei der jeder eigentlich etwas sagen möchte, aber keiner genau weiß was.

„Wann wird Herr Kaczinski nach Hannover überführt?", fragte Caro schließlich.

„Morgen. Die Details muss ich noch klären."

„Und bis dahin?"

„Bleibt er in Polizeigewahrsam."

Jam stöhnte. „Bitte nicht. Ich hasse Polizeigewahrsam."

„Doch nicht so cool?"

„Was soll daran cool sein? Es ist dunkel, es ist ungemütlich, und wenn ich rauskam, hatte ich einen Kater. Oder eine Anzeige. Oder beides."

Die Polizistin zog eine Augenbraue hoch. „Ernsthaft?"

„Ich könnte da ein paar Geschichten erzählen ..."

„Würde ich gerne hören."

„Jederzeit."

Sie lächelte ihn an, er lächelte ihren Ausschnitt an, besann sich und lächelte ihr ins Gesicht.

Ein Kollege schaute herein. „Fertig?"

Sie löste ihren Blick von Jam. „Ja, fertig." Sie stand auf, Caro und Jam ebenfalls.

„Also ..." Sie hielt Papier und Kugelschreiber hoch. „Könnte ich vielleicht ...?"

„So was", sagte Jam. „Nur ein Autogramm. Meinetwegen hätte sie auch meine Adresse kriegen können."

„Sie hat deine Adresse", erinnerte Caro ihn. „Steht auf deinem Personalausweis."

„Oh!"

„Und auf dem Haftbefehl."

„Oh."

„Sie heißt Kassandra."

„Wieso gibt sie dir ihren Namen und mir nicht?"

„Sie hat ihn mir nicht gegeben, er stand auf dem Schild auf ihrem Schreibtisch. Aber sobald ein Dekolleté zu sehen ist, kriegst du ja den Tunnelblick."

„Kassandra. Toller Name."

„Nur damit du dich nicht wieder zum Elch machst, wenn sie sich meldet."

„Ich mache mich nicht zum ... Ich habe mich zum Elch gemacht, oder?"

„Zwölfender."

„Wenn schon, denn schon."

Caros und Jams Wege trennten sich: Jam wurde die Treppe hinunter zu den Zellen geführt, Caro ging zur Tür hinaus.

Caro trat ins Freie und lehnte sich an das Treppengeländer. Sie fühlte sich merkwürdig, und es dauerte einige Momente, bis sie begriff warum: Sie war das erste Mal seit langer Zeit wieder allein.

Natürlich, sie war jede Nacht in ihrem Hotelzimmer allein gewesen, und auch die fünf Tage, in denen sie in Hannover und dann in Untersuchungshaft war. Aber das war anders. Sie hatte immer noch für ihn gearbeitet, sich um seine Probleme gekümmert – Verantwortung für ihn gehabt.

Ja, das war es. Sie hatte jetzt keine Verantwortung mehr für ihn. So in etwa würde es sich anfühlen, wenn Magnus eines Tages erwachsen wäre.

Jam und erwachsen? Na gut, das vielleicht doch nicht. Aber er hatte seine Lektion gelernt. Was auch immer das heißen mochte.

Apropos Magnus: Es wurde Zeit, dass sie sich um die wirklich wichtigen Dinge in ihrem Leben kümmerte.

Sie stieß sich vom Treppengeländer ab.

„Hallo, Frau Christensen?"

Sie blickte sich um, bis sie die Polizistin – Kassandra – entdeckte, die ihr aus dem Fenster im zweiten Stock zuwinkte.

„Könnte ich Sie noch einen Moment sprechen? Nur ein, zwei kleine Fragen zu … Ihrem Klienten."

Caro fuhr nach Hamburg und tat dort zwei Dinge: Jams Anwalt anrufen und ihren Anwalt anrufen.

Dann wartete sie.

Eigentlich, überlegte sie, hätte sie nach Hannover fahren sollen, zu Jams Villa. Andererseits: warum? Damit Jam nicht so einsam wäre, wenn er entlassen wurde?

Sie war nicht seine Frau, und sie war nicht sein Kindermädchen. Außerdem hatte sie keine Lust. Und es war ihr zur Abwechslung herzlich egal, ob Jam beleidigt wäre.

Abends am nächsten Tag klingelte ihr Telefon. Es war Jam.

„Wieder zu Hause?", fragte Caro. „Oder lassen sie dich telefonieren, als Belohnung für gute Führung?"

„Zu Hause. Ist alles geklärt." Er machte eine Pause. „Wie läuft es bei dir?"

„Morgen hole ich Magnus ab. Ich habe mit dem Anwalt gesprochen, damit sich das Drama vom letzten Mal nicht wiederholt."

„Wollt ihr mich am Wochenende besuchen?"

„Schlechte Idee, oder?"

„Ja, mag sein."

„Alles klar bei dir?"

„Reichlich zu tun. Ich muss erst einmal den Durchblick kriegen. Gar nicht so einfach, ohne Manager. Magst du mir helfen?"

„Jam, ich bin alles Mögliche, aber kein Buchhalter!"

„Ich dachte nur ... Ist ziemlich leer hier, nach der ganzen Action in den letzten Wochen."

„Verstehe ich, aber da musst du durch."

„Arbeitest du denn nicht mehr für mich?"

„Hast du eine Kündigung von mir bekommen?"

„Nein, aber ..."

„Dann arbeite ich auch noch für dich. Wenn du einen Bodyguard brauchst, dann ruf an."

„Ich wollte heute Abend essen gehen, und mich erkennt doch jetzt jeder."

„Bestell dir eine Pizza."

„Caro ..."

„Gönn mir eine Weile Ruhe, ja?"

„Na gut. Dein Gehalt ist übrigens rausgegangen. Plus ein bisschen Bonus und Zinsen."

Was eine schwere Untertreibung war. Der ‚Bonus', wie Jam es nannte, war so hoch ausgefallen, dass Caro vermutete, Jam habe eine Null zu viel auf die Überweisung geschrieben.

Hatte er nicht, wie er tags darauf am Telefon versicherte. „Eigentlich müsste ich dir zehn Prozent Finderlohn für meine ganze Kohle zahlen, aber das würdest du sowieso nicht annehmen. Ach, und weißt du, wer sich gemeldet hat?"

Natürlich wusste Caro es genau. „Nein, wer?"

„Kassandra! Sie kommt am Wochenende nach Hannover."

„Nur dass du es weißt: Wenn du dich danebenbenimmst, hast du zwei Frauen gegen dich. Und beide haben Waffen!"

„Ich hoffe doch, sie bringt ihre Handschellen mit."

„Jam!"

„War nur ein Scherz. Ich freue mich tierisch! Ich will sie groß zum Essen ausführen."

„Brauchst du einen Bodyguard?"

„Um Himmels willen, nein!"

Caro musste grinsen.

Die Abholung von Magnus war dieses Mal ohne Probleme gelaufen. Zwar sprach der Blick, mit dem ihre Ex-Schwiegermutter sie bedachte, Bände: Dass sie genau wusste, wem sie den demolierten Porsche zu verdanken hatte. Und dass sie der Meinung war, dass Caro sich aus Magnus' Leben herauszuhalten hatte. Aber dem Schreiben von Caros Anwalt konnte sie sich schwerlich widersetzen.

Das Wochenende war wunderbar: Sie gingen in Hagenbecks Tierpark, aßen Eis an der Elbe, und Caro hörte sich geduldig all die Neuigkeiten an, die Magnus aus dem Kindergarten zu erzählen hatte. Sie würden jetzt für ein Theaterstück proben, sagte er, und er würde den König spielen. Die Hauptrolle! Ob sie auch zur Aufführung kommen würde? Oder hatte sie wieder zu viel zu tun?

Caro versprach hoch und heilig zu kommen, und um ein Kostüm wollte sie sich auch kümmern. Ganz bestimmt.

Abends machten sie es sich mit Gummibärchen und Limo vor dem Fernseher gemütlich. Sie sahen sich einen alten Disney-Film an, bis Magnus einschlief. Caro trug ihn ins Bett, kuschelte sich an ihn und fühlte sich wie in einer kleinen, heilen Familie, geborgen und warm.

Am nächsten Tag fasste sie einen Entschluss.

Damit schien sie nicht die Einzige zu sein.

„Ich bin nächste Woche in Berlin", sagte Jam am Telefon.

„Bei Tom?"

„Und den anderen. Das wird hart. Aber es muss sein."

„Soll ich mitkommen?"

„Nein, die Suppe muss ich selbst auslöffeln. Aber du könntest mir einen anderen Gefallen tun: Ich habe meinen Eltern endlich reinen Wein eingeschenkt. Sie kommen demnächst ein Wochenende zu Besuch. Kommst du auch?"

„Warum?"

„Die beiden haben nach dir gefragt. Und außerdem habe ich immer noch Schwierigkeiten, in meinem Anwesen die Küche zu finden."

Horst und Margot wirkten anfangs, als hätte man sie zum Galadinner ins Weiße Haus gebeten. Sie brauchten einige Zeit, um die

Überraschungen zu verdauen. Mit dem meisten hatten sie sich bis Sonntagabend angefreundet – nur mit einem nicht.

„Nee, wat is dat schade, dass ihr beide doch kein Pärchen seid", sagte Jams Vater. „Dir hätte ich zugetraut, wat Vernünftiges aus dem Jungen zu machen."

„Papa, was soll ich denn noch aus mir machen? Was ist schlecht daran, Plattenmillionär zu sein?"

Horst lachte. „Gar nix. Aber das Mädel hätte dir trotzdem gutgetan."

Caro klopfte ihm auf die Schulter. „Geduld. Ich kriege ihn noch unter die Haube."

„Du kriegst mich noch ... Caro?"

„Ja?"

„Gibt es da etwas, das du mir sagen möchtest?"

Caro lächelte zuckersüß. „Nichts, was man nicht lieber unter Frauen bespricht."

Später, nachdem Jams Eltern gegangen waren, saßen Jam und Caro noch vor dem Kamin zusammen.

„Ein Wein?", fragte Jam und hielt Flasche und Gläser hoch.

„Wein? Trinkt ein Punk nicht Bier?"

Jam seufzte. „Sagen wir, ich bin ein kultivierter Punk."

„Oder ein rebellischer Popstar."

Jam schenkte ihnen ein und nahm einen Schluck. „Nein. Rebellisch vielleicht, Popstar nein. Nicht mehr."

„War es das, was du beim Abschied von Thomas meintest? Dass du keinen Manager mehr brauchst?"

Jam nickte.

„Keine Konzerte mehr? Keine Touren? Keine jubelnden Fans?"

Er zuckte mit den Schultern. „Ist mir eigentlich egal. Aber die Sache ist die: Ich habe die letzten Jahre alles auf Erfolg getrimmt, auf Gigantomanie, auf Superstar. Dabei ist zu viel auf der Strecke geblieben. Erinnerst du dich an die Frau, bei der wir als Anhalter mitgefahren sind?"

„Merle?"

„Ein bisschen hatte sie schon Recht. Ich habe nicht meine Seele verkauft, aber ich fand es geil, der Größte zu sein, und so habe ich meine Songs hingebogen. Nummer eins. Der große Zampano. Und, was hat es mir gebracht?"

„Du meinst, außer einem fetten Bankkonto?"

„Drauf geschissen."

„Sagt der Kerl, der mir gerade einen dreißig Jahre alten Rotwein einschenkt."

„Tatsächlich? Der war so staubig, ich dachte, der sollte bald mal weg."

„Im Ernst, du hast gut von deinem Erfolg profitiert."

„Klar."

„Jede Menge Kohle."

„Mehr, als ich jemals ausgeben kann."

„Groupies."

„Oh ja."

„Eine riesige Villa."

„Soll ich dir was sagen? Ich mag die Gegend nicht mal. Hier ist doch der Hund begraben!"

„Ruhm und Ehre."

„Schon cool, oder? Außer, dass ich nicht mal mehr in Ruhe ein Bier trinken kann." Er machte eine Pause. „Weißt du, was das Geilste war, das ich in den letzten Jahren erlebt habe?"

„Na?"

„Die letzten paar Wochen. Wir zwei zusammen auf Achse, ohne Kohle. Ich habe mich schon lange nicht mehr so frei gefühlt, so lebendig. Ging es dir nicht genauso?"

„Wenn ich ehrlich sein soll, fühle ich mich erst richtig frei, seit das alles vorbei ist."

„Das ist bitter."

„Komm schon, wie sollte ich mich frei fühlen, wenn ich für dich ständig die Kohlen aus dem Feuer holen musste?"

„War ich wirklich so schlimm?"

„Es war mein Job. Und Bezahlung hin, Freundschaft her, ich konnte nicht einfach die Sau rauslassen wie du."

Jam seufzte. „Na schön. Und was machst du jetzt mit deiner wiedergewonnenen Freiheit?"

„Magnus. Ich muss das jetzt klären, ein für alle Mal. Ich werde mir den besten Anwalt suchen, den ich mir leisten kann, und dann tue ich, was ich schon längst hätte tun sollen: Ich biete diesem arroganten Pack die Stirn. Sollen die sich an mir doch die Zähne ausbeißen."

„Das ist mein Mädchen! So will ich dich sehen. Und das mit dem Anwalt, das lass mal meine Sorge sein."

Zwei Tage später meldete sich ein Anwalt bei Caro. Er stellte sich als Dr. Frank Delbrück von der Sozietät Castor Delbrück Montgomery aus Düsseldorf vor, und er bat sie um ein Treffen in seinem Hotel. Caro überraschte es nicht, dass es sich um ein Fünf-Sterne-Hotel handelte, aber dass der Mann extra für sie nach Hamburg gereist war – das schon.

Sie trafen sich, Caro umriss ihr Problem mit Magnus und Geros Familie, und der Anwalt skizzierte im Handumdrehen einen Schlachtplan. Dabei hatte er ein gefährliches Glitzern in den Augen – der Mann war ein Raubtier im Maßanzug, und er hatte Blut geleckt.

Caro gefiel der Mann, und Caro gefiel ihm, aber er hatte dieselbe goldene Regel wie sie: Fange nie etwas mit einem Klienten an. So fühlte sich das also an. Na gut.

Er baute seinen Schlachtplan mit der Präzision eines erfahrenen Strategen aus. Er suchte und fand die Leichen im Keller der Overbecks, trieb Leumundszeugen für Caro und gegen ihren Ex-Mann auf, versorgte Caro mit Verhaltensregeln und schoss sich auf die zu erwartende Strategie des gegnerischen Anwalts, Doktor Breckwoldt, ein.

„Den werde ich verfrühstücken", sagte er gut gelaunt bei ihrem letzten Treffen vor der alles entscheidenden Verhandlung. „Das wird ein Schlachtfest!"

Goldene Regeln waren großer Mist.

Am Ende der Verhandlung wirkte Doktor Breckwoldt, als hätte ihn ein Kampfpanzer auf dem Zebrastreifen erwischt. Auch die versammelt angetretene Familie Overbeck wirkte schwer verstört, denn der Amtsrichter war in allen Punkten den Ausführungen von Caros Anwalt gefolgt. Er sprach ein Urteil im Namen des Volkes, dass das Aufenthaltsbestimmungsrecht von nun an in Caros Händen läge, schloss die Verhandlung, und noch bevor alle den Saal verlassen hatten, kündigte Doktor Breckwoldt Berufung an.

„Mache dir keine Sorgen", sagte Frank abends, als sie den Sieg bei einem Dinner in seinem Hotel feierten. „Sie werden die Pfeife Breckwoldt feuern und versuchen, einen der Top-Familienanwälte zu bekommen. Bin gespannt, ob es klappt. Zwei von denen sind im Urlaub, eine im Mutterschutz und der Rest ausgebucht bis zum Sankt Nimmerleinstag."

„Und wenn?"

„Dann wird der Kollege oder die Kollegin der lieben Familie Overbeck mitteilen, dass die Erfolgsaussichten gering sind. Sie werden mit einer obszönen Menge Geldscheine wedeln, der Kollege wird den Fall übernehmen und wie angekündigt verlieren."

Caro ließ die Gabel sinken. „Ihr sprecht euch ab?"

„Du meine Güte, nein! Die Overbecks werden verlieren, weil sie in der schlechteren Rechtslage sind. Hast du heute nicht zugehört? Der Vater hat zwar das Geld, aber nicht die Zeit, sich um Magnus zu kümmern. Die Großmutter hätte zwar die Zeit, aber du auch. Wenn es heißt ‚Großmutter versus Mutter', dann möchte ich den Richter sehen, der das Kind der Oma überlässt. Und dann noch dieser Oma! Nein, die Sache ist im Sack. Die werden jeden Tag der zweiwöchigen Frist ausnutzen, die der Richter ihnen gesetzt hat, aber dann ist der Kleine bei dir. Punkt." Er hob das Glas. „Du hast gewonnen. Wie fühlt sich das an?"

„Großartig." Sie stieß mit ihm an. „Sag mal, wenn wir jetzt gewonnen haben, bin ich dann noch deine Klientin?"

Er lächelte. „Bis zur Berufungsverhandlung nicht, würde ich sagen."

34

Die nächsten zwei Wochen brachte Caro damit zu, Magnus' Kinderzimmer herzurichten. Die Abende und Nächte verbrachte sie mit Frank, und den Rest der Zeit saß sie auf glühenden Kohlen.

Natürlich nutzten die Overbecks die richterliche Frist bis zum letzten Tag aus, aber nach einer Ewigkeit des Wartens war es dann endlich soweit. Gemeinsam mit Frank fuhr sie zum Overbeckschen Anwesen, um Magnus abzuholen.

Das Erste, was Caro auffiel, war das Schild einer Maklerfirma für Luxusimmobilien, das über dem Gartentor prangte. Ihre inneren Alarmglocken schrillten. So schnell sie konnte, lief sie über den Kiesweg zur Tür und läutete Sturm.

Nichts.

Keine Bewegung im Haus, keine Schritte hinter der Tür, kein aufgeregtes „Mama!". Gar nichts. Sie spähte durch die Terrassenfenster: auch hier Dunkelheit und Leere.

Frank schüttelte den Kopf. „Was für Idioten. Was meinen die, wie lange sie sich verstecken können?"

„Vielleicht sind sie schon gar nicht mehr in Deutschland." Tränen liefen über Caros Wangen.

Frank nahm sie in den Arm. „Und wenn schon. Fast überall auf der Welt wird internationale Kindesentführung verfolgt und die Kinder werden zurückgebracht. Sie haben keine Chance."

„Du kennst sie nicht. Sie haben immer das letzte Wort. Immer."

„Ich kenne jede Menge dieser Leute. Sie alle haben denselben Fehler: Arroganz. Sie glauben, die Welt drehe sich um sie, und dass sie sich herausnehmen können, was immer sie wollen."

„Ja und? Können sie doch auch."

„Sie können es versuchen. Aber durchkommen werden sie damit nur, wenn es keinen gibt, der sie aufhält. Wirst du die sein, die sie aufhält?"

Caro nickte.

„Gut. Lass mich deinen Boss informieren, dass er mich noch ein Weilchen länger bezahlen darf."

Jam war einverstanden. Mehr noch: Er bestand darauf, dass Frank alle Hebel in Bewegung setzte. Alle. Wirklich alle! Verstanden? Es dauerte nur wenige Tage, bis sie Gewissheit hatten: Familie Overbeck war nach Mexiko geflogen. Dort verlor sich ihre Spur. Weder hatten sie sich in einem Hotel eingemietet, noch einen Mietwagen genommen oder ein weiteres Flugzeug bestiegen. Sie waren wie vom Erdboden verschluckt.

Frank engagierte einen Privatdetektiv in Mexiko, der Kontakt zur Polizei herstellte und, so schien es Caro, jeden Stein in Mexiko City umdrehte. Woche um Woche ging ins Land, aber nichts geschah. Caro hätte gerne eine Schulter zum Anlehnen gehabt, aber Frank musste zurück nach Düsseldorf. Sie wollte ihn wenigstens am Wochenende besuchen, doch er lehnte freundlich, aber bestimmt ab. Scheißkerl.

Jam war ihr auch keine große Hilfe. Zwar meldete er sich fast täglich, um nach dem Stand der Dinge zu fragen, aber letztendlich war sie es, die seine ohnmächtige Wut ertragen musste, nicht umgekehrt. Wenigstens versprach er ihr, noch mehr Ermittler anzuheuern. Könne doch nicht sein, meinte er, dass einer allein ganz Mexiko absuchte.

Weitere Wochen vergingen. Frank war Vergangenheit, genauso wie Caros Traum von einer eigenen kleinen Familie. Sie lenkte sich mit Sport ab, traf sich mit alten Freunden, besuchte Jam, besuchte mit Jam gemeinsam seine Eltern.

Und dann war nicht einmal mehr Jam für sie da. Zwei ganze Wochen lang meldete er sich nicht bei ihr und ging auch nicht ans Telefon. Hatte sie jetzt mit ihrer stetigen Trübsinnigkeit auch den letzten Freund vergrault? Es schien so.

Am Ende der zweiten Woche bekam sie eine SMS. „Flughafen Hamburg, morgen früh um sieben. Ticket ist hinterlegt. Jam" las sie auf dem Display. Was hatte er jetzt schon wieder vor? Eine seiner seltsamen Aktionen, um sie aufzumuntern? Nein, keine Lust. Sie drückte die Nachricht weg.

„Pling", machte das Telefon. Neue Nachricht: „Denk nicht mal dran!"

Noch ein Pling. „Ich meine es ernst!"

Hm. Das klang nicht wirklich nach Jam. Zumindest nicht nach dem üblichen Jam.

„Wo geht es hin?", schrieb sie zurück.

Die Antwort kam nach zwei Minuten: „Überraschung. Pack für ein paar Tage. Abendkleid nicht nötig."

Caro seufzte. Sie war nicht in Laune für Überraschungen. Andererseits: Neugierig war sie schon.

„OK", schrieb sie zurück.

Am nächsten Morgen war sie sehr gespannt und ein kleines bisschen aufgeregt, als sie am Flughafen den Umschlag in Empfang nahm. Sie öffnete ihn. Er enthielt ein First-Class-Ticket nach Los Angeles.

„Wow", sagte sie.

Fünfzehn Stunden später verließ sie die Gepäckausgabe des Los Angeles International Airport. Hinter der Absperrung entdeckte sie jemanden, der ein Schild mit der Aufschrift ‚Mrs. Christensen' hochhielt. Es dauerte ein Weilchen, bis sie erkannte, dass es Jam war.

Sie lief zu ihm und umarmte ihn. „Was soll das denn?", fragte sie lachend. „Hast du Angst, dass du mich nicht wiedererkennst?"

„Quatsch. Ich fand die Idee lustig." Er schob die Sonnenbrille auf die Stirn und grinste Caro an.

Seine Haare waren jetzt wieder schwarz, er trug Jeans, ein ärmelloses T-Shirt und Bikerboots. Ganz der Alte.

„Was machst du hier?", fragte sie.

„Dich abholen."

„Gut. Was machen wir hier?"

„Überraschung. Komm mit."

Gemeinsam verließen sie das Terminal. Draußen empfing sie strahlender Sonnenschein. Eine milde Brise ließ die angenehm warme Sommerluft über ihre Haut streichen. Caro hielt das Gesicht in die Sonne und schloss die Augen. „Herrlich!"

Jam lachte. „Ja, es lässt sich aushalten."

„Wo ist Kassandra? Ist sie auch hier?"

„Nein. Hat nicht hingehauen mit uns beiden."

„Schade. Tut mir leid."

Er zuckte mit den Schultern.

„Wie lange bist du schon hier?"

„Zwei Wochen."

„Hier in Los Angeles? Ohne Bodyguard? Wie kannst du mir das antun?"

Statt einer Antwort winkte er ihr, mitzukommen. Sie gingen zu einem Parkplatz, den Jam zielstrebig überquerte.

„Da wären wir", sagte er.

Sie standen vor zwei bulligen, chromblitzenden Motorrädern, eines in Blau, eines in Schwarz.

„Harley Davidson Electra Glide Ultra Classic", sagte er. „Such dir eine aus."

Bis auf die Farbe waren die beiden identisch, also schwang Caro sich auf die Blaue. „Wow", sagte sie, „schöne Maschine."

„Die einzig wahre Art und Weise, die Route 66 zu befahren", sagte Jam und schnallte Caros Koffer auf sein Motorrad.

„Du willst mit mir über die Route 66? Mann, du gibst dir echt Mühe, mich aufzumuntern."

„Du hast ja keine Ahnung. Mach mal den Heckkoffer auf."

Sie schwang sich vom Bike, tat es und fand darin Lederjacke, Helm und Sonnenbrille.

„Sollte deine Größe sein", sagte er.

Es passte wie angegossen. Caro strahlte und Jam sah sehr zufrieden aus. „Das war dein erstes Lächeln seit Ewigkeiten."

„Stimmt nicht. Ich lache sehr oft."

„Ach, wirklich?"

„Ja. Jedes Mal, wenn ich mir vorstelle, was ich mit der ehrenwerten Familie Overbeck anstellen werde, wenn ich sie finde."

„Autsch. Ich vergesse immer wieder, dass das Kätzchen Krallen hat."

„Du nennst mich Kätzchen und erwartest, dass du das überlebst?"

„Ich hab was gut bei dir, meinst du nicht?" Er schwang sich aufs Motorrad und setzte den Helm auf. „Los geht's. Heute nur Hotel und Sightseeing, morgen fängt der richtige Spaß an."

Eine Sightseeing-Tour per Motorrad war mal etwas anderes. Jam hatte sich gründlich vorbereitet. Er führte sie zum Sunset Strip, durch Hollywood und die Universal Studios, den Rodeo Drive entlang und durch Beverly Hills, nach Santa Monica und zum Abschluss nach Venice Beach.

Dort stellten sie ihre Motorräder am Venice Boardwalk ab, setzten sich vor eine der Bars und genossen bei einem Cocktail den Sonnenuntergang.

„Schön hier", sagte Caro.

Jam nickte mit geschlossenen Augen. „Mhm."

„Warum?", fragte sie.

Er blinzelte. „Was?"

„Warum sind wir hier?"

„Weil's meiner besten Freundin beschissen geht und ich das verdammte Recht habe, sie aufzumuntern."

„Danke."

„Der Spaß fängt erst an."

„Was meinst du damit?"

„Mann, hör auf zu fragen. Komm einfach mal runter." Er schloss die Augen wieder und lehnte sich zurück.

Caro tat es ihm gleich. Runterkommen. Leichter gesagt als getan. Die letzten Wochen und Monate hatte sie wie ein Tiger in einem zu engen Käfig verbracht, nervös, rastlos, unglücklich. Das ließ sich nicht so einfach abstellen. Obwohl ... Ein bisschen Ruhe ...

Jam tippte sie an. „Komm, Kätzchen, wir müssen los. Ich habe einen Tisch im Spago reserviert."

Caro schreckte auf. „Bin ich eingenickt?"

„Wie ein Stein. Ist der Jetlag."

„Wieso hast du mich nicht geweckt?"

„Du siehst süß aus, wenn du pennst." Er stieg auf das Motorrad. „Aber noch eine halbe Stunde, und du hättest angefangen zu schnarchen."

Sie stand auf und streckte sich „Ich schnarche nicht."

Jam grinste, ließ das Motorrad an und zeigte auf den tief grollenden Motor. „Diese Tonlage etwa."

„Spinner." Sie schwang sich auf ihre Maschine und setzte den Helm auf. „Ich habe im Leben noch nicht geschnarcht."

„Im Tourbus haben wir jedes Mal Ohrstöpsel verteilt, wenn du ein Nickerchen gemacht hast."

„Hast du mich gerade schon wieder Kätzchen genannt?"
Jam grinste noch breiter und fuhr los.

Nach dem opulenten Dinner und mit einer Zeitverschiebung von neun Stunden in den Knochen fiel Caro in ihrem Hotelzimmer augenblicklich in Tiefschlaf. Doch schon gegen vier Uhr morgens entschied ihre innere Uhr, dass es ihr zufolge jetzt Mittag sei, zumindest dort, wo sie herkäme, und Caro jetzt endlich aufzuwachen hätte.

Sie öffnete den Vorhang, schaute über das Lichtermeer von Downtown Los Angeles hinweg in den dunklen Nachthimmel und versuchte, ihre innere Uhr davon zu überzeugen, dass sie falsch ging.

Keine Chance.

Vielleicht war sie auch ein wenig aufgeregt wegen der Überraschung, die Jam angekündigt hatte. Sie hatte keinen blassen Schimmer, was er geplant hatte, und das machte sie unruhig.

Sie lehnte die Stirn gegen das Fenster und blickte die zweiunddreißig Stockwerke nach unten. Eigentlich, dachte sie, war aufgeregt zu sein ein schönes Gefühl. Es war überhaupt gut, endlich etwas anderes zu fühlen als Trauer und ohnmächtige Wut.

Sie schlüpfte in ihren Badeanzug, warf einen Bademantel über und fuhr mit dem Fahrstuhl zum Hoteldach. Dort machte sie einen Kopfsprung in den Pool und zog unter dem kalifornischen Sternenhimmel ihre Bahnen, bis die Arme schmerzten und ihr Körper ihr erklärte, dass es mitten in der Nacht sei und sie jetzt ins Bett müsse. Die innere Uhr protestierte ein wenig, gab aber schon bald klein bei.

Das Hoteltelefon klingelte.
Und klingelte.
Und klingelte.
Benommen wälzte Caro sich herum, wühlte eine Hand aus der Decke und tastete nach dem Hörer.
„Mhm?"
„Guten Morgen, Langschläferin!" Jams Stimme klang ekelhaft munter.
„Wiespätissn?"
„Halb zehn, und wir haben heute viel vor. Frühstück in zwanzig Minuten!"

Sie schlurfte ins Bad, schaute in den Spiegel und stellte fest, dass die Frau darin verpennt, aber nett aussah. Jams Rundum-Wohl-fühl-Paket wirkte.

Jam sprang auf, als sie den Frühstückraum betrat, und schob ihr galant den Stuhl heran. Er winkte dem Kellner, der sogleich Kaffee, Rührei und einen Stapel frisch gebackener Pfannkuchen mit Ahornsirup brachte.

„Meine Güte", sagte Caro. „Wenn du das jeden Morgen machst, wird mein Motorrad bald eine stärkere Federung nötig haben."

„Du wirst deine Kräfte brauchen", sagte Jam.

„Was hast du vor?"

„Überraschung." Er hob die Hand, als Caro protestieren wollte. „Vertraue mir. Dieses eine Mal. Du wirst es nicht bereuen."

„Die Wörter ‚vertraue mir' und ‚nicht bereuen' passten bei dir bisher nicht sonderlich gut zusammen."

„Abwarten", sagte er und goss ihnen Kaffee ein.

Eine gute Stunde später hievten sie ihre überfüllten Mägen auf die Motorräder und fuhren los. An einer Ampel tippte Caro Jam an. „Die Route 66 geht nach Osten. Wo willst du hin?"

„Kleiner Umweg. Lokale Sehenswürdigkeit", rief Jam zurück.

Caro wusste, dass Los Angeles riesig war, aber wie riesig, das lernte sie erst jetzt, als sie Meile um Meile dem Highway Richtung Nordwesten folgten. Manchmal waren über lange Strecken nur Bäume zu sehen, die den Straßenrand säumten, aber wann immer sie rar wurden, sah man wieder das Häusermeer, das sich bis zum Horizont erstreckte und nicht enden wollte.

Nach einer halben Stunde bogen sie vom Highway ab und fuhren in ein Wohngebiet. Riesige Villen, umgeben von gepflegten Gärten; vor den Garagen teure Autos aus vornehmlich deutscher Fertigung.

Caro schloss zu Jam auf, als der an einer Straßenecke anhielt. „Sag jetzt nicht, du hast dir hier ein Haus gekauft."

Er schüttelte heftig den Kopf. „Um Himmels willen, nein! Hier gibt's ein paar echt üble Typen in der Nachbarschaft." Er zeigte auf einige Häuser. „Hier zum Beispiel, ein Investmentbänker. Hat eine Menge Firmen einfach zugemacht, weil sie ihm nicht profitabel genug waren. Der da hat eine Kette von Waffengeschäften und hat mächtig Geld in Trumps Wahlkampf gepumpt. Oder hier: ein Zahnarzt.“

Caro lachte. „Das denkst du dir doch gerade aus, oder?“

An Stelle einer Antwort fuhr Jam etwa hundert Meter die Straße hinauf und blieb vor einer schneeweißen Villa mit schwarzem Schieferdach und einem wunderschönen, alten Olivenbaum im Vorgarten stehen. Sie stiegen von den Bikes. „Oder nimm die hier. Die wohnen noch gar nicht lange da. Er hat gerade einen Job im Hollywood Presbyterian Medical Center angetreten. Guter Arzt, aber ein echter Kotzbrocken. Muss er von seiner Mama haben, die hat er gleich mitgebracht. Sein Vater wohnt auch da. Den kenne ich nicht, aber bei der Familie muss er entweder auch ein Arschloch sein oder ein armes Schwein. Nur der Sohn vom Arzt, der ist ziemlich okay für sein Alter.“

Caro wurde heiß und kalt. „Du hast …“ Ihre Stimme versagte, sie musste sich am Motorrad festhalten.

Jam nickte, ohne den Blick vom Haus zu nehmen. „Eine Scheißgegend, um ein Kind großzuziehen, oder? Hier kann es doch nur drogensüchtig werden. Wir sollten was dagegen tun.“

„Magnus …“

„Ist zu Hause. Mit dem Hausmädchen.“

„Oh mein Gott.“ Sie riss den Helm herunter. Tränen liefen ihr über die Wangen.

„Gero ist bei der Arbeit, seine Eltern beim Golf spielen. Ich hätte dir gerne gegönnt, dem Rest der Familie die Fresse zu polieren. Aber ich dachte mir, es sei zur Abwechslung mal nett, nicht die Polizei auf den Fersen zu haben.“

„Oh mein Gott.“

Ein BMW hielt am Bordstein an, ein dynamischer Enddreißiger im Anzug stieg aus. „Herr Kaczinski und Frau Christensen, nehme ich an?“, fragte er in einem erstaunlich guten Deutsch.

„Richtig. Mister Harper?“

„Das bin ich. Sehr erfreut.“ Er reichte ihnen beiden seine Visitenkarte, die ihn auf Englisch, Spanisch, Deutsch und Französisch als Anwalt in internationalen Familienangelegenheiten David W. Harper auswies. „Wollen wir?“, fragte er und nickte in Richtung des Hauses.

Caro nickte.

Jam nahm sie bei der Hand, und gemeinsam gingen sie zur Haustür.

Sie läuteten. Eine ausnehmend hübsche junge Latina öffnete. „Ja bitte?", fragte sie auf Englisch.

„Magnus!", rief Jam.

Das Trappeln kleiner Füße. „Onkel Jam?" Die Füße polterten die Treppe herunter. Magnus kam auf Socken um die Ecke gerutscht und blieb wie angewurzelt stehen.

„Mama?", fragte er ungläubig.

Caro wollte etwas sagen, aber es kam nichts heraus. Sie ging auf die Knie und breitete die Arme aus.

„Mama!" Magnus rannte sie fast um.

Nach ein paar Sekunden löste er sich aus ihrer Umarmung. „Wo warst du so lange? Oma hat gesagt, du wolltest nicht mit nach Amerika kommen! Warum? Wolltest du mich nicht mehr sehen?"

Der Kloß steckte noch in Caros Hals. Jam sprang ein. „Komm schon, Partner, glaubst du das wirklich? Dass deine Mama dich nicht mehr sehen will? So ein Quatsch!"

„Ja, aber wieso seid ihr nicht gekommen? Ich habe schon ganz viele Briefe für dich gemalt, Mama, und Elena gegeben, aber du hast nie zurückgeschrieben."

„Tú eres la madre?", fragte das Hausmädchen und wiederholte auf Deutsch: „Sie sind die Mutter?"

Caro nickte.

„Dios mío! Frau Overbeck sagte mir, Sie seien ..." Sie warf einen kurzen Seitenblick auf Magnus und machte dann verstohlen ein Kreuzzeichen zu Caro.

Caro schüttelte den Kopf. „Bin ich nicht." Sie nahm Magnus wieder in den Arm. „Du, die Briefe sind alle noch gar nicht angekommen. Vielleicht hat Elena meine Adresse aus Versehen falsch geschrieben."

„Ich habe sie nicht abgeschickt", flüsterte Elena. „Herr Overbeck sagte, dass es noch nicht lange her sei und dass Magnus es noch nicht begreifen könnte."

Jam schlug mit der Faust gegen den Türrahmen. „Dieses miese Stück ..."

„Es tut mir leid", sagte Elena, „ich hatte doch keine Ahnung ..."

„Schon in Ordnung", sagte Caro. „Sie konnten es nicht wissen."

„Und jetzt?", fragte Elena.

„Wollen wir das nicht drinnen besprechen?", fragte Harper und reichte Elena seine Karte.

Elena las sie, zögerte kurz, dann nickte sie.

Jam klopfte Magnus auf die Schulter. „Willst du Mama dein Zimmer zeigen? Und packt ein paar Sachen zusammen, wir machen einen Ausflug!"

Elena erschrak. „Sie wollen ihn mitnehmen? Aber das darf ich nicht ..."

„Doch, das müssen Sie sogar. Mister Harper wird es Ihnen erklären."

Harper zog ein Bündel Papiere aus seiner Aktenmappe hervor. „Kochen Sie uns einen Kaffee? Mit Kaffee geht alles besser."

Elena führte ihn in die Küche. Caro hielt Jam kurz zurück und umarmte ihn fest. „Danke", flüsterte sie.

Jam räusperte sich und tupfte verstohlen die Augenwinkel. „Keine Ursache." Rasch folgte er den anderen.

Magnus stürmte die Treppe hinauf. „Guck mal, Mama, mein Zimmer!"

„Schön", sagte Caro. „Toll hast du es hier."

„Aber ganz schön langweilig. Ich darf noch nicht in den Kindergarten, und weißt du was? Die sprechen hier alle ganz komisch. Nur Elena versteht mich. Und natürlich Papa. Und Oma und Opa." Er schmiegte sich an sie. „Aber jetzt bist du ja da. Bleibst du denn lange?"

„Viel besser! Du kannst jetzt bei mir wohnen."

„Ehrlich?" Magnus jubelte und schlang seine Arme um Caros Hals.

„Ganz ehrlich. Wenn du willst, dann bleiben wir jetzt für immer zusammen."

„Ziehst du hier mit ein? Du kannst in meinem Zimmer wohnen!"

„Das ist lieb, aber das geht nicht. Du kennst doch Oma, das würde die nie erlauben."

Magnus ließ ihren Hals los. „Ja, aber was machen wir denn dann?"

„Du kommst mit mir, und dann wohnen wir beide zusammen. So wie früher an den Wochenenden."

„Oh", sagte Magnus und ließ die Schultern hängen.

„Was denn? Willst du lieber bei Papa bleiben?"

„Nee, der ist doch sowieso nie da."

„Oder bei Oma?"

Er schüttelte den Kopf.

„Was denn?"

„Elena ist total lieb zu mir. Die ist bestimmt ganz traurig, wenn ich weggehe. Dann ist sie ja mit Papa und Oma und Opa ganz alleine."

„Elena ist erwachsen, die wird das verstehen. Und vielleicht kann sie uns mal besuchen."

„Au ja, geht das? Das ist prima!" Magnus sprang auf und riss seinen Kleiderschrank auf. „Los, wir müssen packen!"

Als sie beide die Treppe herunterkamen, putzte Elena sich die Nase. Ihre roten Augen sagten Caro, dass es nicht das erste Mal gewesen war.

„Du musst nicht weinen, Elena", sagte Magnus ernsthaft. „Mama hat gesagt, du darfst uns besuchen!"

Elena lächelte. „Das ist lieb von deiner Mama."

„Tut mir echt leid", sagte Jam. „Ich kann verstehen, dass Sie an dem Kleinen hängen."

„Es ist nicht nur das. Endlich habe ich einen guten Job gefunden, bei dem sich mein Germanistikstudium einigermaßen bezahlt macht, und dann das."

„Sie haben Germanistik studiert?", fragte Harper.

Sie putzte sich die Nase und nickte. „Und Französisch."

„Melden Sie sich gleich morgen bei mir in der Kanzlei. Sie glauben gar nicht, wie schwer es in den USA ist, jemanden zu finden, der vier Sprachen spricht."

Sie sah ihn ungläubig an. „Estás bromeando?"

„Nein, kein Scherz. Sie können bei uns anfangen, sobald die Overbecks Sie gefeuert haben. Was noch heute der Fall sein dürfte, wenn ich Glück habe."

„Ich sollte gleich meine Sachen packen und gehen, dann spare ich mir die ganzen Vorwürfe."

„Mister Harper wird bei Ihnen bleiben, bis die Familie da ist, und Ihnen zur Seite stehen.", sagte Jam.

Harper nickte. „Natürlich. Ich muss Herrn Overbeck sehr deutlich erklären, dass es keine gute Idee wäre, Sie zu verfolgen. Er hat sich nach nationalem und internationalem Recht strafbar gemacht, und seine Eltern auch."

Elena sah auf die Uhr. „Oh, Sie sollten sich beeilen! Herr und Frau Overbeck kommen bald vom Golfplatz zurück. Ich glaube, Sie sollten Magnus ein Treffen ersparen."

Jam klopfte dem Jungen auf die Schulter. „Dann mal los, Sports-freund!"

Magnus stürmte hinaus, sein Rollköfferchen im Schlepptau, und blieb vor dem Wagen des Anwalts stehen.

„Nicht doch. Die da sind doch viel cooler!" Jam zeigte auf die Harleys.

Magnus machte große Augen. „Wir fahren Motorrad? Toll!" Er ließ den Koffer los, krabbelte auf den Sitz von Jams Maschine und tat so, als würde er fahren.

„Jam", sagte Caro, „hältst du das für eine gute Idee?"

„Aber hallo!", sagte er und öffnete einen Seitenkoffer seines Bikes. Er holte einen kleinen Helm heraus und setzte ihn Magnus auf den Kopf. „Mann, siehst du cool aus!"

„Jam, ich will ja nichts sagen, aber ..."

„Dann sage auch nichts."

„Kriege ich auch so eine coole Lederjacke wie du?", fragte Magnus.

„Klar, Kumpel." Er griff wieder in den Seitenkoffer. „Und eine ultracoole Motorradbrille."

„Oje, beinahe hätte ich ihn vergessen!" Magnus rannte mit Helm auf dem Kopf ins Haus und ließ Jam mit der Lederjacke in der Hand stehen. Elena fing an zu lachen.

„Was ist?", frage Jam.

„Werden Sie gleich sehen!"

Magnus kam mit einem Teddybären zurück. Das heißt, eigentlich kam der Teddybär mit Magnus zurück, denn er war ein gutes Stück größer als der Junge. „Das ist Bernie", sagte Magnus. „Er ist mein bester Freund. Außer Elena. Aber die können wir ja nicht mitneh-men."

„Also, wenn er dein bester Freund ist, dann muss er mit, keine Frage."

„Aber hast du denn auch einen Helm für ihn?"

Jam zog die Luft ein. „Das ist ein Problem. Weißt du was? Wir fahren ganz vorsichtig los, und sobald es geht, kaufen wir ihm ei-nen. Darf er denn bei mir mitfahren?"

„Na klar. Sonst musst du ja ganz alleine fahren, weil, ich fahre bei Mama mit."

Magnus und Elena verabschiedeten sich. Bei Elena kullerten schon wieder Tränen, aber Magnus war viel zu aufgeregt, um trau-rig zu sein. „Du musst nicht weinen", sagte er. „Wenn Mama sagt, dass du uns besuchen kannst, dann stimmt das auch. Und Onkel Jam ist ganz reich, wie ein König. Der bezahlt dir bestimmt die Fahrkarte."

„Klar", sagte Jam. „Ehrensache."

„Jetzt aber los", sagte Elena und gab Magnus einen Kuss.

Magnus kletterte hinter Caro auf das Motorrad. Caro schärfte ihm ein, sich immer gut an ihr festzuhalten, während Jam sich bemühte, Bernie auf seinem Sozius zu fixieren. „Der Bär ist unkooperativ", nörgelte er.

„Was heißt unkopativ?", frage Magnus.

Elena lief ins Haus und holte eine Schnur, und endlich konnten sie aufbrechen. Sie und Harper winkten ihnen nach, bis sie um die nächste Kurve verschwunden waren.

„Du willst doch nicht so bis Chicago fahren?", rief Caro.

„Du meinst, mit einem Kind auf dem Sozius?"

„Nein, mit einem Teddybären ohne Helm."

Jam lachte.

„Wohin fahren wir jetzt?", fragte Magnus.

Jam zeigte nach vorne. „Da lang."

„Und wann sind wir da?"

„Wenn wir keine Lust mehr haben. Das, mein Freund, nennt sich Freiheit."

Sie besorgten Bernie einen Helm, dann verließen sie Los Angeles auf der legendären Route 66. Nördlich von San Bernardino durchquerten sie die San Gabriel Mountains, und bei einem kleinen Diner in der Mitte vom Nirgendwo machten sie Rast.

„Ist schön hier", sagte Magnus und biss in seinen Burger. Sie saßen auf der Terrasse des Diners, genossen die klare, laue Bergluft und schlugen sich die Bäuche mit Burgern, Pommes und Cola voll.

„Ja", sagte Jam, „hier kann man's aushalten. Ist ein schönes Land. Und groß." Er sah Caro an. „Was hältst du davon, wenn ich hierbleibe?"

„Hier?"

„Natürlich nicht in diesem Kaff. Irgendwo in Amerika. Ein Neuanfang."

„Was willst du denn neu anfangen?"

„Meine Musik. Mich. Mein Leben. Alles, schätze ich mal."

„Ich fände es schade."

„Warum?"

„Weil ich dann meinen Job los wäre." Nach einer Pause fügte sie hinzu. „Und weil wir uns dann nicht mehr sehen könnten."

„Doch, könnten wir. Bleib einfach auch hier. Mit Magnus."

„Du meinst, als dein Bodyguard?"

„Als meine Muse. Oder als meine Freundin." Er streckte den Arm aus und legte seine Hand auf ihre. „Was auch immer das heißen mag."

Sie zog die Hand nicht zurück. „Was auch immer das heißen mag", murmelte sie.

„Also, wie sieht's aus?"

Sie sah Magnus an. „Was meinst du? Wollen wir bei Onkel Jam bleiben? Hier in Amerika?"

Magnus sah sie beide ernst an, dann spuckte er in seine Hand und legte sie auf die von Jam und Caro. „Abgemacht."

ENDE

Danke!

… Und zwar besonders Ihnen, liebe Leserin, lieber Leser, dass Sie tatsächlich bin zum Ende dabeigeblieben sind. Das ist nicht selbstverständlich, und es ist so ziemlich das größte Kompliment, das ein Autor bekommen kann.

Darüber hinaus möchte ich all jenen danken, ohne die dieses Buch nicht oder zumindest nicht in dieser Form zustande gekommen wäre.

In erster Linie ist das natürlich meine Familie, die meine ohnehin knappe Freizeit über so lange Zeit bereitwillig mit Jam und Caro geteilt hat. Ohne sie und ihren Rückhalt wäre das alles nix geworden. Danke euch allen!

Ganz besonderer Dank gebührt meiner Frau Marita, die mir als Testleserin Nummer ein stets fundiertes und gerne auch mal schonungsloses Feedback gegeben hat. Wer sagt, dass Familienmitglieder nicht als Testleser taugen? Also, meine tun es.

Eine unschätzbare Hilfe war auch Kati Wascher, meine Lieblingsbuchhändlerin von „Meine Buchhandlung" in Bad Zwischenahn. Mal abgesehen davon, dass Kati und Knut den besten Buchladen diesseits des Mississippi haben, hat Kati als fachkundige Testleserin den Finger zielgenau auf die wunden Punkte des Manuskripts gelegt. Schmerzhaft, aber sehr, sehr hilfreich. Danke!

Auch meine wunderbare Autorenkollegin Katrin Rodeit hat mir als Testleserin wertvolle Hinweise gegeben – und noch viel mehr: Sie führte mich in die höheren Weihen des Selfpublishings ein und half mir, die ärgsten Klippen sicher zu umschiffen. Druckdienstleister? ISBN? eBooks? Covergestaltung? Katrin weiß Bescheid. Vielen, vielen Dank!

A propos Cover und so: Dass ich Schlumpf ja immer alles auf den letzten Drücker erledigen muss, durften insbesondere zwei Damen ausbaden, nämlich Christine Bendik, die das Last-Minute-

Korrektorat übernommen hat, und Nadine Willers, die in Nullkommanichts ein großartiges Cover gezaubert hat. Nächstes Mal melde ich mich früher, versprochen!

... Und zu guter Letzt, buchstäblich fünf Minuten vor der Abgabe, noch ein dickes Dankeschön an Patricia Lazcano Silva, die dafür gesorgt hat, dass ich mich mit den spanischen Sätzen nicht blamiere. Muchas gracias!